Sin, 신

이방인의 일기

김서진 부조리극 판타지 소설

Prologue

　가끔 세상이 복잡하다고 느낀다. 그래서 가끔은 내 귀가 안 들리길 원하고 내 눈이 안 보이길 원한다. 숲 속 어느 작은 물길이 강이 되고 바다가 되는 '당연한 순리'로 생겨난 이 복잡한 세상. 난 이 세상을 받아들이지 못하는 걸까? 아니면 단지 복잡한 세상 속에 감추어진 온갖 모순을 외면하는 걸까? 과연, 세상을 바꿀 수 있기는 한 걸까? '세상변화'는 희망일까 희망고문일까?

　앞으로 내가 보여줄 세계는 썩어빠진 현 세계에 기생하는 자들과 그릇된 현실에 맞서지 않는 자들을 위한 이야기가 아니다. 그들은 그저 깊은 바다 속에 있기를 바란다. 나는 고요하고 평화로운 곳으로 가기 위해, 수면위로 떠올라 헤엄치는 이들을 위한 세계를 만들 것이다.

　사라져라, 세상에 굴복하는 겁쟁이들아. 나는 '희망고문'으로 대표되는 세상 그리고 희망과 '함께하는' 판타지, 이 두 세상의 경계를 허물 것이다.

2022년 7월 김서진

차례

Prologue　　　　　　　　　　　　5

제1장. 꿈꾸는 신들의 도심

평범	13
일상	19
우람한 일상	24
미련	37
'덤짜'들	42
꿈	49
전쟁터	54
평등하지 못하다 사람의 목숨조차	60
찾아오다	72
거인적 족적 vs 가만한 발자취	80
반변하다	85
만남	90

Sin, 신

1국 vs 2국	96
노곤하다	102
좌천당하다	107
아무에게도 속하지 않다	112
요리	119
망중한(忙中閑), 송도	126
정탐 아닌 정탐, 그리고 운무회명	133
죄책감 사냥	138
망설임	146
인간은 누구나…	158
한편으론 다행이야	163
2017년, 입춘맞이 인터뷰	168

차례

제2장. 주인공은 누구인가

2017년, 추분맞이 인터뷰	172
크리스마스	174
찾아가다	184
찾아오다	193
마주하다	200
이곳이 좋아	209
꼬이다	219
일상, 조금은 달라진?	223
등이 간지러워	230
이런 나에게…	236
우리 = 웃음	244
웃음을 잃다	252
믿어줄까?	256
친구 vs 사랑, 그리고 선택	263

Sin, 신

믿을게	270
실은 운무회명, 기이한 운명에 번롱되다	276
과거를 벗 삼아…	280
'혈육애'나 다름없는…	285
추억을 공유하고 미래로 위로 받는…	293
환영을 쫓다	301
세상이…	306
호접지몽(胡蝶之夢)	316
세상을…	323
증오하다	326
다시 찾아온, 홀로 외로이 시작	329
Epilogue	334
작가의 말	342

온 세상의 경멸을
견디기 힘든 그는
목을 매었다.

제1장

꿈꾸는 신들의 도심

가까운 미래. 균열기(A.C = After Crack) 1년.

깨어났다.
 텅 빈 곳, 어둡다, 춥다.
세상이 보이지 않는다.
 한편으로는 편안하다.
하지만 행복하진 않다.
 도대체 여기는 어딜까?

그래. 나는 둔탁한 무언가로부터 정신을 잃은 그날, 처음으로 진정한 어둠을 대면했어…

평범

어느 평범한 2015년 동지, 나는 여느 때와 다를 것 없는 복잡하기 그지없는 창밖을 바라본다. 빼곡한 고층 건물 탓에 지평선이 보이지 않는 것은 물론, 말라붙은 잎 몇 개만 달랑이는 처량한 가로수조차 제대로 보이지 않는다. 그런데 이런 이곳이 젊은이들의 희망 도시? 웃기지도 않는다. 그저 내 식대로 표현하자면, 황량하기 짝이 없는 땅이자 멀리서도 느껴지는 역겨운 냄새의 진원지…. 참고로 이곳에 국한된 악취는 매연과 먼지, 곰팡이균에서만 발생되는 것이 아니다. 도시의 모든 요소에서 비롯된 복합적인 냄새라고나 할까? 차라리 땅 냄새라도 짙은 황무지가 나을 판이다.

나는 이런 곳을 단 한 번도 떠나본 적이 없다. 단 한 번도….

'아, 어디로든 떠나고 싶다. 무슨 좋은 방법이 없을까?'

- 2 -

새벽 5시 30분. 현재 나는 도심근처를 통과하는 버스에서 모처럼 만에 찾아온 상쾌한 세상을 바라본다. 역시 안개가 자욱한 세상은 이상 모를 편안함을 선사해준다. 이는 마치 유령도시를 멀찍이서 관람할 적에 찾아오는 공허함에 가깝지 않을까?

'그나저나 홀로 외로이, 안개도시를 보는 이 모습은… 거참 낭만적이로다.'

들뜬 기분에 취하고 싶은 나는 순간적으로 가방 속의 책 한권이 떠올랐다. 그런데 벌써부터 눈의 피로와 둔부의 땀부터 느껴지는 것은 왜일까.

나는 들숨으로 양껏 가슴을 부풀린 뒤, "휴!" 하고 짧게 내쉬고는 자기최면을 걸었다.

'많은 저명인사들은 독서의 위대함을 강조하지. 자신의 성공요인으로 독서를 꼽는 경우도 허다하고…. 그래! 그들처럼 유명해져 보리라.'

그러나 그 일생일대의 결심은 오래 가지 않는다. 저 빌어먹을, 순식간에 몰려든 징그러운 족속들 때문에… 마치 온갖 벌레들이 내 곳간에 득시글득시글 들끓는 것 같았다.

'하아, 답답하고 답답해. 저들에게서 빨리 벗어나고 싶다. 시원하게 숨을 쉬고 싶어.'

그 순간, 어떤 저렴해 보이는 명품가방이 규칙적으로 내 몸뚱이를 두드린다. 마땅하게 확, 짜증이 몰려올 수밖에 없는 상황이다.

나는 미간을 일그러뜨리며 위쪽을 노려보았다. 정리가 되지 않은 부스스한 머리 스타일의 한 여성이 시선에 들어왔다. 그 여성은 자신을 향한 시선을 관심으로 느꼈는지, 염치도 없이 내게 묘한 눈길을 던진다.

나는 쯧쯧, 복화술처럼 혀를 차며 시선을 바닥으로 떨어뜨렸다. 그러고는 너무나 자연스럽게 '상상놀이'를 시작해버렸다. 상상이란 것은, 내게는 유요한 특기이자 스트레스를 해소할 좋은 돌파구이다.

'이 답답하고 복잡한 세계가 진짜일까? 만약 허상이라면? 그래서 도시들이 먼지가 되어 사라진다면? 만약 그렇다면 안개 속보다도 고요하겠지?'

이처럼 상상이란 무엇이든 가능한 자유의 세계이며 그 누구도 현실적인 제약을 걸 수 없는 무한한 공간이다. 오로지 '신'만이 엿볼 수 있는, 간혹 그 '절대자'와도 만날 수 있도록 허락된 신비로운 공간! 그래 더 해보자!

'겨우 허상인 주제에 내 머리를 쳐? 겨우 가짜인 주제에 평가하고 심판해? 니들이 잘난 줄 알지? 내가 너희들의 멸망을 보리라. 내가 너희들의 거짓을 벗겨내고 '무로 돌아가게 만들리라.'

그런데 그때였다.

"탁! 탁!"

그렇다. 이것이 현실이다. 내 머리를 치는 저 짝퉁 가방이 현실이고 이런 비현실적인 자위를 하는 것이 현실이다.

"호호."

나는 그녀에게 짧게 생끗뱅끗거리고는 재차 창문으로 고개를 돌려 멍하니 흐릿한 지평선을 바라보았다. 바로 그 순간….

'어라!? 희한한 사람이네.'

1장 \ 꿈꾸는 신들의 도심 _15

누군가의 뒷모습이 안개 속에서 서서히 드러났다. 왠지 중세에서나 볼 법한, 낡은 망토를 두른 행인의 인상착의였다.

명백히 보인다. 눈을 비비고 다시 봐도 분명히 보인다. 홀로 도심 한복판을 지나가는 다른 세계의 인간이…. 그 주변의 흐름은 익히 봐왔던 도시의 일상과는 반대로 느려져 있었다. 그리고 드디어 내 눈을 다시 한 번 의심하고 있을 때, 천천히… 천천히… 그것이 나를 향해 돌아본다.

곧 '그'가, 아니 '붉은 눈'이 나를 주시한다.

마치 벽에 걸린 오래된 초상화가 나를 바라보듯 꼼짝 않고 나를 심찰한다. 그가 서있는 곳은 나와의 거리가 꽤나 될 터인데, 그 누구보다도 내게 가까이 있음이 느껴졌다. 게다가 나를 무수히 자극했던 도심의 냄새, 나를 무수히 짓눌렀던 인간들의 존재, 무려 두 달 동안 고작 20페이지만을 허락한 서적의 존재는, 그 시대에 뒤처진 기이한 모습에 묻혀버리고 말았다. 정말 믿지 못할 형상이었다.

– 3 –

이내 정신을 차린 나는 눈을 감은 채 고개를 좌우로 세차게 흔들었다. 그 형상이 왠지 내면을 깊숙이 심찰하고 나의 세계를 통찰하려 한다는 느낌 때문이었다. 그러자 그것은 내가 눈을 깜빡이는 찰나에 자취를 감추었고 모든 것은 정해진 순리대로 정해진 시간의 흐름대로 다시 흘러갔다. 조금 전에 일어난 기묘한 광경에 멍하니 창밖을 바라보고 있는 이 시간, 온갖 기생충들을 태운 버스도 이제 시원히 배출할 순간에 다다랐다.

아쉽지만 버스가 정차하려 저속 주행을 하면서부턴, 내 코끝으로 도심의 퀴퀴한 냄새가 이미 지루한 일상의 일부분에 속박되었음을 알려온다. 이것으로, 이제 관광버스를 타고 있는 행락객 행세도 여기까지…. 오늘도 기생충이 되어서 반갑게 안녕히….

'또 지겨운 생활의 시작이구만. 망토는 개뿔. 쳇!'

나는 평범한 일상의 조각으로 되돌아왔다. 버스에서 하차하자마자 '붉은 눈'이란 잔상마저 금세 잊힌다. 그래도 오늘의 시작을 특별하게 해준 그 신비한 것에 감사를 표한다.

그러나 나는 몰랐다. 그 신비한 경험이 기존의 세계를 비웃는 경고였음을….

가까운 미래. 균열기(AC) 1년.

그 어두웠던 곳을
 나왔다.
눈앞에 펼쳐진
 모래언덕들.
민가(民家)는 물론,
 그 흔한 광기와
죽음조차 보이지
 않는다. 오직 서늘한
바람만이 나를 반길 뿐이다.
 분명 이곳은 나만 존재한다.
이곳은 어딜까.

일상

 2016년 이른 봄, 도시에서 풍기는 미치도록 답답한 냄새에 익숙한 자라면, 또는 항시 반기는 먼지에 알러지 증상을 달고 사는 자라면 창문을 열면서 하루를 시작하는 어리석은 행동은 절대 하지 않을 것이다. 하나 이 모든 걸 이겨내고 창문을 열면 미치도록 놓치고 싶지 않은 졸음을 경이로운 소리와 함께 떠나보낼 수 있다. 그 소리는 바로 절규나 다름없는 도심의 소음….
 어느 평범한 것은 그다지 존재하지 않는다. 생각보다 결함이 많은 집합체이고 상상 이상으로 진정성이 결여된 인과율(因果律)이 넘쳐나며 다만, 모른 채 일상이라는 단어에 묻힐 뿐이다.
 그렇다. 도심의 인근, 노후 주거지에서 맞는 주말 아침이다.

- 2 -

 나는 요 며칠간 '어느 죽음'에서 비롯된 업무에 치여 힘든 나날을 보내왔다. 그러고 나서 맞는 주말 토요일은 무엇보다 달콤하다…는 무슨 달콤하다며, 편안한 휴식은 무슨 편안한 휴식이더냐! 이곳은 내가 있을 곳이 아니다. 답답하다, 답답해! 당장 여기서 벗어나고 싶단 말이다!
 이 누구나 예상할 수 있는 흔한 도시인의 반응. 그렇다면 이 같은 공간을 잠시나마 잊게 해줄 장소를 원한다면?

딩동댕! 절대적인 단순함과 광속에 맞먹는 스피드가 필요하다.

(현 거주지에 관한 디테일한 설명은 필요 없다. 그저 한 생명이 '노예로라도 생업을 영위하기 위해 찾은 객줏집'일 뿐이니까. 그간 꿈꿔온 내 집과는 거리가 먼, 이질적 공간이랄까?)

어느새 가장 간편한 복장을 갖춘 나는 집에서 벗어나 지하철로 향했다. 그렇지만 사람들로 북적이는 거리와 비슷비슷한 족속끼리 서로 밀치는 소리가 발걸음을 멈추게 만들었다. 나는 필히 인간의 본연지성(本然之性)을 믿고 최면으로 되새기며, 하루의 계획을 다시 세워야한다.

'서점을 가볼까? 카페를 가볼까? 아니면 인접한 공원들? 만약 공원을 선택한다면 어디가 나을까? 놀이공원은 미친 생각이고……!'

그 순간 내 머리 속을 강타한 장소가 있었다. 그것은 바로, '신·도·시!'

그렇다면 신도시의 장점을 나열해 보자.

우선 인간들이 그리 많지 않다. 도심이라고 보기에는 좀 애매하고 보편적인 도심이라 쳐도 고요한 편이다. 갓 생겨난 카페들은 온갖 찌든 냄새로 무장한 여타 도심의 것과는 궤를 달리 한다. 그 외에 모든 면들도, 나의 마음이 매혹으로 느끼기에 충분하다.

'그래! 더는 지체하지 말자!'

이리하여 나는 얼마 전 급매물로 나온 자동차, '붕붕이'를 이용하기에 이른다. 참고로 연식이 오래된 녀석은 불행히도 짧은 만남을 약속하고 만난 동반자로서, 현재까지 별 탈 없이 일탈을 돕고 있는 소형차이다. 그리고 한 마디 덧붙이자면, 막상 매입하고 나니, 왠지 지인에게 사기를 당한 기분에 마음이 찜찜하긴 하다.

'이런 젠장할 세상.'

아무튼 집으로 되돌아가는 발걸음이 무척 가볍게 느껴진다. 벌써 머릿속 한편에는 '신도시의 막 오픈한 서점을 들어가서 신간을 구입한 뒤, 호수 공원에서 달콤한 휴식을 취한다.'라는 글풍선이 자리 잡았다. 현재 이 기운 이대로 나아가는 수컷을 멈추게 할 요소는 무엇 하나 없다. 아니, 솔직하게 저기 저, 멀찍이 보이는 '성당 건물'만 제외한다면….

'왜일까. 왜 이토록 마음이 무거워지는 걸까? 정말 이상하지?'

나는 간혹 가다 이 같은 의문을 품고는 했었다. 그리고 그럴 때마다 이렇게 혼잣말을 소락소락 허투루 해버린다.

"겉으로는 질박한 고풍을 드러내면서, 동중 대소사를 도맡아 기도하는 감시단의 본거지?!"

엉큼하고 간힐하다. 때로는 음특할 것이 분명하다. 당장이라도 경찰서의 외벽, 혹은 저 낡고 허름한 성당의 외벽에다 대고 따지고 싶었다. 더구나 밝은 빛이 세상을 감싸고 있는 대낮에도 성당과 그 주변만은 왠지 으스스해 보였는데, 마치 세상의 어둠을 혼자 짊어질 듯한, 흡사 나의 깊숙한 내면을 형상화한 듯한 어둠과 유사해보였다. 심지어 성당으로 향하는, 굵은 잡초가 무성한 골목은 그 옛날 무허가 주택들이 난립하여 음성화된 마을과 그나마 양성화되어 그곳을 지탱해준 성전을 떠올리게 하였다.

나는 수럭수럭 지나왔다. 행여 모를까 얼른 뒤돌아보았다. 한걸음, 한걸음 휙! 한걸음 반걸음 휙!! 한걸음 성큼, 곧바로 휙휙!!!

'이것은 기분 탓인가?'

물론 '상상하기'는 내 최고의 특기이며 '축복의 돌파구'라지만, 이처럼 마치 '복시 현상' 같은 후유증 역시나 명확하다.

'에라, 모르겠다. 별것도 아닌 게 까불고 있다.'

나는 발연히 골을 내고는 샐쭉거리며 소리 없이 움직였다.

'그 무엇도 나를 막을 수 없다고! 어디서 감히!!'

이어서 나는 왈칵 성을 내면서 쏜살같이 내달렸다.

가끔 비가 오는 날이면, 성당의 창문들 대부분은 칠흑을 품고 있으나, 어느 백발과 백의의 빛을 품은 한 창문만은 그 중에서 환히 두드러진다.

균열기 1년. 자시(子時)의 어디쯤.

걷고 있다, 걷고 있다.
  이곳은 어디를 둘러봐도
복사한 듯한 광경만이
  널려 있다.
내 목이 미치도록 타 들어간다.
  이건 상상일까, 현실일까.
제발 유령이라도 만났으면
  좋으련만….
아니라면, 제발 누군가 깨워주면
  좋을 텐데….

우람한 일상

 집에 돌아온 나는 예쁜 카페가 즐비한 신도시들 중 어느 한 곳을 선택해야 했다. 그렇다면 여기서 중요한 것은?

 그건 바로, 도를 넘어선 신중함!

 나는 샐그러진 눈을 하고 금세 고민에 빠져들었다. 어떠한 작은 선택일지라도 그에 따른 결과는 스스로가 지는 법이다.

 '최고의 선택을 해야 한다. 최고의 선택을…. 과연 현실이 외면하는 히어로는 어디로 향할까나… 아!!!'

 그 순간 나에게 영화 속의 등장인물이 떠올랐다. 그 인물은 바로, 배트맨의 숙적이자 동전에게 운명을 맡기는 투 페이스.

 '신이 있다면 감사드립니다. 이 막중한 책임을 저 대신 오백 원짜리가 지게끔 해주시고, 그러나 선택의 결과가 별로라면 과감히 애를 물에 버리겠나이다.'

 인정한다. 나는 현실과 시대가 모두 인정하는 쥐알봉수라는 사실을….

 '오백 원, 이 자슥아. 오늘의 모든 걸 너에게 맡기마. 무슨 일이 일어나든 간에 모두 네 책임이니라. 알간?'

 나는 곧바로 투 페이스처럼 위쪽으로 동전을 던진다. 과연 이 잔졸한 안티 히어로가 방문할 곳은 어디인가. 두근두근, 두근두근 짜잔!

그곳은 바로 '대전의 신도시. 도·안!'

그렇다. 내가 가야 할 장소는 어여쁜 카페가 넘치는 도안이었다. 이리하여 나는 내 자신의 평안을 위해 도안으로 향하게 되는데….

이곳이 도안이다! 뭐라고? 디테일이 부족하다고? 정말, 이동하는 중에 아무런 일이 없었냐고?

그래, 없었다. 당신들도 겪는 작은 일상들이 전부였다. 굳이 말하자면, 뭐… 교통 체증과 욕지거리 같은 소음으로 인한 스트레스 상승 정도?

어쨌든 마침내 나는 내 안식을 위해서 환상의 장소로 찾아왔다. 이제부턴 명백한 현실인데 현실이 아닌 애매한 경계 안에서 휴식을 취할 차례이다.

- 2 -

현재 나는 도안의 모 서점에 들어와 있다. 예상대로 이곳은 많은 세계를 보유한 이점으로 나를 어루만지며 위로해준다. 그리고 언제나 내가 입성할 세계를 선택하는 과정은 누구에게나 즐겁다.

그런데 너무 고르는 재미에만 푹 빠져 있었나? 어느덧 오후 네 시가 다 되어 간다. 어서 선택을 서두르고 서점에서 나가야 한다. 다행히 내 손에는 마블의 대표작과 DC코믹스의 대표작이 들려있다.

　나는 무심코 동전을 꺼낸다. 오늘따라, 동전은 두 면만 존재한다는 사실이 무척 마음에 든다.

　'1985년생 오백 원이여. 너와의 만남은 길지 않겠지만 잊지는 않겠어요.'

　나는 이번에도 오백 원짜리 활약에 고마워하며 동전을 던진다. 이어서 최대한 멋있는 포즈로 나의 운명을 확인한다.

　'오호, DC의 저스티스 리그!'

　이와 같이 오늘은 결정 장애 없이 수월한 하루일 것이고, 이제 다음 장소인 카페로 향하자.

　모 서점에서 나온 후로 수많은 카페를 마주친 나는 오백 원의 도움으로 모 카페에 들어왔다. 마치 영화 '마담 프루스트의 비밀정원'처럼, 우거진 식물과 은은하고 동화적인 색채가 어우러진 곳으로서는 무슨, 그냥 예쁜 사장님이 운영하는 식물 카페였다.

　그러나 안타깝게도, 이대로 오래 머물기에는 오늘 주어진 자유가 한정적인 것이 현실이고, 언젠가부터 빨라진 시간의 흐름은 오랜 시간 찻잔 소리를 듣고 싶은 마음을 방해한다. 참 역겨운 현실이다. 진정한 자유에 대한 갈망과 욕망을 억제해야 하는….

　"저기… 이것 좀 테이크아웃 잔에 옮겨 주실래요?"

　나는 현실에 굴복한 나약한 인간이 되어 윙크를 날렸다. 마이

레이디, 그녀여. 내 마음의 어딘가를 녹이는 따뜻한 커피가 되어주오.

'크윽! 정말 슬픈 현실이도다.'

그러나 그녀의 대답은 역시 거절이었다. 물론 그 와중에도 그녀, 사장님을 위한 최고의 미소는 잊지 않았다.

- 3 -

이곳은 도안의 심장부인 호수공원. 나는 강렬한 자외선이 조금 사그라진 무렵, 무려 여섯 시간 만에 최종목적지에 이르렀다. 그럼 이쯤에서, 그간 힘들었던 시간을 단번에 잊을 수 있도록 내 최종 선택에 대한 자랑 시간을 갖겠다.

우선 멋진 조경을 갖춘 수변공원인 이곳은 넓은 호수와 그 중앙에 있는 '고딕 양식의 건축물'이 어우러져, 한 폭의 그림 속에서 산책하며 특별한 아름다움을 수변조망 할 수 있다. 게다가 행상인 출입금지 및 금연구역으로서, 흡연냄새와 지린내 등 그 어떤 역한 환경도 용납되지 않는 점이 앞선 사실을 부각시킨다.

다음으로는 호수 한가운데에 위치한 고딕 건축물에 관한 자랑이다.

저 짙은 검은 창문들이 돋보이는 건축물은 튜더 고딕양식에 토대를 둔 6층의 석조 건물이다. 건물의 중심이 탑처럼 솟은 형태이고 그 밑에 위치한 정문은 튜더 양식의 아치로 불리는, 끝이 뾰족한 쌍곡선아치(사심아치)의 특징을 띠고 있으며 이곳에서 유일하게 어둡다. 마치….

'어라!? 이건 내가 예상한 느낌이 아닌데… 흠.'

아무튼 고딕 건축물의 창문은 빛이 들어오는 것을 막기 위함인지 검댕을 칠한 듯 어두웠고 지붕과 벽은 오래된 티가 역력해서, 나로 하여금 고독함에 빠지게 하는 한편, 처량함까지 느끼게 만들었다. 심지어 그곳으로 가는 이동 수단마저 실제로 보이지 않는다.

'도대체 어떤 곳이지?'

지금은 무럭무럭 자라는 호기심을 잠재울 필요가 있는 시점이다. 워낙 금쪽같은 시간을 침범하기에 여간 폐롭지가 않다.

나는 곧바로 상상하기를 시작하였다.

'일단 저곳은 어느 부유층에 의해, 수많은 베틀이 부단히 돌아가던 장소였었어. 그러다가 전쟁 통에 내부가 소실되고 은밀한 장소로 탈바꿈되면서 우선 서황한 피난민부터 전쟁 사상자 및 포로까지 차례로 거쳐 갔고, 현재는 햇볕이라곤 통 들어올 수 없는 냉습한 밀실을 여럿 보유한, 암흑거래가 이루어지는 장소 또는, 어떤 기나긴 세월을 살아온 작자가 서식하며 탑 꼭대기에서 세상을, 그리고 저 검은 창문 뒤에서 나를…!'

순간적으로 섬뜩하였다. 왠지 베틀의 부단한 소리만이 가만가만 들리는 듯했고, 내 상상이 건물 천장에 가까워질수록 점점 커지는 듯했다.

'아, 맞다. 중요한 건 이게 아니지.'

덜컥 겁이 난 나는 급히 관심을 돌리려 재빨리 두리번거렸다. 이내 어느 샛길을 발견하였고 지체 없이 걸음을 옮겼다. 우선 초로(草路)로 들어서서 그리저리 가다 보면 금방 눈여겨 본, 산기슭의 작은 언덕에 도달할 것 같았다.

'오케이, 굿 보이. 완전 배산임수의 지세로구나!'

다행히 예상은 적중했다. 뒤로는 무인공산의 고요함을 등지고 있고 앞으로는 반짝이는 호수에 면하여 있었다. 하물며 작은 언덕에서 보이는 고딕 건축물은 마치 자신을 어둡게 생각한 내게 시위라도 하듯, 윤슬의 통창한(通敞) 호수와 함께 멋을 뽐내는 중이었다.

드디어 소박한 꿈이 이루어진 순간이다. 나는 고목 밑에 자리 잡고 이어폰을 착용한 채로 깊이 숨을 들이쉬었다. 그러자 어느새 'mamas gun'의 'love logic'이라는 모던 록이 들려왔다. 곧바로 그대로 누워서 언문의 세계로 빠져들었다. 물론, 나 같은 문외한도 그런대로 뜯어보기에 좋은 만화의 세계이니 착각하지 말라.

아무튼 현재 나는 무척 평화롭다. 오늘은 특별히 '아날로그 데이'인지라 핸드폰 역시, 붕붕이에 놓고 내린 상태….

'어이, 굿 보이! 언제든 품위를 유지하고 그러나저러나 모던하게…. 심지어 깽판을 칠 때도, 오케이?'

그런데 몇십 분 뒤, 주변 풀잎과 나뭇잎에 빗방울이 하나둘

매달린다. 하늘이 정오부터 *끄물끄물*하더니, 어느 틈에 소낙비 구름을 몰고 온 것이다. 하지만 나는 빗방울에 갇힐 장면을 예상 못하고 단잠에 빠져들었다.

- 4 -

얼마간의 시간이 흘렀을까. 두꺼운 구름장들이 첩첩이 내려앉아 가랑비를 흩뿌리고 있었다. 마침 하루가 거의 저물고 있는 시간대였다. 나는 아쉬운 마음에 최대한 정리를 느릿느릿 하며 주변을 둘러보았다. 한 여아와 멍멍이가 어느새 단둘이 다가와서 호수를 둘러보고 있었다. 분홍색 모자와 우비, 노란색 부츠와 우산으로 한껏 귀여움을 발산하는 커플이었다. 게다가 우산이 얇고 투명해서 둘의 앙증맞은 모습이 거의 들이비친다. 여아는 곧 우산을 잘잘 끌며 곳곳을 총총걸음으로 누볐고, 신이 난 멍멍이는 벌써 소피(所避)가 묻은 발로 응가 할 자세를 취하며 확실한 흔적을 남기고 있다. 에구구, 귀여운 것들.... 오늘은 마무리 또한 최고가 아닐 수 없다.

"꼬마공주님 안녕! 어이쿠, 장군님도 왔네."

나는 그들의 출처는 묻지 않고 가볍게 손인사를 나누었다. 단지 한때의 여흥에 도취된 탓에, 그저 매 순간 헛되이 보내지 않는 데 급급하였다.

그런데 그래서였을까?

나는 비탈 내리막길의 꽤 가까운 어딘가에서 어떤 인기척을 느낀 조류가 파드닥거리는 것을 들었다. 그리고 그제야 주변을 살펴보았다. 분명히 그들은 내 곁에 있었다. 그러나 미련하게도, 완벽한 마무리를 위한 마음의 정리까지 끝마치고 나서야, 정신을 잃은 강아지와 노란색 우산을 발견하였다.

  이상한 걸 먹은 걸까? 움직이기는커녕 숨도 쉬지 않는 듯 했다. 하늘에서는 언제라도 뇌성을 내뱉을 듯 우르릉거렸고 번개가 연하여 번쩍거린다. 게다가 하필, 금시로 소낙비까지 쏴 퍼붓기 시작한다. 이제는 적막에 이은 불안감만이 천만근이 되어 내 마음을 짓누른다.

  '이런 정신머리 없는 놈!'

  나는 우산을 들고 무작정 뛰기 시작했고 여아의 행방을 찾으러 언덕길을 내려갔다. 이미 방향감각을 상실한데다가, 내 귓전을 우렁찬 빗소리가 세차게 때려댄다. 그런데 문득 누군가 나를 쳐다보고 따라온다는 기분이 들면서 의문의 손이 내 어깨를 짚으려는 기운이 느껴졌다. 고개를 돌리려는 찰나, 연이어 번개가 치고 세상이 붉게 번쩍거린다. 나는 냅다 고함부터 지르고 다시 내달렸다 아니, 그저 내빼 버렸다. 그러다가 초로의 돌부리에 걸리고 그만 발이 미끄러져서, 비탈진 풀숲으로 가시에 찔리며 나가동그라졌다. 그 순간 뜬금없이 나의 내약한 시절의 편린이 뇌리에 스친다.

  '그 언젠가....'

비가 오는 어느 날이었다. 나는 귀갓길에서 주인 잃은 강아지와 마주친 적이 있었다. 녀석은 골목 담벼락에 붙어서 몸을 웅숭그린 채 떨고 있었는데, 그 가련한 광경을 보고도 선뜻 돕진 못하고 문치적대다가, 한참을 망설인 끝에 결국 눈을 돌리고 말았다. 그러자 강아지가 아즐아즐 내 다리 사이로 들어온다. 나는 한 발짝 뒤로 멀어졌다. 녀석은 또다시 다가와서, 비틀비틀 주변을 돌아다닌다. 나는 녀석의 몸을 우쩍 껴안고 싶었지만, 살포시 밀어내고는 매몰차게 돌아섰다. 바로 그 순간이었다. 어느 커다란 괴한이, 별안간 번개가 번쩍이는 와중에 등장하더니 몇 보 밖에서 속도를 줄였다. 그 실루엣은 왠지 빙싯대는 듯해 보였으나, 보편적인 완력가처럼 우람한 체형인 데다 어둠과 번개로 인해 소름 끼치도록 반득거리는 눈을 하고 있었다. 그 즉시 팔뚝부터 온몸까지, 조알 같은 소름이 죽 돋는 듯했고 때마침 가까이에서 야묵을 깨는 사이렌 소리도 들려왔다. 당연히 나는 흔한 겁쟁이의 모습 그대로, 사이렌을 쫓아 냅다 줄행랑을 쳐버렸다. 만약 상대가 흉한(兇漢)이 맞는다면, 그 대항거리로 사이렌 앞에서 팔랑개비처럼 넘어질 심산이었다. 한편으론 '그렇다고 그 우람한 팔뚝으로 정말 내동댕이치진 말아주세요'라고 열성으로 바랐지만….

나는 와르르와르르 연이어 떨어진 벼락에 놀라서 정신을 차렸다. 어느새 호수와 고딕 건축물 부근으로 천둥이 내리꽂히고 있었고 세상이 번쩍일 때마다 괴상하게도, '적안'이 오버랩되어 기괴하게 번쩍였다. 그날처럼 내 전신에 오돌토돌 잔소름이 들이돋기 시작했다. 심지어 이번에는 섬뜩함에 온몸이 오스스 떨리기까지 하였다. 차마 이성적으론 가늠할 수 없는 무언가가 나를 서서히… 서서히… 서슬이 푸른 불측지연으로 밀어 넣는다….

'왜 이러지…'

그 순간 뒤쪽 근방에서, 이번에도 인기척에 놀란 새들이 퍼드덕 날개를 쳤다. 즉시 그 주변을 둘러보았다.

'그래! 저 소리가 진짜다!'

나는 그에 따라 마치 복기하듯 차분히 되짚어보기 시작했다. 그러면서 그때껏 망각했던 사실들을 되새겼다. 온갖 군상들이 제아무리 다기한 현상에 시달린다고 해도 인간은 인간이요, 부족한 형상일 뿐이다. 그리고 무인공산의 산기슭에 여아가 올라왔다는 건 그 가까이에 부모가 있었다는 말이다.

"여기에요, 여기! 여기 아이가 사라졌어요! 누구 본 사람 없습니까!"

나는 다시금 기운을 내어 비명에 가까운 목소리를 내질렀다. 그러자 누군가 옆쪽에서 애타게 나를 불러 세웠다. 나는 옆을 돌아보았다. 이번에도 거한이었다. 게다가 하필이면 또, 번개가 치는 와중에 빤뜩거리는 눈동자라니….

'아뿔싸.'

나는 왠지 내 안면을 한 방 제대로 방일 태세인 그를 진정시키려 다급하게 두 팔을 들었다.

어허, 어허! 모두 내 불찰이니 부정적으로 생각하시는 것이 용혹무괴(容或無怪)이겠지마는… 또한 흉악한 공격성을 보이시는 것도 무괴할 정도의 일이시겠지마는….

'부디 오해만 없기를….'

나는 곧바로 '제발, 그 우람한 팔뚝으로 저를 팔랑개비 취급하지 말아주세요.'라고 속으로 빌었다.

"여보! 우산, 찾았어요?!"

그러는 찰나, 다행히도 어떤 무괴한 목소리가 나로 하여금 무괴히 여기게끔 들려왔다. 거의 동시에 여아의 생모가 나타난 것이다. 그런데 그녀는 나를 향해 눈을 흘근번쩍거리더니, '이리 주세요.'하고 우산을 확 낚아채고는 그 거한에게 우산을 건넸다. 그러자 거한은 자신의 손을 잡은 딸아이에게 우산을 쥐어 주었다. 바로 분홍색 모자, 분홍색 우비의… 여아였다. 여아는 울상을 짓고 있다가 우산을 받자마자 활짝 웃는 해맑은 표정으로 되돌아왔다.

역시 내 생각은 들어맞았다. 여아는 부모 곁에 있었던 것이고, 그 기이한 현상들은 그저, 최근에 기가 허하여 착각이 연속으로 일어나서는 어진혼이 나가, 헛것에 민감히 반응하는 것이었다.

"여보, 그냥 와. 빨리 가자. 참나, 별꼴이야!"

그들은 나를 마치 도둑놈인양 취급하며 그대로 떠나버렸다. 나 역시 말을 섞지 않고, 의외로 덤덤했던 그들의 뒷모습을 그대로 바라만 보았다. 그 뒤로도 계속해서 여아의 무덤덤한 표정만이 떠올랐고 다음에는 정신 잃은 멍멍이가 대비되어 떠올랐다. 연달아서, 언덕 위에 방치된 채로 꺼진… 아니 꺼져가는… 아니, 이미 꺼져버린… 아니, 아직 꺼져가는….

 그러나 나는 되돌아가볼 엄두를 못 내면서, 우선적으로 오백 원짜리 동전을 호수에 들입다 던지는 것으로 작별을 고했다.

 현재는 유성온천에 마치 어한(禦寒)하듯, 푹 담그고 있는 중…. 유독 떠나지 않는 한 생각이 사색의 강에 떠다닌다.

 '미련했어, 완전 최악이야. 그럴 줄 알았으면, 미리 확인이라도 해볼걸.'

가까운 미래. 균열기 1년. 새벽 1시 30분쯤.

찾는 것도
  버티는 것도
이젠 한계다.
  목이
미치도록 마르고
  정신은 아뜩아뜩
희미해진다.
  다시금 눈앞이
캄캄해지고 있다.

미련

다음날 일요일 아침 6시 30분, 나는 수면을 충분히 취하지 못한 채 깨어났다. 지금 이 순간만큼은 빌어먹을 정도로 철저하게 스며든 생활 패턴이 너무나 싫다. 더욱이 '그래도 아직 일요일 아침'이라는 사실 정도로 위안을 삼는 처지라니, 참으로 서글픈 현실이지 않는가.

하지만 달리 생각해보면, 악명 높은 '월요일' 이전에, 스스로 심신에 휴식을 부여할 수 있는 주말을 맞는 것은 그나마 축복이라 말할 수 있다. 나는 지나간 삶의 총화를, 그러니까 주말이 이토록 보장되는 직업을 갖기 위해서 과거 애썼던 희로애락의 기억들을 억지로 끌어내기 시작했다. 사실, 중산층의 보편적 평균치를 상회하니까 좋은 게 좋은 것이라며 긍정적인 사고로 만족해야지, 이제 와서 뭘 어쩌겠는가.

'음?! 언제 날아들었지?'

그때 갑자기 웬 나비인지 나방인지 모를 녀석이 내 뺨따귀를 후려갈기더니, 난데없이 분노만을 끌어내서 부채질하기 시작했다. 나는 마치 성미 급한 사람처럼, 벌끈 몸을 일으켜 미친 듯이 파리채를 휘둘렀다. 간혹 심신의 상태가 바닥을 칠라 치면, 곧잘 이렇게 성을 내곤 하는데, '그저 신께 토정하면 될 것을, 어째 소인배는 이리 비딱하게만 보는가…'라고 진정하기에는, 저 괴상망

측한 몸짓으로 사방팔방 날아다니는 모습이 상당히 눈에 거슬린다.

'저 예의 없는 놈이 여기가 어디라고 감히.'

더구나 녀석은 겁을 집어먹기는커녕 특유의 위협적인 소리를 내더니 장롱, 책장 등 가구부터 온갖 집기들 뒤쪽으로 숨으며 반격을 노린다.

'흥! 너 임마, 사람 잘못 봤어. 그런다고 포기할 거 같아? 엉?!'

나는 녀석의 반격에 즉각적으로 파리채를 이용한 응사를 개시하였다. 코드네임, 희·희·낙·락! 작전명은 분노의 10단 쑤시기로 '용사여, 격침시켜라!'

결국 그 분노의 몸짓은 내 '세계에 해롭다'라 여겨진 녀석을 기어코 잔인하게 도륙한 후에야 다소 진정이 되었고, 내 나름대로 스트레스 해소의 희생양에 대한 예우 차 변기통에 수장을 해주었다.

- 2 -

"먼저 멍멍이의 기도를 확인해서 청소하고, 입에서 토사물을 헹군 뒤에 등을 돌려서 심장에 압력을 가한… 어휴, 이제 와서 뭔…"

나는 침대에 누워서 반려동물의 응급 및 후속조치에 관한 기본적인 사항을 숙지하다가 옆으로 휙, 핸드폰을 던졌다. 대낮부터 망나니짓을 하고 나니 피곤이 몰려오면서, 나를 이 지경으로 만든 어제의 일을 곱씹게 된다.

'과연 고딕 건축물은 어떤 곳이었을까? 그리고 그 현상은 대체…!'

내 생각의 흐름이 얼마 전 출근길 버스에서의 사건에 머물렀고, 곧이어 마치 '피를 연상시키는 '적안'에서 멈추었다. 그날 목격한, 아니 상상한 것은 처음으로 상상과 현실을 분간하지 못하도록 만들었다. 게다가 어찌나 꿈속에서 험히 등장하는지, 상상을 덧붙이기조차 몹시 꺼려진다. 고런즉 더 이상 뚜렷한 잔상으로 남겨두지 말자. 망토를 둘렀던 어릴 적에나 상상과 허구 속 인물의 지배하에 놓였었지, 가뜩이나 지배층이 넘쳐나서 피지배층으로 살아가는 것도 고역인 성인용 판에, 결코 용납도 납득도 되어선 안 될 일이다.

나는 이내 마음의 안정을 되찾고 한결 기분을 가벼이 만들었다.

'그나저나 도안이나 다시 가볼까. 호수 건물은 궁금한데….'

원래 일상에 찌든 노예일수록, 이따금 낙관적인 도전을 빙자해서 밑도 끝도 없이 내지를 때가 있다.

'진짜… 한번 가볼까.'

물론 현재는 쓸데없이 낭비할 힘조차 없지만, 원래 미련에 찌든 사회인은 낙관적인 척하고 은근히 도전으로 빙자해서 밑도 끝도 없이 내지를 때가 있다. 더구나 어제의 마무리도 그렇고,

뭔가 찝찝하게 만들게 하는, 뭔가 긴요한 부분을 놓친 것 같은 '미진한 느낌'이 남아있다. 아니, 뭔가 '미진한 상상'이 남아 있다고 해야 할까?

'까짓것 가보자, 가봐! 에이, 아니지, 아니야.'

그렇다고 내일 출근을 미룰 수도, 업무에 지장을 줄 수도 없었다. 그냥 관상용 건물로 치부하는 것이 최상이었다.

'그래도 진짜… 다시 가볼까?'

실은 아직까진 아니었다. 분명 최상의 선택일지언정 최상의 방법은 아직 아니었다.

나는 시간을 확인해 보려 핸드폰을 열었다. 누군가로부터 '오늘 시간 되시는가.'라는 짧은 문자가 와 있었다. 친구 녀석이었다. 이어서 같은 출처에서 발송된 문자가 날아들었다. '친구, 좀 봅시다. 나오시오.'라고 예의 없게 이어간 그 문자는 보기 드물게, 일요일 아침에 무척 반갑게 느껴지는 연락이었다. 딱 알맞은 타이밍에 나의 지나친 호기심을 잠재워주는…. 역시나 확신 없는 도전보다는 이성이 앞서는 법이었다.

마지막으로 상상은 절대 나를 지배할 수 없다. 왜냐고? 내가 유일하게 지배하는 영역이니까.

내가 친구를 만나러 나가자, 거실 한편에서 나비가 춤을 추고 있다.

가까운 미래. 균열기 1년. 새벽 2시쯤.

'어? 빛나는
　저건 뭐지?
가까워지면 멀어지고
　가까워지면 멀어지고.
그래도 거의
　그 팅커벨에
다다랐다.
　'조금만 더
조금만 더!'
　나는 그 빛을 향해
손을 뻗는다.

'덤짜'들

 지금은 상상에 잠식당한 영역에서 벗어난 시간. 아직 친구를 만나기로 한 시간도 멀고 해서, 조조영화를 관람 중에 있다.
 그나저나 단지 영화표 가격이 저렴하다는 이유만으로, 이 얼마나 환상적인 문화생활인가. 덤으로 공공장소임에도 널찍한 공간까지 얹어주기까지 하니, 이보다 더 좋은 아침 일정은 개인적으로 몇 없다고 생각한다. 단, 영화가 재밌어야 한다는 전제 조건이 수반되어야 하지만….
 '이런 제기랄.'
 그렇다. 현재 나는 더럽도록 재미없는 영화를 관람하며, 몇 번이고 벌끈 엉덩이를 들썩였다. 가뜩이나 기력이 쇠한데 지루한 영화까지…. 기분 전환이고 자시고 할 것도 없이 무조건 실용적이지 못한 파국적 결말로 치닫게 생겼다.
 '실로 위험하다. 어제에 이어 일요일도….'

– 2 –

 저것은 명백한 공포영화이다. 분명 지금쯤 벌렁대다 못해 졸도 직전까지 가야 하건만, 불안한 예감대로 한도 끝도 없이 지루하게 흘러간다. 그래도 미친 근성으로 버티리라. 벌써 내 마음속 시위가 '제발, 관람 중에 자리를 떠!'라고 극렬하게 일어났음에도 꿋꿋이 버티고 있으리라.

어느덧 엔딩 크레딧이 올라가기 시작했다. 내 입꼬리에 엷은 웃음이 번지며, 안도감과 함께 스스로를 칭찬할 자격을 갖춘 것에 만족감이 드러난다. 이는 심히 칭찬을 받아 마땅한 정신자세이니라.

'어이구, 우리 지언이 격하게 칭찬해! 쪽쪽!'

나는 내 삼각근에 수시로 뽀뽀를 해대면서, 마침내 영화관 건물 밖으로 나왔다.

이미 태양이 후두부 위를 지나가고 있었다. 도심의 거리는 수많은 자동차와 제각각인 모습으로 삼삼오오 다니는 인간들로 붐볐고, 내 세계로 곧, 개성이 넘치는 그들의 웃음소리가 퍼진다. 왠지 '그들이 세상을 메우는 모습'이 어둑 충충하게, '그들이 메우고 있는 세상'은 어둑 충충한 홍연처럼 보인다.

아, 저 제각각인 표정에서 나오는, 마치 서로 경쟁하듯 들리는 웃음소리…. 그런 소음의 원흉들 가운데 나는 홀로 외로이 서 있다. 홀로 고독하게.

"상담이 필요하십니까?"

그때 낮고 굵직한 목소리가 산뜻하게 들려왔다. 그 주인공은 바로 나만의 세계로 깊이 빠지는 것을 막아주는 친구였다.

"너의 세계는 지금 어떠냐?"

녀석이 굵은 손가락으로 자신의 관자놀이를 가리키며 말했다.

"글쎄, 어떨까."

"거기서 나는 아직 살아있긴 하냐?"

"무슨 말인지 모르겠다, 이 자식아."

"미친 놈, 그래도 가끔은 너의 그런 점이 부럽다. 네 상상으로 나를 묘소년으로 만들어줘라."

녀석은 나를 보며 피식 웃어보였다. 그 웃음은 실팍한 덩치에 위압감을 주는 얼굴과 대조를 이루면서, 항시 감겨 있는 한쪽 눈과의 조합으로 인해 묘한 매력을 풍겼다. 여기에 과장을 보태 한 가지 덧붙이자면, 거대한 덩치와 어울리지 않게 의외로 섬세한 면을 가지고 나를 대해주는 녀석은 그 웃음을 띠며 내 말을 진중히 경청해 준다. 이렇듯 타인의 인생을 한결같은 미소와 진정성으로 채워줄 지친한 사이는 세상에 흔치 않다.

"지언아. 나… 더는 못 참겠다."

그런데 오늘은 평소와 사뭇 다르다. 지금은 반대로, 내가 친구의 일상을 들어줄 시간인가 보다.

"엔간히 팔짝거려라… 어지간히 해, 좀!"

갑자기 짜증 섞인 반응까지 보인다. 그것도 '반려묘'에게, 게다가 자그마치 두 마리에게 번갈아….

친구는 내가 아는 한, 절대 펫팸족이 아니며 결코 될 수도 없는 부류이다. 그런 녀석이 고양이를 대동한 것도 모자라 하필 수다를 떠는 날에 반려동물 계통들로 번잡한 펫카페에 들어오더니 각각, 직속상관이 선물한 수컷과 사모님이 맡긴 암컷이라고 설명한다. 더구나 그 '반려묘 커플'에 의해 다소 협소한 실내에는 개들이 짖는 소리에 이은 양판, 돼지판, 냥냥이판 등 난장판이 벌어지는데다가 번번이 자신의 수다도 가로막힌다.

"얌마!! 딴 애들 신경 긁지 말라니까!"

확실히 거칠어져 있었다. 그렇게 사회적 제재로 제약한 현대인의 수컷 본능도 해금되면서, 적자생존의 관한 수다가 시작되었다.

어떤 출신 좋은 던적스러운 동기가 있다더라. 한데 그놈이 보통 상사들 앞에선 앙글앙글 웃으며 조빼고 능갈치고 복속하는 척하다가, 정작 먼지를 덕적덕적 묻힌 채로 자신한텐 이기죽이기죽 소대(疏待)해서, 끝내 격화일로(激化一路)로 대립이 치닫고 있다나 뭐라나. 참고로 친구 녀석 또한 직속상관을 붙좇긴 하지만, 주로 정직한 가욋사람 취급을 받는다고 한다.

지금 당장 친구의 힘을 북돋아 줄 답변이 필요하다.

나는 친구에게 힘을 북돋아 주었다. 아니, 서로에게 힘을 북돋아 주었다.

"친구야. 후래거상!"

"그래… 후래거상…."

아무튼 그리 한참을 말하던 녀석은 이제 충분하다는 생각이 들자, 부담스러운 눈으로 레이저를 쏘며 질문했다.

"그나저나 지언아, 너 첫사랑 잊었어?"

"어, 대충은."

나는 녀석의 물음에 진지하게 대답했다.

"대충이라…. 야! 내가 어떤 사건에 대해서 얘기해줄게."

녀석은 변설이 너무 좋아서 얼뜨리기도 하면서 장황하게 늘어놓았다. 요약하자면 이렇다.

서로가 첫사랑인 행복한 커플이 있었다. 하지만 피치 못 할 사정으로 둘은 오랜 기간 떨어져야 했기에 행복은 오래가지 못했다. 그 후 시간은 더디게 흘러서, 커플은 오랜 기다림 끝에 재회를 하게 된다. 그러나 남자는 사랑하는 여자로부터 이별통보를 받는다. 그것은 '시간에 얽매이지 않은 남자'와 '시간에 굴복한 여자'의 엇갈린 선택에서 나온 결과였다. 그렇게 또다시 세월은 흘렀다. 그간 남자는 사업에 실패하였고, 결국 폐인이 된 상태에서 옛 애인과 그녀의 연인을 우연히 보게 된다. 그리고 끝에는 극단적인 선택으로 파국적 상황을 맞는다. '시간이 다 해결해 줄 거야.'라는 격언이 무색한 결말이었다.

분명히 과거는 잊히기 마련이다. 첫사랑도 예외일 수 없다. 그러나 완벽히 지워진다는 것은 연약하고 영악한 인간에겐 영원히 불가능하다. 과거의 일부분은 자신이 처한 상황 또는 이기심에 의해 부활하기 때문이다. 한 마디로 '시간이 지나면 그녀를 잊을 수 있겠지.'라는 말은 어느 면에선 개소리라는 이야기다.

- 3 -

친구 녀석은 또 다른 질문을 던졌다.

"네가 그 버림받은 남자였으면?"

"아마도 과거의 나라면 첫사랑을 기다리지 않았을까? 그러니… 나 역시 불행한 상황과 마주했을 수도?"

나는 정확한 답변을 하지 못한 채 얼버무렸다.

그 후로 우리는 한동안 말이 없었다. 이토록 두 수컷들은 지들 일도 아닌데 쓸데없이 진지하다.

"야, 날 저물었다. 이제 가자."

어느새 일요일 저녁이 코앞으로 다가왔다. 우리는 어쩔 수 없이 간단한 악수만으로 인사를 끝낸 뒤, 각자의 내일을 위해서 즉각 헤어졌다. 참 반가웠던 만남과는 상반되는 간략한 이별이었다.

그나저나 잊은 것이 있는데…. 아, 맞다! 녀석의 이름은 '도현근', 나와는 동연(同硯)한 사이이며 평검사 나부랭이다.

바로 코앞으로 다가온 월요일 탓에 귀갓길의 발걸음이 무겁다. 그런 한껏 예민해진 나에게 익숙한, 그러면서 포근한 향취가 전해진다. 재빨리, 잠시나마 해방감을 선사한 출처를 추적해본다. 그러나 집으로 돌아가는 좀비들만 눈에 들어올 뿐이다.

'오늘의 주인공은 우리가 아니었나 보네.'

1장\꿈꾸는 신들의 도심_47

가까운 미래. 균열기 1년. 새벽 2시 20분쯤.

손 바로 앞에
 팅커벨이 있다.
드디어 잡았다.
 하지만 잡히지
않는 허상이었다.
 점점 옅어진다.
그리고 다시
 어둡기만 하다.

꿈

왠지 모를 빛으로 혁혁한 터널을 지나고 있다. 그러다가 한순간 안구가 실 정도로 강한 빛이 번쩍이면서 쨍쨍, 햇볕이 드는 세상이 펼쳐진다.

'여기는 어디지?'

나는 무지개 세계의 고목나무 그늘에서 흔들의자에 앉아 쌔근쌔근 코를 골고 있다. 그러다가 어느새 드르렁, 컥! 코골이를 그치고, 서서히 몸집이 작아지면서 천사와 같은 얼굴로 쌔근쌔근 자고 있다.

'아이, 괜히 신나라.'

바로 그때 야단법석, 요란한 소리가 들려온다. 나는 눈동자만 커다란 아기가 되어서 고개를 돌린다. 각종 동물과 악기를 다루는 요정들이 놀음놀이하며 내 쪽으로 오고 있었다. 한창 '이동식 춤판과 연주회'가 벌어진 것이다. 이내 그들은 고목나무 앞을 일렬로 늘어서 율동적으로 지나간다. 귀여운 율동을 선보이는가 하면 덩실덩실, 살굿살굿 춤사위까지 벌인다. 그러고는 멀찍이서 은은한 빛을 내고 있는 '어떤 동굴'로 천천히, 마치 누군가의 체취를 더듬어 가듯 쿵쿵대며 흥겹게 걸어간다. 나도 요정들의 장단에 맞추어 신명 나게 쿵쿵쿵! 따라간다. 때로는 벙실벙실하며 리듬에 몸을 맡긴 한 아기가 되어서….

― 2 ―

 마침내 나까지 동굴 안으로 들어오자, 한동안 '춤을 추던 벽램프'의 빛들이 일제히 한 곳으로 모아진다. 나는 빛들이 가리키는 곳을 쳐다본다. 그곳에는 다리는 짧으나 예쁘고, 목은 짧으나 또 예쁘고, 배는 볼록 나왔지만 또 예쁜 강아지가 서 있었다. 녀석은 나를 보자마자 종종, 앙증맞은 손으로 코코아를 건넨다. 그리고 우리는 흙탕물에서 철벅대고 온갖 광석들로 다르륵다르륵 소리를 내며 어울린다.
 "우히히. 훼방을 치자, 휘이휘이!"
 그런데 느닷없이 산뜻한 바람이 동굴로 들어온다.
 '아, 우리의 달콤한 시간이여.'
 끝내 우리는 바람의 방해를 맞고 꾸벅꾸벅, 서로의 몸을 의지한 채 잠이 든다.

― 3 ―

 이곳은 꿈속의 꿈. 쿵쿵, 나는 향긋한 체취를 더듬어 간다. 곧이어 천상으로 향하는 문이 보인다.
 "응애응애! 포근하다, 헤헤."
 그 문에서 아름다운 노랫소리가 흘러나온다. 나는 호기심에 천천히 열어본다. 그러자 아침노을을 등진 언덕 위에서 '어떤 고상해 보이는 실루엣'이 노래를 부르며 여성스러운 율동미를 선보이고 있었다. 그 주변 모든 식물은 춤을 추듯 흔들거렸고, 한 그루의 거목과 거석들에 앉은 참새들은 노래에 맞춰 지저귄다. 한참을 많은 참새가 끊임없이 지저귄다.

'노래 좀 듣자. 이제 그만.'

더 크게 지저귄다.

'참새들, 그만하세요. 으응?'

더욱 더 크게 지저귄다.

"제발 그만해, 그만! 겁내 시끄럽다고!!"

- 4 -

깼다. 출근을 앞둔 시점이다.

'염병할 참새들.'

나는 천장을 향한 눈을 움직여, 옆으로 눈총을 쏘았다. 새소리의 출처는 바로 알람시계였다.

"네놈 짓이군. 아아악!"

나는 옆에 놓인 죽도로 알람시계를 후려쳤다. 정말로 달갑지 않은 월요일 아침이다.

'이거 마음에 안 드는 시작이야. 아무래도 마무리를 잘 해야겠어. 흐음… 근데 그 정숙한 여인의 실루엣은 어찌 엮어야 하나. 아, 시간이 부족하다.'

나는 곧바로 상상하기를 시작했다.

'여기는 다시 동굴이다. 어느덧 내 앙증맞은 손은 다시 커졌고 원래의 크기로 눈동자는 돌아왔다. 그리고 그렇게 다시 어른이 되어, 성큼성큼 동굴을 걸어갔다. 가면 갈수록 믿기지 않을 정도로 진짜 같은 환상에 입이 벌어졌다. 바로 그 순간, 예쁜 강아지가 상처를 입은 채로 손과 꼬리를 흔들었다. 그리고 녀석은 서서히, 서서히 먼지가 되어 사라져갔다. 그것을 보는 나의 마음은 울고 있으나, 이미 작아진 눈에는 눈물 따윈 보이지 않았다. 나는 나가서 위를 쳐다보았다. 하늘만은 맑았다.

역시나 월요일엔 긍정적인 마무리가 무리다, 무리!

그래도 하늘은 맑은 현실. 나는 전쟁터로 향하기 전에 이런 생각을 해본다.

'꿈이라는 허구의 세상에서 목숨을 잃는 것이 가능할까? 만약 그곳에서 목숨을 잃는다면 현실에서는?

가까운 미래. 균열기 1년. 그저 깊은 새벽쯤.

포기하고 싶다.
  깨고 싶다.
두렵다.
  달아나고 싶다.
있는 힘껏 하늘을
  바라본다.
'어!?'
  그런데
하늘만은 맑다.

전쟁터

   2016년 4월 초순, 나는 전쟁터로 향했다. 이른 시간임에도, 생기가 없는 일상과 마주하며 무미건조하고 단조한 작업에 종사하는 영혼들로 넘쳐난다. 그들은 기계적인 삶에 염증을 느끼고 이루 말할 수 없는 권태와 피로감에 찌들었어도, 그냥 속으로 리버럴리스트를 갈망하며 정작, 일정 기간만 자유분방한척 연기하는 배우에 불과하다.

   과연 저들은 무엇을 위해 저리 되었을까. 단지 살기 위해서? 아니면 가정의 화평을 위해서?

   정말이지, 어느 샌가 기계로봇이 되어 있지 않으면 다행이다. 정말이지, 어느 샌가 고작 사회적 동물이라 격리되고 욕심에만 찌들지 않으면 다행이다. 정말이지, 어느새 공통 유대감과 집단 정체성이 마치 강조되듯 강조, 강요되는 것에 면역된 노예가 되지 않으면 다행이다.

-- 2 --

   어느덧 오후, 점심시간이 찾아왔다. 나는 바깥 공무를 끝마치고 아직 복귀하는 중이다. 그런데 가뜩이나 식사시간도 단축된 판에, 때 이른 봄 더위의 강렬한 태양빛이 눈을 슴벅슴벅하게끔 찌르는 듯하다.

'이거 짜증나는데….'

청천으로부턴 군상을 녹일 듯이 햇볕이 내리쬐고 대지로부터는 만상을 찔 듯이 열기가 아른거리며 뿜어 오른다. 턱턱, 숨이 막혀오기 시작하고 마치 좀비 같은 넋이 나간 통근자들이 몹시 거슬리며, 그들이 사방에서 치근대는 흐름에서 나만이라도 벗어날 필요성을 느낀다. 이미 기운도 상당히 소진되어서, 마치 내 정수리를 태워 버릴 듯한 태양으로부터 벗어나 응달로 대피하고 싶다.

'하아. 찐다, 쪄. 이거 폭발하겠는데….'

나는 어깨까지 축 늘어뜨리고 학습된 무력감에 젖은 흔한 가장들처럼 패전자로서 어떤 건물로 느릿느릿 피신했다. 그러자마자 섬득 서늘한 기운이 피부에 닿으면서, 겨우 심신이 드스해졌다. 그러나 연일 '꼭두각시 공연'을 창졸히 하는 탓에, 어차피 오래 쉴 겨를도 없이 심신이 모조리 뜨거워질 예정이다.

'아니, 오히려 모조리 차가워진다…가 맞으려나. 나는 온기 없는 꼭두각시 자체니까….'

아무튼 내가 들어간 건물은 바로 '국세청 별관' 즉, 나의 전쟁터였다. 그리 제정신이 아닌 상태에서 절륜한 기지를 발휘하여 재빨리 숨을 돌려봤자, 어차피 '1국 2과 1팀'이라는 진지에서 황망히 전쟁에 임하게 되는 팔자이다. 그래도 오늘 또한 전의에 불타는 '꼭두각시 전투병'으로 살아갈 것이다. 보다 성실히 임하는

'7급 전투요원'으로… 그저 과장님의 신뢰 속에서 생존법을 배우는 '나름대로 엘리트'로서….

나는 7급 국가시험을 단번에 붙은 '하급 엘리트'이다. 한때 면장 정도는 헤아려봤었지만, 행정고시는 나의 '이상'이 크지 않은 관계로 관심 밖이었고 대신, 사회의 중심을 주로 관망하기에 좋은 위치에서 가만한 발자취를 남기며 지내고 있다.

아차차, 잠시만! 우선 내 사회생활의 면면을 만나기에 앞서, 드문드문 정오에 찾아오는 '행복의 시간'을 먼저 만나보자.

– 3 –

무려 도심에서 작은 행복을 느낄 수 있는 그것은 간혹 늦점심을 하는 맛에 펼쳐지는 평온한 시간이자 아무 클래식과 함께 사색에 잠기며 덕수궁 및 주변을 도보하는 시간이다. 조금 미사여구를 보태자면, 울창한 도심의 숲에서 갈색 원두 얼음이 담긴 투명한 테이크아웃 잔을 단지 세 손가락으로 드는 세련된 행동을 보이는 것부터, 나만의 절제된 춤을 텅 빈 사무실에서 추는 것까지를 지칭한다. 오늘도 충실히 이행한 나는 사무실 문을 걸어 잠근 상태에서 엉덩이를 마저 씰룩인다.

'울라울라, 울라울라!'

그러나 안타깝게도 그 자유로운 형식은 정확히 13시 50분부터 엄격한 규율에 구속된다. 그것은 바로 현재로부터 1분 뒤에 들어올, 초일류 대학 및 행시 출신에 심지어 젊은데다 진급도 빠른 유망한 과장이 들어오는 시점이다. 매일같이 철저한 복귀 시간의 엄수… 그 인간은 짜증나게도 단 한 번도 지각한 적이 없었다. 한 마디로, 지는 마음 자세까지도 최상급 엘리트라 이런 거지. 재수 없게도 시라….

'건방진 자식… 그럼 시작하자.'

나는 곧바로 스트레스의 주범인 과장을 향해 '상상공격'을 퍼부었다.

'남루한 행색에 항시 소가 핥은 것 같은 녀석의 머리 스타일은 상어 지느러미처럼 뾰족하고, 뒤룩뒤룩 비대한 몸뚱이에 가느다란 팔이 달린 형체는 구더기가 꺼도 어울릴 정도이다. 더군다나 목을 상실한 상체와 얼굴의 조화에다가 군데군데 비어 있는 이빨의 패잔병 같은 몰골은 품행만 단정해 보이려는 비렁뱅이를 떠올리게 한다. 아마 그런 놈이 10초 후면 뒤뚱뒤뚱 들어오겠지?'

나는 비록 그가 못난 장교라 할지라도 진지에 들어올 순간을 대비하여 전투복을 정제하고 대기하였다. 아니나 다를까, 그 순간 사무실 문이 털걱거렸고 나는 재빨리 손잡이를 돌렸다.

'이런 젠장….'

귀공자형의 깔끔한 미중년이 들어왔다. 절대 다수로 하여금 반반한 명문가의 반반한 귀공자를 떠올리게끔 하는 외모이고 근사한 안경과 다크네이비의 반듯한 더블버튼 슈트차림을 완벽히 소화한 사대육신(四大六身)이며, 그에 맞게 신사적이지만 타인에게 귀감이 되도록 장중하고 엄숙한 태도로 업무에 임하는 최고급 엘리트이다. 바로 우리 윗분들이 선호하는 1국 2과 정병의 제제한 군용은, 저 품격 높은 상품에서 시작된다 해도 과언이 아니다.

그러한 유표히 영민한 인물이 한갓 영특하기만 한, 동수저 출신을 부른다.

"지언 씨."

"넵, 과장님! 식사 잘 하셨나요? 딸랑딸랑!"

갑자기 1국 2과 1팀 사무실에는 꾸벅이는 전투원의 방울 소리가 울려 퍼진다.

"오늘도 벨트가…. 딸랑딸랑! 오늘은 변동 사항이…. 딸랑딸랑!"

그렇게 나는 앞으로 가만한 발자취를 남길 것이다. 존경해 마지않는 우리 '통명한 지략가'와 함께….

가까운 미래. 균열기 1년. 다시, 새벽 3시쯤.

이곳의 어둠과는
 다르게 하늘만은
맑았다.
 조금은
진정이 되어가고
 희망이 솟아난다.
그런데 문득…
 그녀 생각에
눈물이 난다.

평등하지 못하다 사람의 목숨조차

 나는 볼펜으로 사무용 책상을 또드락거리고는 내 미니서재나 다름없는 스트링 선반의 서적들 및 반려식물을 괜히 재배치해본다. 역시 퇴근을 두 시간 앞둔 시점에는 모든 것이 멈춘 듯 시간이 가질 않는다. 지루하다. 무료함을 달래야 한다. 괜스레 미적거리다가 과장실 문을 힐끔거린다.
 "아차차!"
 그러면서 볼일이 생각났다는 듯이 3층으로 내려간다. 요즘 3층 국장실에는 확장공사 및 수도배관 보수가 한창이다. 나는 국장실에 들러서, 열일하는 배관공과 담소를 나누며 쓸데없이 공구함을 들여다본다. 워낙 희귀한 펜치와 곡정(曲釘)을 챙기고 싶은 마음에 유착한 공구함을 번쩍, 날라주면서 중고매매 기회를 노린다. 그러나 단, 1차 시도만에 포기한다. 나는 한층 더 내려가서 2층의 대형수조에 들른다. 물고기 밥을 들고는 3자 청경어항, LED조명, 각종 수석과 입체 백스크린, 그리고 금붕어, 공작비단잉어, 청소 물고기 나비비파 및 가오리 비파 보루네오 플레코 등을 찬찬히 살핀다.
 '조만간 기암을 하나 사와야지.'
 생각하며 나는 시간을 확인한다. 이제 1시간 30분 남았다. 아직 멀었다. 지루하다. 나는 아예 1층으로 내려가서 화초가 가득한 건물 앞 조경화단으로 향했다. 차일 저녁에 강풍을 동반한 폭우가 예보되어 있어서, 분주한 경비 아저씨를 필두로 공익요원들이 낙엽과 부엽토 공수작전을 펼치고 있었다. 나는 공연히 관심을 보이며 참여의사를 밝혔다. 그러자 경비 아저씨가 다가오면서 한바탕 잡말 삼매경이 벌어졌다.

"아, 그니까 요게, 다공질이라서 배수가 좋고 지온도 높이고 영양분도 풍부하제."

"방금 검색해 보니, 활엽수 낙엽인 이유가 있네요. 침엽수보다 유효성분이 좋다고요?"

"그라제. 부숙도 빨리 되고 거기다… 아! 저거 보이제? 냄새가 아주 구수하제? 야, 종남아! 저쪽에 적당히 뿌려라이! 저래 비료와 흙을 잘 혼합하면 원체 좋제!"

"아… 그렇구나…."

아… 그래도 지루하다…. 나는 잠시만 보조해주다가, 공무 핑계로 다시 사무실로 돌아온다. 그러고는 다가오는 주말에 대비하여 점심에 구매한 연날리기 재료를 펼쳐놓고 조립한다. 연 종류는 별꼭지연, 방패연이다. 대나무로 연살을 다듬어, 한지에 엇맞게 붙이고 벌이줄을 잡아서 곧바로 철각얼레의 실과 이었다. 당일 공무를 마치고 퇴근길에 시청광장에 들러, 캡을 쓴 채로 시험해볼 생각이다. 나는 연과 얼레를, 캡을 걸쳐 놓은 벽걸이 행거 위 선반에 놓으면서 벽시계를 보았다. 이제야 겨우 1시간 남짓 지나서 퇴근까진 아직 1시간 10분 정도 남았다.

이제부턴 이 건물에 쳐져 있는 '깊고 깊은 차일'을 걷어보자.

나는 곧, 4층의 1국 2과 2팀에 위치한 공간에 도착했다. 실내 가득히 흐르는 찬결이 피부에 와 닿는다. 왠지 바퀴벌레들이 득시글댈 듯하다. 곰팡이가 슬고 색이 누렇게 바랜 서류철이 가득하여 쿰쿰한 악취가 코를 찌른다. 참 번잡스럽고 구질구질해 보인다. 헌데 이 퀴퀴한 장소가 열수와 수증기 및 가스를 분등하는 간헐천만 떠올리게 하는 건 아니다. 저 멀리 수렴(水簾)이 보이고 그 패연한 폭포수가 시원히 쏟아지는 동학(洞壑)이 그려지게 할 만큼 찬란한 여명, 즉 희망의 빛도 품고 있다. 그 말인즉슨, 매번 구저분한 일을 도맡아 하는 '7급 노예'일지라도, '마부작침'의 자세로 이 '차일의 창고지기' 역할에 임하다 보면 그 언젠가 찬란한 햇살을 맞이할 수도 있다는 것이다. 먼 훗날에… 아니, 가까운 미래의 어느 때에, 의외로 주요 보직에 특채되어 야드르르한 잔결 지는 바다를 만끽하면서….

아무튼 나는 장기간 앵글 선반에 보관된 서류들을 꺼내어 마치 노적 담불로 싸이듯 연도별로 정리하고 박스 안에 넣은 다음, 짐이 떨어지지 않도록 버팀줄을 단단히 긴람하였다. 종합소득세, 재무상태표, 법인세 신고서, 이익잉여금처분계산서, 각종 세무 신고서와 손익계산서 등 근래에 조사 대상 업체들을 상대로 검토한 서류들은 수월한 공무를 위해 업무별로 구분해서 능률적으로 배치하였고 차명계좌 제보자료, 탈세 제보자료, 국세 공무원 제출자료, 서면분석자료 등 다음날 참고할 서류들은 찾기 용이하게끔 접이식 벽걸이 수납장에 두었다. 워낙 분량이 많아서, 일일이 끼워서 들이미는데도 좀체 들어맞지 않고 비끗대서 꽤나 애를 먹었다.

나는 마지막으로, 금융감독원 전자공시 시스템에 접속해서 기업개황 및 사업보고서, 감사보고서, 지분공시, 거래소공시, 공정거래위원회 공시 등 주요 공시사항을 대충 확인하고 다시 한 번 벽시계를 확인하였다. 이제 퇴근까지 남은 시간은 10분 정도….

그러나 조급한 마음이 든다거나 들뜨진 않았다. 이럴 때일수록 온갖 잡념이 무겁게 내리덮고 다분히 세속적 취기에 젖어 오히려 내면은 평화로워진다. 이제부터는 적당한 수다로 나머지 여백을 채울 순간이다. 오늘날 누구나 아는 따분한 이야기이긴 하나, 갓 '빌린 세도가'를 꿈꾸는 유망주에겐 감흥과 함께 초심을 일게 하고, 삶의 법열(法悅)을 자아낼 얘기로 말이다.

혹시 당신들은 자본주의 세상에서 아니, 모든 세계에서 '평등'이 존재한다고 생각하나?

'박애주의, 박애 정신? 웃기시네.'

우선적으로 완곡하게 직언한다. 온 세상을 구성하는 중심을 기점으로, 미완의 존재들이 영위하는 다기한 양상들을 다년간 접한 바로는, 단언컨대 절대 그렇지 못하다. 공평한 기회랍시고 주어지는 순서뿐만이 아니라, 인간의 목숨조차 평등하지 못하다. 아니, 어쩌면 '없을 것 같지만 있고 있을 것 같지만 없는 평등'이란 것은 마치 불완전성 정리처럼 증명이 불가능한 영역이

1장\꿈꾸는 신들의 도심_63

자, 상대적 이상이 아닌 절대적 이상에 가까울 수도 있다. 즉, 풀 수 있고 실현이 가능한 성질의 것이 아니라 애초부터 정착과 도달이 불가능한, 결국 불완전한 상태로 남겨질 수밖에 없는 영역…. 물론 무지스레 들리겠고 무척 염세적인 표현으로 보이겠지만, 일단 허상에 불과하다고 보는 이 비뚜름한 시선으로 나의 생활과 어느 총수의 죽음에 비추어 살펴보자.

– 2 –

일단 우리는 국세공무원이긴 하지만 기업과의 공정한 거래 및 서로간의 실리의 다소 등을 고사하기에 자못 분망하다. 특히 몇몇 흥망이 조석에 달린 이때는 더욱 그러하다.

얼마 전 우리 국세청과 동맹이자 애증관계를 유지해오던 A기업의 총수(장남)가 세상을 떠났다. (참고로 나는 A기업 총수의 죽음에 관한 내막은 모르기에, 항간의 무성한 소문과는 달리 운명을 다하여 세상을 등진 죽음이라 여기며 중립기어를 놓겠다.) 그러자 대대로 옥좌 위에 앉아 천수를 누릴 A가문이 드물게도 통째로 흔들리는 위기에 놓여버렸다. 그 주범은 그간 침복해 들어앉아있었던 경쟁기업들…. 그들은 A기업에게만 특혜를 베풀고 자신들과는 불공정 거래를 했다며, 우리(국세청)에게 급진적인 변화 및 개혁 의사를 은밀히 전해왔다. 그들은 간간이 우리와의 거래과정을 불설하고 비판하면서, 주기적으로 A기업에 끄나

풀을 심어놓았고 이제는 본인들 위주의 실리만을 위해서 원하는 바를 기탄없이 쏟아내기에 이른 것이다. 그렇게 A기업은 명실공히 동아시아 패권을 다투는 대표그룹에서 순식간에 먹잇감으로 전락해버렸고 동시에 명실상부한 '경제의 본산'이란 입지가 무척 비좁아질 위기에 놓여버렸다. 물론 그렇다고 해도 '자손만대의 번영'에 길이 이바지할 가문이니만큼 A기업 주요 업계의 판도 변화는 미미하겠지만, A가문은 설상가상으로 겹친 악재에 당혹감을 감추진 못했고, 그들에 관련된 공무에는 매사 최선을 다한 우리 입장에서도 마찬가지였다.

더구나 A가문은 비슷한 시기에 '내우외환'의 상황에도 놓여버렸다. A가문을 겨냥한 내부 제보가 빗발치고 있는 데다, 에구머니나, 이런 이율배반적인 일이!! 그 내부 제보자 무리에 무려 총수의 형제인 차남과 삼남도 껴서 서로를 매도하며 자신의 가문을 욕보이고 있었다. 말 그대로 전쟁 통에 형제끼리 각산한 것도 모자라, 아직 수사 기관에 이첩되지 않았을 뿐이지 벌써 파락호 신세가 되어가는 판국이었다. 만약 작금의 흐름이 극적 구성으로 치닫는다면, '보여주기'식 조사 과정을 벗어나 수사 종결권을 가진 수사기관에 이첩되어 심판대에 설 것이고 위법행위의 경중, 부당이득 규모 등을 감안해 몰수 및 추징 여부를 재량적인 판단에 따라 심판받을 것이다. 하지만 우리는 왕족의 시의(侍醫) 역할을 자처하면서, 그들을 벌씌우지 않도록 조사권을 유지하는 한편, 여타 공무까지 'all stop' 시키고 오로지 A기업을 위한 겉핥기 세무조사에 집중하기 시작했다. 아마도 내일이면 가벼운 범법행위를 A기업에 적용하라는 지시가 우리 하부로 떨어질 것이고 조만간 뉴스를 통해 조사 과정과 그 결과를 드러낼 것이다. 그럼 세간은 처벌의 경중에 집중할 것이고 기득권 세력의 행태를 힐난할 것이다. 그리고 세무 당국인 우리는 투명하고 공명정대한 퍼포먼스의 일환책으로, 해당 건을 수사 기관에 이첩하는 것으로 쓰윽 처리하면 될 것이다. 원래 동네 강아지들은 가만한 발자취에도 그악스레 굴 뿐, 자세한 내막은 모르지 않는가. 그리고 간혹 음모론에 끌리는 대중에 의해 한바탕 난리를 겪더라도 어찌 할 것인가. 그 '대기업'이란 곳이 '국가 차원에서는 굳건해야 할 기둥이고 양육 차원에서는 선망의 대상이자 장래희망을 위한 튼실한 지붕'일진데…. 어차피 세속적 허화를 좇는 자이든 통속적 욕망을 불설하는 자이든 누구건 간에, 발현되는 시기와 형태만 다를 뿐, 다들 자본 앞에서는 위선적이고 이기적이며 공리주의적 경향이 있지 않은가.

― 3 ―

다음은 물고 물리는 그들의 관계해결에 대해 조금 엿볼 차례이다.

그것은 앞서 언급한 해결보다 어찌 보면 더욱 간단하다. 그냥 대강 A기업과 동등한 혹은 상회하는 조건으로 여타 기업의 범법행위를 이해하고 가려주면 서로 아무 일 없다는 듯이 제자리로 돌아갈 것이다.

우리는 왕족의 시의(侍醫) 역할을 자처한다. 그리고 우리는 실리보다 우선 명분을… 그들은 명분보다 우선 실리를…. 이래봬도 우리는 멀고도 가까우며 서로 이해하고 감싸주는, 더불어 사는 이웃이기 때문이다.

뭐 그렇다고, 일개 7급 전투원인 내가 그들의 복잡한 관계와 상황을 상세히 숙지하고 있다는 것은 아니다. 알고 싶지도 않으며, 그저 정치인 같은 고위공직자들까지 위시해서 서로 통모하며 밥그릇 챙기기 바쁜 것이라 추측하고 공무에 충실하면 그뿐이다. 그래도 윗대가리로부터 얻은 진실과 배울 점은 있었다.

웃음을 무조건 의심하고 또 의심하라. 그리하면 나올 것이다. 가면을 벗겨내고 또 벗겨내라. 그리하면 나올 것이다. 대기업의 이면을 끊임없이 파헤치고 파헤쳐라. 그리하면… 더욱 나오지 않을 것이다. 결코 녹록한 삶은 거대한 진실에 다가갈 수 없다. 또한 평범한 삶 역시, 쉽사리 근접할 수 없음은 물론, 끝없이 파헤칠 엄두도 못 낼 것이다. 도대체 왜냐고?

감추려는 인간과 파헤치려는 인간뿐만이 아니라 아무런 말 없이, 아무런 힘 없이 방관하는 인간들과 거의 모든 현상에도 그 중심을 지탱하는 무한한 힘, 즉 자본이 자리잡고 지배하기 때문에. 또한 이토록 투명하리만치 정직한 세상 가운데 우리 과장님 같은 뛰어난 엘리트가 버티고 있기 때문에. 그리고 그들에게 부복하여 충성을 약맹한, 나 같은 하급 엘리트가 배위하지 않고 세상에 널브러져있기에….

'아, 그들이 나와 같이 하길 원하니, 이 얼마나 행복한가. 부디 신하에게 봉토해 주십사, 고분고분 할 수밖에.'

– 4 –

이처럼 '평등한 기회'는 세상을 움직이는 일부한테나 제대로 부여된다. 게다가 그들의 죽음은 많은 이들의 관심 속에 애도 아닌 애도를 받기도 한다. 우선 그들의 죽음과 이와 대척되는 죽음을 유별해 보자. 과연, 어떤 쪽이 매력적인 삶에 의한 죽음일까? 마땅히, 어떤 길을 지향하고 내달려볼지는 본인이 선택해야 할 것이다.

그러나 이 점만은 분명히 염두에 두자. 적어도 내가 사는 세상은 생명을 살리는 행위조차 가치 판단에 따라 우선순위가 변경된다는 점을 말이다.

으응? 뭐라고? 조사권 남용? 너는 '인과'에 의한 천벌이 두렵지 않느냐고?

나도 알고 있다. 분명 온 세상을 지배한다는 '인과율'의 법칙에 의거한다면 사필귀정, 정의의 심판이 그 결과가 될 것이다.

'헌데 세상살이가 꼭 그렇지만은 않단 말이지….'

우리 이 점도 분명히 해두자. 내가 접한 몇몇 기득권들은 '기는 버러지'를 어리석다고 생각하지 않는다. 그럼에도 불구하고 내가 수시로 접한 '법의 사각지대와 모순지대'를 '가이 포크스 가면'을 쓰고 넘나들고 있다.

 오늘따라 잡념에도 불구하고 퇴근시간이 더디게 찾아왔다. 오늘은 퇴근 전 1시간을 제외하고는 지루한 일상의 연속이었다.
 나는 사무실 문을 잠그고 건물 밖으로 나와서 '국세청 별관'을 올려다보았다. 다시 한 번 언급하지만, 저 곰팡이가 슬고 색이 변색된 건물에는 깊고 깊은 차일이 처져 있다. 그런데 그 자체는 투명하기에 악취의 출처는 몹시 모호해진다….
 이어서 나는 어두운 하늘에 시선을 두며 속으로 중얼거린다. 떳떳한 상태로 마주하게 해 준 날씨에 감사하며….
 '오늘은 내 차일을 걷어도 되겠군…. 모든 것은 평등하다, 사람의 목숨조차… 그래서 나는 행복하다.'

― 번외 편 ―

 오늘 낮에 흥미로운 소문을 들었다. 이야기인즉슨 이렇다.
 어떤 세무조사관이 모 연예기획사를 조사하기에 앞서, 우스갯소리로 모 걸 그룹을 거론하며 동료들을 곧잘 웃겼단다. 그리고 그 연예기획사는 다음날 파견 나온 그들한테, 놀라운 휴게 공간이 딸린 최적의 업무 공간을 제공해주었단다. 적어도 이쪽 세계에서는 대형업체일수록 대접이 후한 것이 마치 당연한 관례인양 여겨진다. 그렇다면 과연, 그 연예기획사란 곳은 어느 정도의 대우를 해주었을까?

여하튼지 해당 기획사는 세무조사가 끝난 뒤에, 걸 그룹의 싸인이 담긴 포장된 앨범을 우리 측으로 보냈단다. 그것도 무려 발매되기 전의 앨범이 한 박스에 가득 실려 도착했단다.

그 정도로 내 세계에서는 무엇이든 간에 실재할 수 있다. 조금 덧붙이자면, 어느 건방진 기자는 우리 국장을 무상시로 찾아와서는 안하무인으로 고자세를 취했다고 한다. 처음부터 끝까지 손님용 탁자에 다리를 올린 채로 대화했다고….

이토록 내가 속한 세계는 자본에 잠식당한 세상을 볼 수 있는 곳이자 별별 형상들도 망라된 거래장이기도 하다.

가까운 미래. 균열기 1년. 새벽 3시 30분쯤.

눈물이 멈추질
　않는다.
나는
　곧
한뎃잠자리에
　들었다.
그러자
　저 멀리
구름 사이로
　내리는
'한 가닥의 달빛줄기'가
　보인다.
무작정
　그곳으로
향한다.

찾아오다

"좋았어!"

오늘도 나는 기똥찬 배우의 경건한 마음 자세를 취하고는 무대(일터)에 들어섰다. 한데 웬일로 매사에 철두철미한 과장님이 보이지 않는다. 그는 항시 겸공(謙恭)한 마음씨를 잃지 않고 상시 부하직원보다 일찍 출근하여, 적당히 낮춘 태도로 곰살궂게 굴며 사내를 순시해본다. 그러고는 국세청장이 연두사를 통해 밝힌 어떤 포부 및 계획을 실현하려 항상 성실한 자세로 임한다.

'헌데 설마… 결근?'

나는 이때다 싶어서 커피잔을 들고 곧바로 과장실로 향했다. 간만에 찾아온 일생일대의 기회를 허투루 보낼 수는 없다. 나는 우선적으로, 마치 안집 툇마루에 교만히 걸터앉은 권세가처럼 과장님 자리에 오만방자하게 앉아버렸다. 그리고 곧 허공을 상대로 조만히 질책해 보았다.

"어허. 그런 조만한 배짱으로 어디 큰일 하겠나, 엉?! 그깟 조만한 업무도 못해서야 어디 크게 되겠냐고! 엉?!"

말하면서 내 뇌로부터 출발한 현시욕이 핏속에 용해되어 흐른다는 사실이 오늘도 인정되면서도, 나의 처량한 실상 또한 점점 자각되고 있었다. 암만 흉내내 보아야, 정작 한낱 고고한 노예 신분에 불과하다는 것을.

'그래도 잘 하면 실무 기안자 역할까지는…'

나는 불현듯 밀려오는 자괴감에 그 즉시 과장실에서 나와 사무관 자리에 앉았다. 그리고 의자를 그대로 돌려서, 아치형 벽걸이 거울을 보며 옷매무새를 가다듬는 동시에 나의 조각 같은 옆모습과 날렵한 턱 선을 확인했다.

'호오, 쥑이네!'

그러자 자동적으로 콧노래가 나오면서 슬슬 내 머릿속의 악기들이 연주되고 다양한 선율이 온몸 구석구석으로 퍼지더니만, 결국 나는 콧노래의 음율에 몸을 싣는다. 아직 피곤이 덜 풀린 눈은 일정한 음과 규칙적인 리듬에 의해 자연스레 감기고 마침내 나만의 음악은 이 피곤에 찌든 저질 몸뚱이와 불협화음을 일으킨다. 그러면서 사무실 문도 절거덩절거덩 나와 함께 춤을 추면서 살짝, 살며시 열린다. 아니, 매우 살짝, 아주 살포시 열려 버린다. 아, 차라리 춤을 추려던 찰나에 순식간에 철커덕 열려버렸으면 좋았으련만….

그렇다. 내 예상은 보기 좋게 틀렸고 과장님은 우스꽝스러운 타이밍에 문을 연 것이다.

"안, 안녕하십니까. 과장님! 딸랑딸랑!"

내 맑은 고운 소리가 1국 2과 1팀에 마치 타인의 하루를 신나게 열어주려는 듯 울려 퍼졌다.

"음. 문이 좀 빡빡하군."

"어!?"

그런데 내 꾀꼬리 음성이 가 닿은 대상은 과장님이 아니었다. 그는 바로, 그 과장님보다도 내실을 기하고 다지는 것으로 유명한 무, 무려 2국장이었다.

"구구구, 국장님. 안녕하십니까! 잘 건강히 안녕히 지내셨습니까!! 메가톤급 딸랑딸랑!!!"

나는 그만 화들짝 놀라서 췌언을 늘어놓는 것도 모자라, 2국장의 뒤통수에다 대고 '기체후 일향만강'하셨냐며 꾸벅 인사를 했다.

그런데 막상 하고나니 이상하다. 왜 2국장이 마치 초도순시하듯(初度巡視) 1국장 산하의 1국 2과 1팀을 방문했을까….

– 2 –

현재 나를 벌겋게 핏발 선, 매의 눈망울로 처다보는 인물에 대해 짧게 소개하겠다.

그는 우리 1국장과 S대학교 동문으로서 당대 석학 문하에서 동학한 라이벌이자, 치열한 승진경쟁 통에 일별하게 된 관계였다더라. 한 마디로 서로 원수지간으로 지낸다는 말이다. 그러니 지금 이 순간부터 딸랑이는 함부로 1국장을 입에 올리면 안 되느니라.

더욱이 2국장은 중앙정권을 간간이 비판하는 1국장과 기성 정치권력에 대한 불신이 있는 과장님과 달리, 현 정부가 통솔하는 관공서에서 거인적인 족적을 남기길 원하는 인물이고 더불어 그의 머릿속과 언행에는 간혹 독이 묻은 칼을 품긴 것 같다. 더구나 땅딸보 콤플렉스로 인해 우질부질, 언구럭을 부릴 때도 있고, 유교를 막중히 여기는 가문에 유전된 준엄한 가풍을 기반으로, 삼종지의(三從之義) 같은 구닥다리 주의를 수하들에게 설파하지를 않나, 본처를 '칠거지악'을 빌미삼아서 삼불거(三不去)를 들먹이며 내쫓은 전례도 있지를 않나, 그런데 또 남의 생소리는 달가워하지 않는다고 한다. 쉽게 묘사해서 2국장이란 인간은 고대사회 사상을 지니고 21세기 관공서로 출근하는 '염낭을 찬 모순덩어리'라는 말이다.

하긴 우리들 모두, '하이브리드 코팅된 콘크리트'로 덧댄 '철판 안면'의 '오그랑이'이긴 하지 뭐….

그나저나 이쯤 되면 들릴 법도 하련만 과장님의 발걸음 소리는 여전히 들리지 않는다.

'진짜 결근인가…'

그것도 무단결근이었다. 정말 보기 드문 일이었다.

나는 애써 에둘러서 짧게 말했다. 듣기로 2국장은 엉정벙정 두르는 태도를 극히 지양하는 단독직입적인 부류라고 한다.

"과장님께서 급한 일 때문에 잠시 자리 비우셨는데 연락 한번 해보겠습니다."

"아니에요, 아니에요. 오늘은 지언 군, 당신한테 볼 일이 있습니다."

그가 손으로 저지하면서 무척 반색하며 말했다.

'2국장이 왜, 나를?'

그의 돌출 발언을 납득하기 어려웠다. 그는 보통 상관이 아니다. 비범성을 겸비한 유별난 고위 공직자로 불리면서, 인간들을 분등하여 차등을 두고 대하는 부류이다. 더군다나 우리가 연이 닿은 적이 있다고 해봤자, 2국장의 어머니 부고를 1국 2과 팀들에게 보냈을 때와 그들의 부의전을 수렴해서 전달했을 때가 전부이지 않는가.

나는 긴장된 나머지 나의 며칠간 행적을 찰나에 돌아보았다. 그러자 내 표정을 읽은 2국장이 무척 선하게 웃어 보이며 말했다.

"긴장하지 마세요. 부탁이 있어서 온 것뿐이니까."

그 말을 들은 나의 가슴이 갑자기 2국장의 눈에 닿을락 말락 거릴 정도로 두근거린다. 역시 그의 대화 방식에는 단도직입적인 언구가 쓰여 있다.

"지언 씨, 이리 가까이 와보세요."

"네! 국장님!"

나는 떨리는 마음으로 다가갔다.

"이제부터 제 말을 각심해서 들으세요."

"넵! 알겠습니다."

그러고는 2국장이 하는 모든 이야기를 아주 바른 자세로 경청했다. 솔직히 그가 말할 때마다 언구럭스레 웃는 표정만이 떠오르고 흡사 외양간두엄을 칠 때처럼 구린내만이 번번이 풍길 줄 알았다. 그런데 놀랍게도, 2국장은 내 충성심과 능력을 높이 평가한다며 중대한 사안과 함께 마치 가뭄 속 단비와 같은 칭찬을 쏟아냈다.

그 순간 나의 머릿속은?

대략 새하얀 비둘기가, 성당의 종소리가 울리는 가운데 하늘을 날아다니고, 도심의 공작새들이 이 미천한 영혼과 삼바 춤을 추고 있는 정도?

"어때요? 후래거상…. 마치, 제우스처럼?"

2국장은 나에게 어떠한 조건을 달고 맹언을 하며 속언약을 하였다. 물론 나는 2국장이라는 인물이 신의가 없는 축에 속한다는 점과 함부로 맺은 언약과 맹언의 시말은 대부분이 상반되어, 그 결말이 주로 처참하다는 것을 잘 알고 있다.

"아무쪼록 잘 부탁해요. 알겠죠?"

2국장은 재차 동의를 구하는 표정으로 말했다.

"아, 아닙니다. 국장님! 오히려 제가 잘 부탁드립니다!"

말하면서 나는 머리를 깊이 조아렸다. 그러자 2국장은 내 상체가 올라올 때까지 기다리다가, 느닷없이 내 가슴께를 손바닥으로 두 번 툭툭 치더니 유유히 자리를 떠났다.

나는 2국장이 사라진 뒤에도 그쪽을 향한 채로 한동안 멍하였다. 머릿속은 복잡했지만 솔직히 마음은 두근거리고 있었다.

"과장님 오셨습니까…."

"지언 씨. 커피 좀 부탁해요."

마침내 과장님이 어떤 왜소한 남자 손님과 함께 들어왔다. 그 손님도 2국장처럼 무척이나 선해보였고 그의 축 처진 어깨는 보는 이로 하여금 안쓰러움을 자아낼 정도였다.

- 3 -

어느 정도의 시간이 흘렀을까. 그 손님과 과장님이 차례대로 모습을 드러냈고 무언가 원활한 소통으로 공결(公決)되었는지 아까와 다르게 그들은 한결 홀가분해보였다.

"지언 씨?"

그때 우리 과장님이 평소보다 만족스러운 얼굴로 다가왔다. 그러고는 들뜬 기운으로 낯선 무언가에 대해 한참을 소곤거렸다. 그의 어투에서 이 '하급 딸랑이'에 대한 크나큰 신뢰가 느껴진다.

오늘은 어쩐 일로 퇴근시간이 빠르게 다가왔다. 그러나 왠지 짜릿한 해방감은 맛보지 못한 채로 사색에 잠겨, 한시적으로 고심할 듯싶다.

가까운 미래. 균열기 1년. 그저 깊은 새벽쯤.

달빛기둥 안에
  어여쁜 그녀가
서있다.
  나는 그녀에게
손을 뻗어본다.
  만약 내 손이
닿는다면
  이곳도 좋다.

거인적 족적 vs 가만한 발자취

초인종 울리지 마라, 핸드폰 울리지 마라!

'아, 졌다….'

그래, 나 지금 이 나이에 양끼도 거르고 갱밥이나 다름없는 쌀떡을 오물거리며 게임한다. 그런데 나만 그런다고 생각하지 마. 수많은 셀럽은 기본이고 적어도 내 주변 미혼자는 간혹 끼니도 굶어가며 90% 이상, 기혼자는 눈칫밥 먹으며 50% 정도는 하니까.

그리고 이 분야를 무시하지 마라. 몇몇 앞뒤 꽉 막힌 당신네가 무시하기에는 이미 거대한 자본이 개발사와 유통회사를 통해 움직이는 분야인데다가, 쇼핑백을 아주 두둑이 채워줄 전도유망한 인재들이 배치되어 있는 분야니까.

그렇다. 이것이 바로 당당히 게임하고픈 젊은 아재의 혼한 패기 및 무논리이시다.

– 2 –

내가 현재 즐기고 있는 온라인게임은 '자본주의세상'이 함축되고 만상의 생성화육의 원리가 깃든 가상공간이자, 인간의 졸렬함과 추악한 본성을 유감없이 이끌어내는 불완전한 세계이다.

그러나 가상화폐를 소량 구매해서 투자하더라도 영웅이 되어 타인을 뭉갤 수 있는 기회가 주어지는 것은 물론이거니와 현실보다 투자대비 큰 만족감을 얻을 수 있는 매력적인 세계이기도 하다. 그렇기에 그곳에는 다량의 돈을 투자해서라도 자신의 신분을 높이고 운행 질서에 참여하려는 유저와 현재의 나처럼 눈에 쌍심지를 켜고 승부에 집착하는 유저들이 넘쳐난다.

그럼 앞으로 빼어난 활약을 보일 후자의 인물에 접속해보자.

- 3 -

여기는 원시림 같은 장소부터, 마치 권모술수가 판치는 정치판처럼 온갖 오류, 곡설, 기상천외한 폭설(暴說) 및 폄사(貶辭)가 난무하는 가상공간이다. 그렇기에 오늘 또한 어떤 간악무쌍한 녀석에게, 심지어 위선적인 정치질을 동원하여 주기적으로 내 신경을 건드리던 놈에게, 더구나 진검승부를 즐긴답시고 자기야욕, 자신을 과시하기 위한 희생양으로 나를 선택한 놈에게 시달리는 중이다.

'원래 미친놈과는 상종하지 않는 것이 최고지. 진짜, 이번만이다. 앞으론 좋게, 좋게 무시하자.'

다행히 아직은 평정심을 유지할 수 있었다. 제발 녀석만은 이기기를 바라면서….

졌다.

'아무렴 어때. 다른 사람과 붙어서 이기면 되지 뭐.'

또 졌다.

'상관없어. 또 다른 사람과 붙지 뭐.'

당연히 또 졌다. 더구나 이번에는 '패드립'으로 무시까지 당한 채 지고 말았다. 그러자 나의 분노는 하늘을 찌르고 말았다.

"아오. 어린놈한테 욕이 양념된 훈계까지 들어야 하다니. 이 새끼를 찾을 수만 있다면 뒤통수를 확, 후려칠 텐데."

나는 참담한 결과에 씩씩거리며 성깔을 과하게 부렸다. 그러자 이내 그 분노는 애꿎은 현실 세상으로 표출되고 만다.

'그래. 어차피 인간의 어두운 본성은 자신보다 잘난 인간이 존재하는 한, 또는 자신이 죽을 만큼 힘든 순간 나오게끔 되어 있어. 분명히 모든 새끼가 자신보다 별 볼 일 없는 사람만을 위하는 척하고 그 개 같은 본성은 숨기고 있겠지. 그렇다면 가만… 이거 나라도 그 추잡한 새끼들과 달리 솔직해져야 하지 않겠어? 뭐, 무위자연?? 그저 있는 그대로, 그냥 주어진 대로 사는 것이 진정한 삶으로 가는 길이라고? 뭐, 뭐라고?! 늘 양심껏 살아야한다고? 웃기시네!!! 이 세상은 그 누구보다 잘난 것이 답이야. 세상정화… 아니, 내 식대로의 정화는 그 뒤에 따라오는 특권이고.'

이렇듯 이성을 잃은 찌질이는 어떤 후회할 결정을 내린 뒤에, 주섬주섬 '무엇'을 챙기고는 잠자리로 향했다.

가까운 미래. 균열기 1년. 그저 깊은 새벽쯤.

그녀에게
 나의 차가운
손이 닿자
 우리 주변으로
푸른 초원과 냇물,
 하얀 오두막이
나타난다.

반변하다

 월요일 늦은 새벽. 평소와 달리 괴성도 지르지 않은 나는 일출이 시작되기도 전에 집에서 나왔다. 너무 이른 시간에 출근하는 덕에 세상이 쥐 죽은 듯이 고요하게 느껴진다. 그래도 한 시간 뒤부터는 기계들 아니, 성실한 가장들이 대거 등장하겠지?
 오늘따라 그 모습들이 나에게 특별하게 다가온다. 그리고 그보다 더욱 특별한 내가 고요한 세상을 뚫고 1국 2과 1팀이 아닌 '국세청 본관'으로 향한다. 그런 나의 손에는 '많은 사본'들이 들려있고 이렇게 나는 오늘 하루, 나의 또 다른 본성에 충실하고 있다.

- 2 -

 이곳은 국세청 본관이다. 또한 2국장실로 뻗어 있는 복도이다. 나는 실성한 박쥐가 되어서 중요한 전환점을 앞두고 있다. 그리고 마침내 세 발자국 앞에 있는 2국장실 문을 여는 순간, 새로운 길이 펼쳐진다.
 '앞으로 2국장님께도 열성을 다하여 조석으로 문안을 드리겠나이다.'
 나는 과감히 문 손잡이를 잡았다. 향후 행보와 처음으로 찾아올 화려한 인생을 꿈꾸는 것이 실로 기꺼웠다.

철커덕 사무실 문이 열리고 실내 분위기가 갑자기 환해졌다.
"지언 씨, 좋은 하루!"
목소리의 주인공은 우리 부지런한 과장이었다. 그는 평소보다 넘치는 긍정적인 에너지로 사무실에 활기를 불어넣었고 회석의 분위기는 그 어느 때보다 화기애애하였다.
"지언 씨, 잠시만 과장실로 와주세요."
오늘도 과장은 얼마 전 방문한 손님의 일로 오전부터 나를 찾았다.
'저 인간 때문에 나까지 피곤하게 생겼군.'
그 손님은 현재 우리와 A기업 간의 '세 번째 거래'에 코가 꿰있는 상태이다. 대략 그 거래 순서는 이렇다.
첫 번째. 우리는 세무조사 대상인 A기업이 저지른 범법 내지 탈법 행위를 적당한 선에서 덮어두고 경죄를 바닥에 던져놓는다.
두 번째. 그 경죄를 A기업이 집어주는 것으로 넌지시 우리의 위상은 높아진다. A가문은 고마움의 표시로 미리 약조했던, 위층에 사는 특정 계층의 장래들을 봐주기로 한다.
세 번째. A가문은 이례적인 거래 제안을 해왔다. A가문이 눈엣가시로 여긴다는 '㈜태평'이라는 중소기업에 관한 비리를 공손히 고발해온 것이다. 만약 우리가 그 잡초를 세무조사로 밟고

제거한다면, 거래장(국세청) 윗선의 능구렁이 중 누군가는 손쉽게 공적을 쌓는 것은 물론, 온갖 비호 하에 승천할 기회도 얻을 것이다.

 자, 어떤가? 꽤 단순하고 솔깃한 거래 아닌가? 바로 이러한 은밀한 거래에 그 의문의 손님인 '㈜태평의 최병직 사장'이 껴있는 것이다.

- 3 -

 '과장님도 참, 왜 남이 똥 싸는데 힘을 주고 계신담.'
 이렇듯 지금은 세 번째 순서에서 거래진행이 멈춘 상황이다. 그것은 우리 과장이 마치 반변했듯 최 사장을 감싸주고 변호하는 현 상황이 낳은 문젯거리 중 하나였다. 그래서 나는 과장의 뛰어난 통솔력에 가려진 그의 성품을 주목해봤다.
 거듭 알리지만 과장은 다방면에 뛰어난 상사로서 내겐 존경의 대상이자 찬란한 미래를 보장 받은 인물이다. 하지만 내가 그의 능력과 계급을 떠나서 인간적으로 좋아하는 이유는, 그가 의외로 죄책감에 괴로워 할 줄 아는 인순하고 올곧은 성품을 지녔기 때문이다. 실제로 최근에도 나는 괴로워하는 과장을 카페에서 위로한 적이 있었다.
 그런데 그런 과장이 오늘은, 시종 활기찬 자세로 임하면서 웃는다? 더욱이 그 A기업이 눈엣가시로 여기는 최 사장을 반색하면서?

　그 변화는 아마 그의 성품으로 인해 어떤 심경변화가 찾아왔다는 증거일 것이다. 하지만 그것은 현재 A기업과의 거래중단으로 난해한 입장에 처하게 된 과장을 위협하는 맹독이나 다름없다. 게다가 똥줄 타는 A가문이 이해해줄 리 만무한 경우이니 먼저 과장부터 아량을 베풀면 좋으련만, 되레 자신을 총애하는 1국장의 비호 아래, 그 맹독을 품고 엇나가고 있으니 3자인 내가 봐도 A가문 및 그 추종자들이 그들을 고깝게 여길 것은 자명하다.

　'쯧쯧. 고리도 애쓰더니만 이게 뭐람…. 결국 A가문이 2국장한테까지 다리를 걸쳤잖아.'

　나는 차마 과장의 눈은 쳐다보지 못하고 속으로만 그의 이기심에 항변했다.

　'결국 그 까닭은 당신이야. 그러니 내가 2국장의 꼬임에 넘어가게 된 원인도 결국 당신… 결국 한 과장, 당신 잘못이라고….'

　그렇다. 나는 이른 아침에 본관의 2국장실에 들어가서 우리 팀이 소유한 최 사장의 자료와 A기업에 관한 자료를 2국장에게 넘겨주었다. 그렇게 하급 엘리트인 본인은 개운치 못한 마음보다는 잘 돌아가는 머리를 선택하여, 여우 같은 악역을 자처하였다.

　그러나 나는 이렇게 생각한다.

　'어차피 나나 당신이나… 믿음을 저버린 똑같은 배신자들이야.'

가까운 미래. 균열기 1년. 그저 깊은 새벽쯤.

우리는
　하얀 오두막에서
노래를 부른다.
　푸른 세상에
음악이 가득하다.
　그런데 갑작스레
푸른 초원에
　불이 붙는다.

만남

 차일은 신체 컨디션이 제법 떨어져 있는 주말이다. 더구나 새벽 내내, 나의 무거워진 마음을 어찌 가볍게 만들 것인지, 앞으로 닥칠 일을 어떻게 극복할 것인가를 밤새 고민하며, '진탕 술을 마셔볼까? 혹여 예상 방향이 어그러지면 낙향을 해야 할까나?' 같은 패배자의 머리에서 나올법한 생각이 떠나지를 않았다. 역시나 사람은 마음이 아니라고 하는 행위는 절대 하지 말아야 한다.

 아무튼 나는 이토록 밤을 지새우며 머릿속을 희생한 결과, 내 요새를 잠시 벗어나 '추억여행'을 떠나기로 결심했다.

 그간 추억여행은 나를 신뢰 구간에 속하는 장점들로 꾸준히 유혹하며 끌어당겼다.

 우선 추억여행은 첫 번째로, 말 그대로 아련한 '추억'이라는 단어로 내 감성을 자극 시킬 수 있다. 두 번째로, 잃어버린 추억의 소중한 조각을 모을 수 있다. 마지막으로, 멀어져 있던 인연을 다시 내면에 담으며 되살릴 수 있다. 그리고 무엇보다, 누구나 한 번쯤은 추억의 샘에 퐁당, 빠지고 나서 힘을 내지 않는가.

 하지만 추억여행에는 주의해야 하는 치명적인 불신 구간도 명확히 존재한다. 자칫 잘못하면 과거로부터 오는 패배감에 젖어서 자책한다거나 혹은 과거가 현실의 도피처가 되는 현상이 바로 그것이다. 허심탄회한 심정으로, 언제나 스스로를 책망하는 내가 겪은 현상처럼 말이다.

- 2 -

나는 이른 아침부터 누군가에게 쫓기듯 집을 나섰다. 그러고는 얼른 거주지를 벗어나고 싶다는 마음에 재빠른 걸음으로 지하철역으로 향했다. 그런데 그 순간, 마치 하얀 솜사탕을 연상시키는 흰둥이가 골목에서 난데없이 튀어나오더니 나의 급한 걸음을 막아선다.

"헉, 놀래라. 얌마! 나 놀랬잖아!"

나는 너무 당황한 나머지 녀석에게 고함을 쳐버렸다. 그러자 녀석은 처진 눈으로 나를 뚫어지게 바라본다. 그렇게 한참을 무표정으로 바라본다. 거참, 영걸스러운 강아지이지 않는가.

'저 귀여운 것.'

무척 앙증맞았다. 게다가 한결 애교를 배가시킬 볼록한 배와 짧은 다리는 나로 하여금 미안한 마음까지 들게 한다.

"아이고, 놀랐어요? 이 엉아가 너무 미안해. 우쭈우쭈, 우쭈쭈. 이리 오세요."

그러나 녀석은 나를 무시한 채로 가로수에 코를 박더니 한참을 킁킁거린다.

'저것이 개무시하네. 가뜩이나 마음에 드는데 저걸 확, 납치해

버려?'

순간적으로 나는 저 앙증맞은 엉덩이를 추억여행에 동참시키고 싶은 충동에 사로잡혔다.

"요놈아. 너 여행가고 싶지 않냐?"

나는 무릎을 굽혀서 녀석의 콧방울 가까이 내 코를 가져가고는 괜한 물음을 던졌다. 녀석의 목에는 방울이 달려 있었고 녀석은 역시나 꼬리만 살랑거릴 뿐, 아무런 반응을 하지 않는다.

'지는 주인이 있다 이거지. 그렇다고 요놈이 허락 받고 오진 않을 것이고… 어쩔 수 없지, 찰나라도 이리 오너라.'

나는 녀석을 내 세계로 꾀어내기 위해서 뻥튀기 일부를 건넸다. 친절과 성의를 다한다면 잠시라도 지조를 버리지 않을까?

'어쭈, 이놈 보소. 잘 배웠네.'

녀석은 끝내 조금이라도 따라오진 않았으나 도리는 지킬 줄 아는 강아지였다. 뻥튀기 일부를 몽땅 먹어치운 뒤에도 내 곁에서 서성거린다. 심지어 아주 작정하고 내 무릎에 두 발을 올려서 귀여운 표정을 짓는다.

'저게 진심이야, 연기야?'

물론 그건 연기였다. 그저 놈은 뻥튀기 전부가 탐났던 것이다. 녀석은 소기의 목표를 달성하자 종종거리며 성당 쪽 골목으로 들어갔다. 역시 희대의 영걸이 아닐 수 없다. 다만 건방짐까지 겸유했을 뿐이다.

'저것이 뒤도 안 돌아보네. 그래도 뭐, 조금은 고맙다. 너 때문

에 저 골목이 오늘은 밝게 보여.'

나는 생각지 못한 만남 덕에 한결 마음이 편안하고 쾌적해졌다.

'인생이란 간혹 신기하고 재미나. 의외성에 은근 도움을 받기도 하고… 아, 맞다! 기차시간!! 이런 늦었다!'

– 3 –

아침부터 기분 좋은(?) 만남을 가져서인지, 심신이 무척 가벼워진 상태였다. 그 후부터는 그저 탑승을 제때 하는 것에만 총력을 기울이면 되었다.

그런데 이번에도 일상 곳곳에 도사리는 그 의외성이란 요소가 발목을 잡았다. 불행히도 이번에는 한방 먹이는 형태이긴 하지만….

현재 내 옷에는 방금 어떤 인간이 쏟은 커피가 대량으로 묻어 있다. 이는 다급한 마음에 배낭을 메고서 인파 사이를 헤집은 결과였다. 말 그대로, 그 요소가 내 기분을 완전 잡쳐 놓은 것이다.

'완전 짜증나네, 이거… 쯧! 그냥 집으로 갈까?'

그렇지만 오늘의 나는 평소와는 완전 다른 것도 사실이다.

'이건 뭔 개소리야. 아니, 아니! 너는 무조건 갈 건데? 무조건 반드시 기필코 가고야 말 텐데? 홍! 그렇다고 하루 일정을 모조

리 잡칠 수는 없노니!!! 빨리 뛰자 떠! 앞으로 10분!'

그러자 금세 뒤쪽에서 내 계획을 막으려는 어떤 헐떡이는 소리가 들린다. 왠지 나를 부르는 소리인 듯하다.

'에이, 솔직히 도시에서 '저기요'가 한둘인가 뭐. 몰라, 몰라. 아예 더 빨리 뛰자. 앞으로 5분!'

나는 꺼림칙하면서도, 점점 멀어지는 목소리를 무시하고 가속을 붙였다. 그리고 이 무례한 배낭족은 그렇게 온갖 실례를 여기저기 범한 끝에야 목적지에 제시간에 도착할 수 있었다.

그런데 아무리 전광판을 보아도 승강장 정보, 아니 열차 정보조차 확인되지 않는다. 희한하다. 그래서 나는 승차권을 확인하며 급히 움직였다.

'이런 제기랄. 나 언제까지 급해야… 어라!? 이거 내일 거네.'

보고 또 보고 다시 보고 아무리 봐도 확실하게 내일 표였다.

'하아, 나 지금까지 뭐한 거지?'

나는 허탈한 기분에 배낭을 바닥에 내려놓았다. 그러자 웬 낯선 물건이 가방에서 떨어진다. 유선 이어폰이었다. 분홍색 선에 자그마한 체크무늬 리본이 달려 있는 것이 꽤 예쁘장하다.

'혹시, 아까 목소리가 그럼…?!'

갑자기 축 처진 기분이 조금씩 회복되어 간다.

'흐흐. 그 사람도 의외성에 휘둘린 거군. 좋아, 좋아, 나이스. 아주 땡 잡았으!!'

가까운 미래. 균열기 1년. 그저 깊은 새벽쯤.

우리는
 불길 속에서도
노래를 부르며
 행복했다.
그리고 이내
 모든 건 불탔다.
그리고 뒤늦게
 차가운 비가 왔다.

1국 vs 2국

 오늘도 나는 팀원들이 죄다 파견근무를 나간 탓에 한 과장과의 불편한 동거에 시달리고 있다. 그나마 다행인 점은 현재 '신경성 장염'에도 시달리는 관계로 화장실을 자연스레 들락거린다는 것이다. 따라서 이곳은 오늘만 아홉 번째 만나는 5층 화장실이다. 나는 볼일을 빡세게 보는 중에도 최근 급변한 상황에 따라 끊임없이 계산을 달리하는 실성한 박쥐가 되어 있다.

 '2국장의 맹언을 믿어야 하나. 한 과장은 아직 모르겠지? 아니, 제자리로 되돌아가야 하나? 만약 오늘 과장에게 이실직고하면 어찌 되려나.'

 내 앞날의 흥망이 조석에 달린 이때, 무엇보다 논증적 서술 및 추론과 신속한 판단이 쟁점이다. 확실히 지금은 내게 있어 좋지 않은 시기임이 자명하다.

 '판이 생각보다 너무 커졌어. 어째서 1국 쪽으로 B기업이 개입했지? 좋지 않아, 좋지 않아. 끙!'

 나는 B기업이 1국장에게 힘을 실어주는 상황에 고개를 갸웃거리며 항문에 힘을 실었다.

 '앞으로 B기업을 등에 업은 과장이 더욱 소신껏 행동할 것이고 그리 된다면 그가 감싸는 '최 사장'은 소생하겠지? 끙! 심지어 B기업은 그들을 서포트 해준다는 명목으로 1국에게 '최 사장과의 협약을 중재해줄 것을 요청했어. 일명, 협약 중재 카드를 내보였다고 할까…. 도리어 최 사장을 타격 내지 매장시키고 싶어 하는 A기업과는 대치되는 제안이지. 끙! 보통 이렇게 '경쟁관계'인 기업끼리 맞붙은 상황이라면, 소위 거래장 내의 영향력 확대를 위한 이권다툼으로 변질될 우려가 있어. 끙! 여기서 더 강한 역량을 발휘하는 기업이 향후 경쟁시장에도 유리한 고지에 선다. 한 마디로 최 사장((주)태평) 쟁탈전을 사이에 둔 자존심 싸움이 전개된… 끄응… 응차! 어후으…'

너무 깊어지는 갈등과 고민에 변기통의 수위는 높아만 간다. 헌데 그보다 더 큰 문제는 이런 나의 추측은 대부분 맞아 떨어진다는 것이다. 자칫 잘못되면, 기업의 영향력을 짐작케 하는 구내식당의 간판이 바뀔 수도 있다. 현재 다수의 관공서 내 식당은 A기업의 식품회사가 점유하고 있는 실정이지만, A기업과 B기업은 특정 분야의 독점기업들이면서 독점적 경쟁기업이기도 하다. 언제든 양자 간 경쟁은 서로의 대중성과 상징성에 영향을 끼치고 시장의 대세 판세를 출렁이게 할 수도 있다.

– 2 –

대략 20분 전, 한 과장은 상부로부터 부름을 받고 본관으로 이동했다. 그렇다면 나는 우리 팀의 시시각각의 동태를 살펴서 2국장에게 보고해야 하나?

대기업 간의 힘겨루기로 돌입되이 발선된 현 상황은 한 과장과 최 사장의 돈독해진 유대관계로 인해 A기업의 거래진행이 지지부진인 반면, B기업은 그들을 향해 보호색을 띠고 있다. 나는 아직 전도가 창창한 젊은이로서 비교론적 관점을 고지하여, 화려한 미래와 안정적인 현재를 판정하며 저울질했다. 그러나 A기업을 품은 2국장은 내게 말했다. 나를 '복잡한 미로, 느려터진 흐름'에서 꺼내어 곧바로 '탄탄대로'로 인도하겠다고….

나는 잠시 뒤 고개를 좌우로 흔들었다.

'안 돼, 안 돼. 나 같은 하급공무원이 투 트랙을 쓰면 그대로 커리어 끝이다. 지금 내가 할 수 있는 일은 2국장과 과장 모두에게 굽실거리는 것뿐이야. 양자 간 갈등과 반목은 그들 몫이고… 일단 오늘에 충실하다가, 기회 봐서 이실직고하자. 찾자! 찾자! 광명을 찾자!'

나는 화장실에서 나와서 공무에 관련된 추가서류 검토 차 곧장 '곳간'으로 향했다.

'별 소득 없는 커리어는 아니겠지. 이리 미친 듯이 숙이고 임하며 헤매는데….'

그 순간 내 머릿속에 한 과장이 했던 말이 떠올랐다.

"지언 씨. 이번 최 사장 건은 달리, 잘해 봐요."

'달리 잘하긴 개뿔. 문제가 없는 것도 아니더만.'

나도 딱히 죄질의 경중을 논하자는 건 아니다. 또한 판검사 놀이를 하고 싶지도 않다. 다만, 줄곧 접해왔던 범법 수준에는 못 미쳤지만 나에겐 그저 똑같은 죄의 크기로 보인 것뿐이다.

- 3 -

나는 예민해진 상태로 제자리로 돌아왔다. 그런데 그런 내 눈으로 책상 위에 놓여 있는 어떤 쪽지가 들어왔다.
'선택에 따라 시작된다? 누구지?!'
순간적으로 오싹하였다. 누군가 쪽지로, 내가 직면한 상황을 고지한 것이다. 곧바로 전 층의 1국 2과 사무실을 뛰어다니며 확인하였다. 제대로 닭살이 돋을 정도로, 흠칫하지 않을 수 없는 상황이다.
'누구 짓이지? 에이씨, 이놈의 새끼들을 그냥!'
나는 분출하는 분노를 억제하지 못하고 경비실을 찾아갔다. 예상대로 공익은 졸고 있었고 경비원은 부재중이었다. 하늘 끝까지 분노가 치밀었다.
"이봐요, 어르신. 그리고 공익 너! 그리 퍼질러 앉아있으니 무단 침입한 거 아니야!! 근무태만이잖아요, 근무태만!"
나는 그들의 안일한 태도를 문제 삼으며 큰소리로 꾸짖었다. 물론 몰상식한 인간, 파렴치한 공무원으로 낙인찍힐 것이 내심 걸렸지만, 그제야 속이 다 가라앉는 듯했다.

나는 여전히 얼굴은 붉히며 침착히 제자리로 와 앉았다.

'아, 이제야 살 것 같네. 그나저나 이 쪽지는 뭐냐… 대체 누구 짓이지? 하아, 다시 열 받으려 하네.'

이내 나의 분노는 쪽지를 놓고 간 불특정 소수로 향했다.

"끄응! 으으으!"

하지만 이것은 분노의 소리만은 아니었다. 실은 오늘만 열 번째 만날 화장실로 고통의 응아를 하러 가는 중이기 때문이다.

'배는 또 오지게 아프네. 쳇!'

오랜만에 무척 술이 고픈, 금요일 퇴근길이다. 나는 홀로 전집에 들러서 녹두전과 고기완자를 시켰다.

"에라, 모르겠다! 이모님! 여기 막걸리 추가요!"

가까운 미래. 균열기 1년. 그저 깊은 새벽쯤.

불이 꺼진
　세상은
다시 어둡다.
　나는 또
하염없이
　걷는다.
그런 내 눈으로
　홍자색 판(瓣) 양탄자와
앙상한 배롱나무가
　나타나듯 들어온다.

노곤하다

과음을 한 다음날, 토요일 아침. 나는 잠에서 깨자마자 어떤 미친놈이 집안 이곳저곳을 휩쓸고 다닌 흔적에 놀라지 않을 수 없었다.

"아, 너무 무리했나. 음!?'

그때 내 발끝에 어떤 물건이 닿았다. 그것은 사무실 책상에 놓여있던 '선택에 따라 시작된다.'라는 쪽지였다. 그러자 어제 만취한 이후의 일들이 불현듯 대강대강 떠올랐다.

'너 대체 무슨 짓을 하고 다닌 거냐. 아씨, 쪽팔려.'

어제 주사를 부렸던 일들이 점점 짙어질수록 사지가 오그라들었다. 분명히 몇몇은 나를 미쳤다고 생각했을 것이다. 마구 엉덩이를 흔들며 고함을 친 것 같기도 하고 쪽지를 보고는 발을 동동 구르며 웃기도 했었으니까….

"으아악!!!"

나는 어제의 부끄럽고 창피스러운 일들이 물밀듯 밀려들자 하염없이 이불 킥을 하였다. 갑자기 외출이 꺼려지면서 동시에 짜증도 거세게 밀려든다.

'단단히 미쳤구나, 이지언. 항상 기품을 유지하기로 해놓고 대체 교양은 어디다 팔아먹은 거냐. 더구나 너, 알코올에 기대는 것을 한심하다고 생각하잖아.'

왠지 모르게 자존심이 상하는 순간이었다. 곧바로 나는 의문의 쪽지를 노려보았다. 무척 거슬리고 거슬리지 않을 수 없다.

"헉!"

그런데 갑자기 배가 꾸르륵거리며 말썽을 일으킨다. 이것은 100프로, '신경성 장염'이 악화된 증상이다. 자칫 방심하면 그 무언가 속옷에 떨어질 수도 있는 급박한 상황…. 그래도 뛰어난 괄약근의 힘으로 간신히 최악의 꼴은 면하고 변기에 안착하는, 이번만 알코올 중독자.

"하이야, 살았… 끄으응!"

그러나 이제는 다시 '고행의 길'로 떠나야 하는 시간…. 나는 인내와 고통이 따르는 고독한 시간을 사색으로 버티리라.

〈고행과 함께하는 나의 생각〉

왜 항시 사회에서의 작업은 이토록 고될 수밖에 없을까. 그것은 바로 프로들이 만나서 함께 작업하기 때문이다. 본디 '프로페셔널이다, 아니다'란 기준은 '고집이 있느냐, 없느냐'의 차이이기에 숱한 고집들이 어우러지는 작업은 힘이 들 수밖에 없다. 그렇다면 나의 작업은 왜, 그 가운데에서도 유독 고될 수밖에 없는가. 그것은 바로, 이 명암이 교착된 사회가 물 흐르듯 흘러가기 위해선 '누군가의 더 큰 희생이 필수불가결한 요소이기 때문이다. 심지어 내 경우에는 필히 시비를 따질 과정까지도 철저히 차선으로 둬야 한다. 특히나 현재 상황처럼 서로의 아집이 강하게 충돌하면서도, 거래장이 물 흐르듯 흘러가기 위해서는 그 고집쟁이들에겐, 그들을 제외한 나와 같은, 훗날 서러움이 많을 동임(洞任)의 희생이 절실하다.

역시나 한 작품의 완벽한 마무리를 이끌어내려면, 수분이 다량으로 배출되는 과정을 간혹 겪어야 하는 거지. 물론 나 같은 대인배들 한해서….

"흐읍! 끄으응!"

– 2 –

시간이 흘러 여기는 내과이다. 이 불쌍한 장염 환자는 숙취로 인해 체내의 이물질을 입으로도 쏟아내고 있다. 그러나 꼴에 주변시선은 의식해서 초점 없는 눈동자만은 활동적으로 움직인다. 눈 밑의 다크 서클은 피로에 찌든 티를 팍팍 내고 있고 취기 탓인지 아니면 술 알러지 탓인지, 목과 얼굴은 마치 두드러기처럼 벌그죽죽하게 되어버렸다. 세숫대야와 두루마리 휴지를 들고 있는 양손은 갑자기 구토하는 불상사를 언제든지 대비할 수 있는 위치까지 올려서, 누가 봐도 가관인 몰골을 완성했다.

"이엘… 지언 환자 분. 주사실로 들어오세요."

"아, 예. 갑니다, 가. 우웨엑!"

나는 재차 헛구역질하면서, 그대로 두루마리 휴지를 세숫대야의 이물질에 무의식적으로 잘방대며 일어났다. 이렇듯 제정신일

리 없는 상태로 흡사, 개가 도살장 끌려가듯 힘없이 주사실로 끌려갔다.

'허허. 저 손과 팔뚝 보소.'

별안간 간호사의 평범한 신체 일부가 거대하게 느껴진다. 그녀의 분주한 양손은 식은땀으로 가득한 나의 움찔움찔 복숭아를 과도하게 긴장시킨다.

그리고 마침내 이번 주말을 통틀어서, 유일하게 제정신을 차릴 시간이 도래했다.

"자자, 긴장 푸시고 힘을 빼세요. 아이참, 힘 좀 빼시라니까요. 그러다 주사바늘 부러지겠어요. 호호호."

"네네. 근데 저기 안 아프게… 큭! 아흑!!"

- 3 -

이른 저녁, 집 근처 골목길. 나는 바가지를 들고 남몰래 훌쩍이는 나그네가 되어, 아직 욱신거리는 방뎅이 한쪽을 어루만지며 닭똥 같은 눈물을 흘린다. 더군다나 뒤엉켜 있는 내 머리카락은 그 여느 때보다 힘없이 휘날린다.

'원래 혼자 산다는 건 이런 것인가. 이거 너무 서글프잖아. 크흑!'

p.s 당분간 죽만 먹게 된 기념으로 조만간 요리시간으로 찾아오겠다.

가까운 미래. 균열기 1년. 그저 깊은 새벽쯤.

하염없이
 기다린다.
꽃잎들이 떨어진
 줄가리 사이로
별이 보인다.
 이윽고 생각에
잠긴다.

좌천당하다

'함부로 맹언해서는 안되었는데…'

사무실 안의 공기가 심상치 않은 최근이다. 이상하게 2국장은 노망난 노인도 아니면서, 마치 '엄권첩망'처럼 행동하듯 아무런 반응도 없었거니와, 최병직 사장의 정보 및 왕래 또한 전혀 없었다. 게다가 한 과장은 근무하는 내내 과장실에 처박혀서 코빼기도 안 보이고 그저 나를 엄습하는 것은 과도한 불안감만이 전부일 정도였다.

'이거 뭔가 불안한데…'

나는 생각을 흐리며 애서 모니터에 집중하는 척하였다. 하지만 그렇게 미묘한 긴장감과 정적이 감도는 가운데 내 모든 신경은 과장실 문에 쏠려 있다. 그리고 마침내, 과장실로부터 시작된 한 과장의 구두 소리가 애서 미소를 짓는 내게로 점점 가까워지고 있다.

'미소를 잃지 말자, 미소를 잃지 말자. 지금 너는 노미네이트된 연기자노라.'

다짐하면서 나는 한 과장의 귀에 닿을 정도로 침을 꿀꺽 삼켰다.

"지언 씨!"

한 과장이 웃으며 나를 불렀다. 과한 예상을 내가 한 것인가?

다행히도 평소와 다를 바 없는 기운이었다.

"넵! 과장님."

"다름이 아니라, 고생하는 우리 팀원을 위해 좋은 소식을 가지고 왔어요. 잠시 귀 좀 빌립시다."

한 과장은 내가 힘들어보였는지 등을 토닥여주며 몇 마디를 속삭였다. 그리고 그 후로 그는 곧바로 조기퇴근 했다.

- 2 -

현재, 같은 길을 몇 번이나 걸었을까. 퇴근한 나는 혼란과 흥분에 휩싸인 상태로 덕수궁 근처의 골목길을 왕복하는 중이다. 금일부로 나는 한 과장에게 찬란한 무리로 규정되었다. 아니, 엿같은 그들 모두에게 말이다.

그들의 언행에는 근신 처분이나 다름없는 경고와 몰인정한 감정이 내재되어 있었다.

'이럴 때일수록 침착해야 돼. 감정에 휩쓸려서는 이겨낼 수 없어. 이성을 되찾자, 이성을… 감정적으로 받아쳐봤자 나아지진 않아.'

오랜만에 찾아온 위험한 고비였다. 까딱하면 항구적일 수도 있는 시련이었다. 나는 고개를 끄덕이며 호흡을 크게 가져갔다. 그러나 가라앉을 기미는 도무지 보이질 않는다.

'아니, 나도 잘한 건 없으니 이런 처사가 당연한 거야? 근데 이

느낌은 뭐지? 나만 거칠게 몰아낸 건 뭐냐고!!'

나는 바닥을 구둣발로 강하게 내리쳤다. 관자놀이 위로 혈관이 꿈틀된다. 역시 억지로 긍정적인 생각을 집어넣는 감정조절이란 건, 생각보다 쉬운 것이 아니었다.

'아, 이 무정한 세상이여. 지금까지 얼마나 개같이 일하고 따랐는데, 이렇게 나왔다고? 네깟 것들이 감히? 하아, 이것들을 그냥!'

나는 찡그린 얼굴로 팔짱을 끼며 눈을 감았다. 그러나 내 특기인 상상하기가 발동되지 않으면서 차분함 대신 강한 분노만이 나를 서서히 감싼다.

"진짜 짜증나네, 이거… 그냥 평소처럼 진행해서 찬사나 받을 것이지. 정말 난, 그 자식이… 나는 정말 그 자식을…."

그나마 남아있는 이성도 엇나가는 내면을 바로잡지는 못하였다.

'아니, 2국장이야 원래 비정한 새끼라 치고, 한 과장은 왜….'

– 3 –

"모두 다 건배! 딸꾹! 제기랄, 한 과장 새끼. 우리 안 그랬잖아! 딸꾹!"

나는 분노를 거리에 흘리고 다니면서, 덕수궁 담벼락에 몸을 바싹 대고 남대문 단추를 끌렀다. 실은 실례라는 것을 조금은 인지하였고 배뇨는 통 시작될 기미가 없었지만, 본디 목표는 한 과장이다.

"이거나 먹어라, 비정한 자식들. 나는 한 과장, 네가 뒤졌으면 좋겠어. 아니 공무원이 하는 일이 뭐야? 위에서 지시한 거 닥치고 해야 하는 거 아니야? 비참하게 나만 나쁜 놈 되고 지만 빠졌어요, 빠졌어?! 그럼 지금까지 나와 한건 뭔데, 뭐냐고! 내가 장담하는데, 너는 그 누구보다 고통스럽게… 딸꾹! 몰라, 몰라. 모두 다 건배!"

가까운 미래. 균열기 1년. 다시, 새벽 4시쯤.

차갑다.
 깼다.
때마침
 비가
내리고 있다.
 닿을 듯
닿지 않았다.
 마음이
숙숙히
 아려 온다.
비가
 세게도
퍼붓는다.
 피난처를
잃은 내게….

아무에게도 속하지 않다

 현재 나는 서로 통모하는 사이에서 버려졌다. 그들의 뒷거래 중에 일어난 세력다툼의 희생양이 되었고 거의 반강제 실직을 한 기분으로 민원실에서 매일같이 실의에 빠져 있다. 이것은 하급 엘리트에 대한 모독이자 한심한 징계처분이 아닐 수 없다.
 '이 새끼들이 감히, 약육강식의 논리를 믿고 통명한 지략을 발휘한 내게 이따위 처분을 했다고? 그것들 확! 협박해봐?'
 이렇듯 나는 근무 중에도 미간의 깊이를 조절하지 못했다.
 그러나 이것은 억울함보다는, 그냥저냥 지내기에 그럭저럭 괜찮은 '종로 세무서'가 부르는 이상증상에 가까웠다. 무척이나 지루했고 가식적인 목소리는 시도 때도 없이 난무하였다.
 '과연 나는 예전의 위치로 돌아갈 수 있을까?'

— 2 —

 시간이 흘러, 어느덧 점심이다. 세무서의 냉방기가 과다 사용되는 가운데, 나는 숙직실에서 만화책을 안대 삼고는 한 과장이 조만히 책망한 날을 떠올린다. 그날 그는 이렇게 속삭였다. '지언 씨. 곧 징계가 있을 겁니다. 내가 막아줄 수가 없네요.'라고…

한 과장과 1국장은 배신자의 발목에 족쇄를 채웠다. 그러나 켕길 것이 많은 자비로운 윗분들의 보호와 선처를 받아 파면, 해임, 정직 같은 중징계 대신 감봉과 견책(6개월간 승급 제한)처분을 받았고 대신, 그깟 경징계로 인해 승진레이스에는 차질이 생겼다. 한 마디로 토사구팽에 가깝다.

 '역시 한신처럼 능력이 출중한 자는 낄 때 끼고 빠질 때 빠져야 했어. 쳇! 아주 뭐 같은 인생이군. 이러다가 5급이 보임되는 직위들은 영영…'

 생각하며 나는 어느새 주먹을 가볍게 쥔 채로 바닥을 두드렸다.

 '진짜 이참에 개 같은 모습으로 협박해봐?'

 언제부턴가 내 머릿속 선악의 싸움은 가열한 양상을 띠었고 손에 땀이 나기 시작했다. 과다한 냉방기의 냉기가 다리로 뿜어대는데도 소용이 없었다.

 '어차피 권력집단이 두려워하는 건 나 같은 약자의 입을 통해 비리가 세간에 알려지는 것. 그들에게 난 언제 터질지 모르는 시한폭탄이다. 하지만 약자의 위치는 다루기도 쉽고 차일공사 당하기도 쉬운 것 또한 사실. 실제로 약자들은 작은 은총을 입는 순간, 힘든 현실에서 희망을 보기 시작하지. 그러면서 힘든 처지는 잠시 잊게 되고… 언제든지, 아주 자연스레…'

 이번에는 굳게 쥔 주먹이 서서히 풀리기 시작했다.

 '더구나 그들은 감사와 감찰을 받아봤자 사면 받을게 뻔해.

감사원 수장이라는 작자도 뇌물을 받는 판이니 서로의 이익을 위해 움직이는 그들은 한통속이지. 심지어 그들은 서로 수틀리지만 않는다면, 법 위에 군림하는 자들… 개중 누군가는 고위층과도 친분이 있을 테고… 역시 아무리 생각해도 약자인 내게 탈출구는 존재하지 않아. 만약 있다고 해도…'

나는 생각을 마무리하며 주먹을 폈다. 그렇다. 나는 공범이었다.

"내게는 '우리의 죄'를 떠벌릴 용기 따윈 없어."

- 3 -

점심시간이 끝나기 10분 전. 나는 만화책을 상복부 위로 올려둔 채 여전히 아니, 더 깊숙한 과거를 떠올렸다.

'도대체 A가문과 2국장은 왜 적극성을 보이다가 발을 뺐을까…'

물론 A가문이 여러 일들이 비비 꼬여서, 일조에 입지가 흔들리긴 했었다. A기업 총수(장남)의 갑작스런 죽음에 맞춘 듯, 내외 고발이 빗발쳤으니 말이다. 결국 그 내부 혼란은 급한 불부터 끄고자 하는 A가문이 차남으로 하여금 '거래장'에 뒷거래를 제시하게 만들었고, 그 불길은 형제간의 제보가 난무하는 사태로까지 번졌다. 하필 그 시기에 A가문의 삼남이 유산과 권력승계의 욕심으로 되레 차남을 고발하여 졸지에 집안은 풍비박산,

설상가설로 그 차남마저 똑같이 제보 공세로 받아친 것이다. 심지어는 이를 보다 못한 '명예회장'이 자식들에게, 궁여지책으로 '㈜태평과의 협약 체결'을 '승계의 조건'으로 제시하였으나, '최 사장'은 A가문 형제의 거래 제안을 한사코 거절해버렸다.

"쳇! 건방지게…."

나는 내 사고의 흐름이 '새드앤딩'으로 전환되는 변곡점에 가까워지자, 이내 불쾌감을 느끼며 중얼거렸다.

아무튼 그 사건 이후로 A가문 형제가 최 사장을 괘씸히 여긴 것은 당연지사였고 역시나 공노한 그들은 연이은 뒷거래를 제시하면서 최병직 사장을 재물로 삼아버렸다.

그러나 A가문의 권위는 거기까지였다.

이내 한 과장의 변심으로 그 세 번째 거래가 중단되었고 B기업까지 참전하며 '그들(최 사장, 한 과장)에게 힘을 실어주는 조건으로 ㈜태평과의 협상테이블 마련과 거래장 내 영향력 확대'를 우리에게 제시하였다. B기업은 꾸준히 그들에게 호의적이었으며 그 결과는 1국과 B기업 간의 새로운 뒷거래 체결과 함께, A기업과의 거래장 내 이권다툼에서 유리한 고지를 선점한 것이었다.

"뭐, 내가 거래장 윗대가리라도 세간의 논란거리인 A기업보다야… 에이, 씨발….".

별안간 한 과장과 최 사장이 떠오르자 온몸이 부들부들 떨리면서 울화가 끓어올랐다. 그들은 피차에 B기업의 비호를 기대하여 목줄띠에 닥친 약섭대수(若涉大水)의 불안과 두려움을 서로 위로했을 것이다.

"이제 와서 뭔 의미가 있어. 그냥 그 자식들 때문이야. 녀석들이 버텨서 A가문이 내실을 다지는 쪽으로 가닥 잡은 거라고."

나의 작지만 단단한 돌주먹이 서서히, 다시 등장하려 했다.

"아오, 그 여우같은 최 사장이 어떻게 한 과장을 꼬드겼지? 또 한 과장 놈은 얼마나 실소를 터트렸을까? 나 따위 하급이... 근데 가만…?"

그 순간 시기심으로 가득한 내 머릿속에 '선택에 따라 시작된다.'라는 의문의 쪽지가 떠올랐다. 그러고는 이내 한 과장의 혐오감이 숱한 의문들을 낳으며 이성적인 판단을 압도한다.

'내 배신 사실을 언제부터 알고서? 만약 그게 한 과장의 짓이라면, 내 쪽박을 예상한 경고 메시지라 치고 대체 언제, 무슨 루트로 알았지?'

그러나 이번에도 어김없이 주먹이 서서히 풀린다. 이미 다 끝난 마당에 생색이 돌 것도, 생색낼 것과 곳도 없었다. 더군다나 앞으로의 커리어에 더 이상 중상모략은 없다. 앞으로 할 필요도, 더는 당할 일도 말이다.

'어차피 외톨이 전쟁…. 됐어. 이제 멀어진 얘기야.'

나는 만화책을 상복부에서 치워버린 다음 일어났다. 커튼 틈새로 쏟아지는 강렬한 햇빛이 내 인상을 찌푸리게 만들었고 짜증은 한 단계 더 상승하고 있었다.

"음?!"

때마침 핸드폰이 울렸다. 어떤 소식을 전해왔다. 예기치 못한 한 통의 문자메시지였다.

'지언 씨, 일요일에 볼 수 있을까요?'

가까운 미래. 균열기 1년. 새벽 4시 15분쯤.

하늘을 바라본다.
 비를 원 없이
맞아 본다.
 고심, 고뇌, 고민
근심, 오뇌, 갈등이
볼을 타고
 흘러내린다.
곧 빗소리에
 집중한다.
복잡함이
 사라진다.
고독하지만
 하늘에게
미소로 답한다.

요리

 예전에 내가 언급했었지? 마침내 찾아왔다, 대망의 달콤한 요리시간이!

 뭐?! 라면이냐고? 그럴 리가 있나. 오늘은 최고급에 준하는 요리를 만들 거야. 이거 봐봐. 무언가를 빚으려고 반죽을 뻘꺼거리고 있잖아?

 뭐? 내가 실패할거라고? 그럴 리는 없어. 이래 봬도, 장기간 자취하면서 요리 실력 하나는 일취월장했거든. 물론 그럼에도 요리는 엄청 심오한 분야라서 언제나 신중히 접근해야 할 거야. 심지어 나의 몇 안 되는 취미 중에서도 유독 어려운 편에 속하더라고.

– 2 –

 그럼 이제부터 오늘의 요리를 소개할게. 두근두근 짠! 바로 '크림 스파게티' 되겠어.

 그런데 내가 공부해보니까 파스타의 세계가 엄청나더라고. 그 종류만 나열해도, 스파게티, 카펠리니, 링귀네, 마카로니, 펜네, 푸실리, 라자냐, 뇨끼, 라비올리 등이 있고 서로 어슷비슷해 보이지만, 각 종류마다 면의 굵기와 너비 차이에 따라 또한 줄무늬

유무에 따라 다양한 종류들이 또 파생되더라고. 그래서 그냥 '기본 크림 스파게티'로 만들어볼게. 무척 어려워서 그러니 좀 실망했더라도 양해를 바랄게?

그럼 지금부터는 오늘의 재료를 소개할게. 두근두근 짠짠! 바로 베이컨과 휘핑크림, 우유와 노른자, 양파와 다진 마늘, 버터와 파슬리, 마지막으로 소금과 면이 되겠어.

솔직히 이것들은 최 사장과 한 과장 및 국장들을 대신할 희생양이기도 한데, 그저 머릿속으로 욕이나 박고 끝내기에는 영 찝찝하고, 그렇다고 마음에 담아둔 채로 내일 한 과장을 만날 수는 없잖아?

자, 어쨌든 우선 요리사의 제복을 차려입고는 싱크대 위로 요리책과 모카커피를 올려놓은 뒤, 마지막으로 '모던 록'을 틀어놓으면?

곧바로 내 안면은 광기에 사로잡힌 조커를 연상시키지.

'흐흐. 아주 다 썰고 짓이겨 주겠어.'

– 3 –

크림 스파게티 조리법, 그 첫 번째 순서.

일단 양파와 베이컨을 썬다. 그것도 아주 잘게, 잘게 썰어버리자. 여기서 중요한 것은 '분노의 썰기'올시다.

두 번째 순서.

볼에 휘핑크림과 우유, 계란 노른자를 넣고 거품기로 저어 크림소스를 만든다. 여기서 중요한 것도 역시 '분노의 섞기'올시다.

세 번째 순서.

팬에 버터를 두른 뒤에 다진 마늘과 양파, 베이컨을 전부 넣고 살짝 볶아준다.

아니지. 현재 나의 개정된 사전에는 '살짝'이란 있을 수 없지. 무조건 미친 듯이 지지면서 볶아주고, 탈영병들이 속출하는 것을 즐겨야지. 어차피 그들의 종착지는 쓰레기통이고 여기서 중요한 것도 그저 '분노의 볶기'올시다.

네 번째 순서.

버터로 볶은 베이컨 및 채소들에 크림소스를 붓고는 잘 저어주며 끓여주기. 당연히 여기서 중요한 것도 분노의 소스 투척과 끓여주기올시다.

"크크, 니들 다 죽었어. 크림 홍수가 되어라!"

다섯 번째 순서.

완성된 크림소스에 소금과 파슬리를 넣는다. 여기서 중요한 것도 분노로써, 강한 투척으로 그들을 맞추기올시다.

끝으로 여섯 번째 순서.

기나긴 물고문을 당해서 늘어진 면을 완성된 크림소스에 넣는다. 그리고 남은 분노로 잔인하게 머리채 잡고 고문하듯 저어주면, 마침내 끝!

- 4 -

 나는 정의구현을 제대로 해내고 그들의 능지처참된 모습을 보고 있다. 꽤나 먹음직스럽게 보이지 않는가.

 "우후후. 죄인들은 단두대에서 발악한다. 나는 와인과 함께 그들을 음미한다. 꿀꺽! 으음, 이 맛은 아주... 우웩! 켁!!"

 짰다. 마치 인중에 찬 찝찔한 땀이 혀에 닿는 느낌과 유사하다.

 나는 재빨리 머그컵의 손잡이를 오른손으로 집어서 입으로 가져갔다. 순식간에 모카커피가 목으로 넘어간다.

 "크윽. 끄으윽."

 고통의 순간이었다. 하필이면 머그컵을 가스레인지 근처에 놓아둔 탓에 생각보다 뜨거웠던 것이다.

 나는 부들부들 곧바로 몸부림을 쳤고 이내 머그컵을 싱크대에 놓기 위해, 무의식적으로 왼손으로 건넸다.

 "앗! 뜨거. 오우, SHIT!"

 내 비명과 동시에 머그컵이 떨어져서 와장창 깨져버렸다.

 그렇기에 정정한다.

 끝으로 '진짜' 여섯 번째 순서.

 나는 신문지로 감싼 깨진 머그컵을 터드렁하고 종량제봉투에 내려놓으며, 뒤늦은 후회를 한다.

 '내 다시는 조리 과정에 분노를 넣지 않으리. 이런 쌍!'

- 5 -

  이곳은 집 근방에 있는 회전초밥 집. 나는 소중한 토요일의 마무리를 제대로 하고 싶었다.

  "쩝쩝. 역시 맛이 있어. 아주 기가 막히네 그려. 쩝쩝. 아주 다 싹쓸이 해주겠어. 쩝쩝."

  나는 뼛속까지 교양인 코스프레를 벗어버리고 쩝쩝거리며 누구보다 빠르게 허기진 배를 달래고 있다.

  "교양은 무슨 얼어 죽을 교양."

  사실 교양 따위는 이곳으로 입성하자마자 내다버렸다. 원래가 회전초밥 집에서는 경쟁이 무엇보다 우선시되지 않는가. 게다가 이곳은 시간당 한 번 꼴로 나온다는 '쫀득이 초밥'으로 유명한 식당이다.

  '오오, 쓰바라시 타임!'

  오랜 기다림 끝에 드디어 '쫀득이 초밥'이 마치 적장이 진군하듯 근접하는 것을 발견하였다.

  그런데 별안간 한 여자가 숱한 경쟁자들 틈으로 끼어들었다. 나를 포함한 좌중에게 예상치 못한 대위기가 찾아온 것이다.

  시방, 가장 뛰어난 예측력이 그 누구보다 나에게 필요하다.

  '가만있자. 남은 초밥 3개에 남은 사람은 나를 포함 4명. 우선 한 개 없어졌고. 좋아, 좋아. 아직 두 개 남았어. 만약 쟤가 양심껏 먹지 않는다고 치면 마지막 하나는…?'

날름!!!

"……."

잠시 뒤 부들부들, 분노가 치민다. 당장이라도 주인장을 불러서 삼자대면으로 입심을 겨루고 싶다.

"뭐야, 저 아줌마!"

나는 찡그린 표정으로 도둑고양이 같은 그녀에게 분노 어린 시선을 보냈다.

그런데 그녀가 카운터의 양해를 구하고 일찌감치 면석하는 것이 아닌가. 그러고는 문 앞에서 언뜻 먹구름 낀 하늘을 보는가 싶더니 곧 뛰어간다.

'얼레? 나갔다고? 지금 그거 하나 드시고…!?'

얼른 저 죄인을 나포해야 한다. 빨리 잡아서 입심을 겨뤄야 한다. 심지어 그녀는 '분홍색 리본 달린 이어폰'을 착용하고 있지 않은가. 나는 무언가에 이끌리듯 로맨티스트가 되어 바로 뛰어나갔다.

하지만 그녀는 언뜻번뜻 흘러갔고 언젠가 코끝을 스쳐지나갔던 향기만이 다시 콧속으로 스며든다.

가까운 미래. 균열기 1년. 새벽 4시 30분쯤.

이 고요하고
　고요한 곳을
다시
　헤맨다.
'누군가 쳐다본다…'
　나는
멈칫
　뒤를 돌아본다.

망중한(忙中閑), 송도

 혼치 않은, 일요일의 일정이다. 이곳은 안개가 자욱한 송도국제도시이고 현재 나는 한 과장이 있는 센트럴 파크에 거의 다다랐다.
 '아, 똥줄 타네. 만나면 뭐라고 해야 할라나. 아니 그것보다, 이거 안 되겠어. 우선 분위기에 심취해서라도 긴장을 풀어야겠어. 이대로 과장을 만나면 실수할 게 분명해. 후우.'
 나는 걸음을 멈추고 심호흡과 함께 눈을 감아보았다. 그러자 짙은 안개가 내려앉은 몽환적인 도시에 홀로 외로이 존재한다는 환상이 머릿속을 차지했다.
 하지만 그런 와중에도 나만의 세계를 갉아먹는 군중의 아우성은 들려온다.
 '짜증나는 것들. 안개가 걷히면서 소음도 같이 사라졌으면 좋겠구만. 만약 그러면 아주 조용하고 맑은 세계에 나만 있게 되겠지? 정말 그런 곳이면 살기 위해 발버둥 칠 필요도 욕심에 눈이 멀어 죄를 질 필요도 없을 거야. 그러니 눈을 뜨면 제발 그런 세계가….'
 나는 망상에 흡족해하면서 슬며시 눈을 떴다. 그러나 기대와는 달리, 한 가족이 머무는 아름다운 장소가 안개 속에서 그 모습을 드러낸다. 그래도 그곳만은 너무 행복하게 보인다.

"안녕하십니까! 과장님."

"어?! 지언 씨 왔어요?"

그곳은 한 과장의 가족이 서로 행복을 나누고 있는 장소였다.

"오랜만이에요, 지언 씨."

"그간 무탈하셨습니까? 사모님."

한 과장의 아내도 나를 반갑게 맞아주었다. 실은 나와 한 과장은 서로의 집을 왕래하기도 서로의 고민을 들어주기도 하는 은근히 무관(無關)한 사이였고 그러는 중에 그의 아내에게서 예쁜 비누합을 선물 받은 적도 있었다.

물론 그렇다고 해서 나는 그들의 반응이 결코 진심에서 나온다고는 생각지 않는다. 그만큼 '악의로 해석하는 경향'은 내 전투적인 삶에서 필히 갖춰야 할 요소이다.

'저들도 분명 나처럼 생각하겠지?'

나는 계속해서 거짓된 표정으로 일관하며 그들을 의심하고 경계했다. 그런데 그때 한 과장의 허벅지를 감싸 안고 나를 바라보는 여아가 눈에 들어왔다. 한껏 경계의 눈초리를 던지고 있는 그녀는 올해로 갓 네 살이 된 '서연'이였다. 왠지 나의 생존본능에 충실한 딱딱한 인사에 위압감을 느끼는 것 같았다.

"서연공주님, 오랜만이네요. 이거, 이거."

나는 곧장 다가가서 인사차 초콜릿을 건넸다. 그러자 서연이는 내 행동에 내포된 의미를 금방 알아주고는 순수한 웃음을 지어보였다. 그 해맑은 영혼이 '호의의 원칙'에 따라 우선 먼저 선의로 해석해줌으로써, 나로 하여금 기본적인 타인 대처법을 깨닫게 한 것이다.

'쳇, 이제껏 내가 무슨 짓을 한 거지. 이거, 안개나 더 짙었으면 좋겠네.'

- 2 -

"지언 씨, 우리 좀 걸을까요? 아! 이거 좀 마셔 봐요. 송도에서 가장 유명한 커피래요."

먼저 걸음을 뗀 한 과장이 따뜻한 커피를 권했다. 나는 예의상 재빨리 받아마셨고 이윽고 몸을 감싸는 커피의 온기가 내 방어심리를 서서히 풀어버린다.

"저, 과장님! 드릴 말씀이 있습니다."

"요즘 많이 힘들죠? 원망도 많이 했을 테고요."

"예? 아, 아닙니다. 모든 것이 제 불찰입니다."

"아니요. 제 불찰입니다."

"아닙니다, 과장님. 제가 욕심이 과해서…"

"혹시 괴롭지 않았나요?"

한 과장이 갑자기 생각지 못한 질문으로 정곡을 찔렀다. 나는 아무런 반응을 하지 않았다. 아니, 할 수가 없었다. 왜냐하면 늘 소연(蕭然)한 미래에 불안했지만, 한편으로는 양심상 영혼이 새까매지는 것 같아 괴로웠기 때문이다.

"역시 지언 씨도 괴로웠군요."

말을 잠시 멈춘 한 과장은 곧 옅은 미소를 지어보이고는 재차 이야기한다.

"지언 씨. 앞으로 그럴 때마다 자신의 본심이 무엇인지, 그냥 이대로가 좋은지 스스로에게 물어보세요."

"……."

"만약 그런다면 순수한 시절로 돌아가는 짜릿한 경험을 하면서 괴롭진 않을 겁니다. 지금의 나처럼 말이에요. 설령 그 선택이 시끌벅적한 중심에서 외로운 길이라 할지라도 그깟 거, 뭐 어때요. 본연의 우리는 군중 속에 외로움보다는 홀로 고독을 즐기고 좋아하는 부류였잖아요."

그는 푸른빛이 보이지 않는 하늘을 올려다보며 말을 이어갔다.

"있잖아요, 지언 씨. 솔직히 나는 이제껏 양심을 속이고 본심을 숨기면서까지 방어적으로 살았어요. 또한 성인이 되면서는 그것을 명쾌한 이치로 여겼고요. 한 마디로 믿음이 존재할 수 없는 환경을 스스로 형성해버린 꼴이죠. 그런데 정말 웃기지 않나요? 그런 주제에 지언 씨에게 믿음을 강요하고 실망했다는 것이."

다시 말을 멈춘 한 과장은 회색빛을 머금은 하늘에서 내게로 시선을 옮겼다.

"미안하지만 지언 씨. 만약 지금 진정성이 느껴진다면, 만약 그렇다면 나를 용서해줄래요?"

내게 한 과장의 진심이 와 닿았다. 그렇게 한 과장이 먼저 자신의 경계를 허물어 주었다. 그리고 그는 '진심을 기다릴게요. 앞으로 우리 잘해봅시다', 이 말을 남기고 한껏 행복한 뒷모습을 보이며 가족 곁으로 돌아갔다. 그들은 도심의 안개 속에서 마치 다른 세상의 존재들처럼 보였다.

'짜증날 정도로 과도한 연출이군.'

생각하며 나는 한 과장처럼 하늘을 올려다보았다. 이윽고 내 입가에도 은은한 미소가 번진다.

'사실은 누구나 그렇지. 누구나 스스로 경계라는 벽을 쌓게 되고… 어느 날, 두꺼워진 경계 안에서 더 큰 상처를 받게 되지. 그래 맞아. 나와 과장도 그래왔어. 그렇게 둘은 경계를 허물 용기조차 없었던 거야.'

- 3 -

일요일 늦은 저녁, 생각보다 상쾌한 기분의 귀갓길. 나는 붕붕이의 창문을 열고 콧노래로 흥얼흥얼, 한 곡조를 뽑고 있다. 오늘의 성공적인 만남에 가슴이 뿌듯해서 율동도 절로 나온다. 결코 서해 바다의 물결이 푸르러서이거나 식물 내음이 가득한 센트럴 파크를 산보해서가 아니다.

'서로에 대한 경계를 없앤다라…'

한 과장은 '불충불의'한 나에게 굳게 닫혔던 마음을 도로 열어주었다. 심미적인 방안으로 접근하고 하념하였으며 소연(騷然)한 세상에서의 외로움에 맞서게도 하였다. 그의 말대로, 우리는 군중 속의 외로움보다는 혼자서의 고독을 각자 즐기고 서로 나누었던 부류. 이제 다시 익숙한 방향으로, 이제 다시 외톨이 전쟁에서 선회하였다. 그러나 왠지 모르게, 앞으로 눈앞에 펼쳐질 새로운 세계가 기다려진다.

가까운 미래. 균열기 1년. 새벽 4시 30분쯤.

아무도 없다.
　세상보다도
더 짙은
　어둠만이
있을 뿐.
　호젓하고
쓸쓸하다.
　다시 걷는다.
어둠 속으로….

정탐 아닌 정탐, 그리고 운무회명(雲霧晦冥)

흔한 평일 저녁, 후터분한 늦여름 한때. 오늘도 두 사내가 마치 묵언수행 하듯 카페에 앉아있다. 그저 잔잔한 재즈음악을 들으면서 빨대로 쪽쪽대는 것이 전부이다.

"요즘 나랏일은 어때?"

마침내 현근이가 입을 다문 지 3분여 만에 다시 말했다.

"그럭저럭… 다시 잘 풀릴 조짐이 보여."

"무슨 좋은 일 있나?"

"요즘 승진 얘기가 들려…"

말하면서 나는 불편한 기분에 아이스 초코를 마시다가 말고 머그컵을 내려놓았다. 표면으로는 아무렇지 않게 심상히 답변했으나 내심 승진의 기쁨과 아울러 '한 과장'에 대한 꺼림칙한 감정이 줄곧 떠나질 않는다.

현근이가 반색하며 물었다.

"이야, 좋은 소식이네. 이제 과장과 껄끄럽지 않나봐?"

"뭐, 뭐… 이제는 그렇지."

현근이의 질문은 내 불편함에 혼란을 가중시켰다. 그러면서 내 머릿속에, 송도에서 만났던 한 과장의 표정이 떠오르고 사라지질 않는다.

나는 현근이의 질문에 마저 대답했다. 속 시원히 마음속으로….

'현근아. 한 과장은 사라졌어. 그것도 어떠한 예고도 없이 송도에서 사라졌지….'

그렇게 때아닌 소슬한 기운이 마치 추풍이 닿듯 겹옷만 걸친 살갗으로 전해졌다. 사실 외롭고 적적했다. 적어도 나와 그의 가족에게는 이미, 가을이 쓸쓸하게 짙어져 있었다.

- 2 -

실은 어제 한 과장의 아내에게 연락이 왔었다. 그녀는 앞서 일장통곡을 했는지, 침착한 목소리로 남편에 관한 소식을 전해 왔다. 나를 충격에 빠트린 내용은 다음과 같다.

"그날 남편의 얼굴에는 평소처럼 웃음이 떠나질 않았어요. 그런데 무엇을 목격한 듯한 그이가 잠시만 기다려달라고 하더니 안개 속으로 사라졌어요. 그 모습이 마지막이었어요."

'그날 과장에게 무슨 일이 있었던 거지?'

한 과장은 송도에서 행방불명이 되었다. 나는 어제 이와 같은 내용을 접한 직후에는 솔직히 과장 스스로가 극단적인 선택을 한 것이라 예측했었다. 실제로 정신적으로 힘든 누군가는 간혹 우중충한 날씨 속에서 죽음을 갈구할 때가 있지 않은가? 그러나 이내 그런 일반적인 편견에 편승해 마치 당사자를 조롱하는 듯한 생각은 당시 그의 모습을 떠올리고는 접었다. 그의 언행 속에는 날카로운 적의가 아닌 선의로 가득 차 있었고 그날 내가 마주친 것은 죽음이 드리워진 낯빛이 아닌, 미래에 대한 건설적인 태도와 자신감이었다.

— 3 —

나는 옆 테이블의 아기 울음소리가 들리자 다시 현재의 공간에 집중하였다. 그러나 곧 한 과장의 그간 행보들이 머리에 스치듯 지나간다.

'확실히 새 진영에 적을 둔 과장의 행적은 척을 많이 질 상황이야. 그리고 그 적이 거대하면 거대할수록 소리 소문 없이 위험이 닥치는 법이지. 그러면 혹시 한 과장을 A기업이? 그래, 확실히 신빙성이 있어. 얼른 이 생각을 친구에게…'

나는 친구를 힐끗 쳐다보았다. 현근이는 사색에 잠겨 있었다.

'쓰읍… 아, 근데 하필이면 A기업이 왜 나를 밀어 주냐고. 그것도 곤란하게 왜 하필 지금…. 설마 과장의 행방과 연관된 건 아니겠지?'

나는 불길한 예감이 들자 다시 친구를 바라보았다. 그 순간 내 숨이 멎는 줄 알았다. 현근이가 나를 뚝뚝한 표정으로 뚫어지게 바라보고 있었다. 이따금씩 접하는 '삶에 찌든 자'의 불퉁가

지일 뿐인가? 아니면 검사라는 직업적 특성에서 오는, 심안하고 싶은 충동인 것인가. 더구나 심안을 지닌 듯한 그의 짙은 갈색 눈은 기억의 저편에 묻어놓은 '무언가'와 닮아 있었다.

"야! 있잖아…."

더 이상 말이 나오지 않았다. 우리의 생각은 이미 서로 다른 출발점에서 시작된 듯하다.

집으로 돌아가는 길. 오늘따라 유난히 죄책감이 어깨를 짓누르고 괴로움은 종시 사라지지 않는다.

'과장의 실종도 그를 저주한 내 탓이오. 원치 않게 순탄해질 앞날도 내 탓이다….'

나는 고개를 들어서 하늘을 보았다. 침침한 회색빛이 깔려 있다. 언젠가부터 우중충한 하늘만을 주로 올려다본다.

가까운 미래. 균열기 1년. 새벽 4시 45분쯤.

다시
   뒤돌아본다.
역시
   아무도 없다.
발걸음을
   재촉한다.
더 빨리!
   더 빨리!!

죄책감 사냥

 어두컴컴한 토요일, 늦여름 새벽. 월색(月色)은 먹구름장이 드리운 사이로 으스름히 떨어져서 깔리고 골목의 전깃줄, 현수막, 삐져나온 전선이 비바람에 너풀대는 날씨는 마치 귀곡성 같은 고양이 소리까지 더해져 한층 을씨년스럽다.

 '죄책감을 없애자. 죄책감을 없애자.'

 그러한 가운데 나는 침대 옆에서 간절한 바람을 겉으로 표출하고 있다. 그 누구한테라도 나의 온전한 탓인 과오를 털어놓을 수 없는 현실이 괴롭기만 하다.

 '다시 예전으로 돌아갈 수만 있다면…'

 역시 이처럼 삶이 버거운 자의 특징은 마냥 과거를 되짚으며 불가능한 소원을 비는 것이다. 이러한 현상은 인생을 잘못 살아온 자신에게 벌을 주는 죄의식의 소행으로서, 나약해진 자에겐 뿌리치기 어려운 본능적인 현상이다. 그러나 나는 강한 생존본능을 지녔다. 고로 오늘의 지상 과제는 죄책감을 제거해서 이를 통해 새로운 활로를 확보하는 것.

 "그냥 마음도 정리할 겸 떠나보자. 이렇게 감정적인 문제로 일생일대의 기회를 날릴 순 없어. 자고로 굳센 의지란, 복잡한 감정과 머릿속을 단순화 시키는 과정이 전제된다."

 나는 주문을 외우듯이 목소리가 잠긴 상태로 중얼거렸다.

"그런데 여행만으론 일시적일 것 같은데… 이번에는 특별히 기발한 상상을 더해야겠어. 도저히 못 참겠다. 떠나자!"

나는 지긋지긋한 현실을 벗어나려 재빨리 침대를 벗어났다. 이제부터는 상상을 대입할 이국적인 장소, 즉 현실에서는 접할 수 없는 환상의 세계를 찾아갈 시점이다. 물론 찾게 되더라도 그 장소가 환상의 세계로 탈바꿈될지는 미지수이다. 그래도 어차피 한 과장의 흔적에 가까운 위치에서는 목표달성이 불가하니, '희망과 기대감'만을 안고 무작정 떠날 것이다. 본디 절박함에는 무모함이 따를 때가 있지 않은가.

- 2 -

이곳은 오후 3시 무렵의 '음성 감곡벽화마을'의 한적한 시골도로. 간밤의 먹구름은 말짱 걷혔지만, 나는 아늑한 방을 그리워하며 정차해 있다. 생각보다 주행 시간이 길어지자 인내심이 한계치에 다다른 것이다. 하물며 이국적인 장소를 찾지 못하여, 현재는 오늘의 목적지가 환상적인 세계에서 '단지 사람이 적은 곳'으로 변경된 상황이다.

'이대로는 안 돼. 이제 결단을 해야 한다. 시간도 없고 이게 뭔 개고생이냐.'

나는 허탈한 기분으로 시동을 걸면서 마지막으로 주변을 둘러보았다.

'어?! 저긴 뭐지?'

바로 그때였다. 저 멀리 어렴풋이 보이는 고풍스러운 시계탑이 제정신으로 돌아가려는 나를 막아주었다. 성당의 시계탑 같았다. 그 주변이 깔끔하게 조성되었을 것이라 예상되었고 처음에는 별반 기대를 하진 않았지만, 가까이 갈수록 고즈넉한 풍경이 펼쳐져서 발걸음을 오래도록 머물게 할 것만 같았다.

이윽고 꽤나 웅장하고 고풍스러운 고딕식 성당이 눈에 들어왔다. 명동성당의 축소판 같은 인상을 주는 건물이었다.

'이국적이다. 합격! 빼어난 환경이다. 합격! 사람이 거의 없다. 합격! 그림 같은 사진 건질 수 있다. 합격! 몰라, 몰라. 다 합격!'

지칠 대로 지친 내 눈에는 성당은 물론, 그 주변 역시 환상이 가득한 이국적인 공간으로 보였고 성지 특유의 아늑하고 고요한 분위기는 나를 차분하게 만드는 한편, 나로 하여금 주변 공간을 상상으로 마구 휘젓고 탈바꿈시키고 싶은 충동이 일게 하였다.

'오, 아름다운 세계여. 너를 이용해 상상으로 죄책감을 없애겠어.'

이렇듯 나의 마음은 어느새 이 '음성 감곡성당'에서 죄책감을 떨쳐버리기 위한 의지로 사로잡혔다. 더구나 이곳은 '성모 순례지'로서 가슴 아픈 역사까지 지닌 성지라니, 괜한 동질감까지 느껴지게 만들었다.

'암, 아름다운 세계가 보이려면 암울한 현실에 지지 않고 그것

을 부정할 용기가 필요하지. 과거의 너와 지금의 나처럼…'

생각하며 나는 우선 시계탑으로 현재 시간을 체크하였다. 3시 30분이다. 대략 4시까지 성당 주변과 '매산 등산로'의 이곳저곳을 돌아다니며, 죄책감의 무게를 백일홍과 곧게 뻗은 소나무에게 '상상'으로 나누어 줄 것이다. 그 순간만큼은 흔한 소나무 숲의 길을 걷는 여유와는 달리, 지저분한 과거를 마주해야 하기에 꽤나 고통이 따르는 순간일 것이다.

'이곳의 아름다운 세상한테는 미안하지만 조금씩 내 죄를 짊어져 줘.'

나는 아름다운 산천경개를 일일이 바라보고 눈길을 머물게 하면서, 내가 기억하는 모든 과오를 더듬어갔다.

'이 미쳐가는 세상에 녹아든 사람은 현재의 나처럼 정상이라고 포장되어 있을 뿐, 자신도 모르는 사이에 이미 미쳐있는지도 몰라…'

마침내 고통의 시간이 지나갔다. 그 시간 동안 '온갖 거짓으로 꾸며진 미래'는 양심을 외면하도록 나를 끊임없이 유혹해주었다. 혹여나 달콤한 양심에 넘어가서 그 장밋빛 앞날을 놓칠까봐, 미약한 용기라도 발휘하게 해주었다.

나는 어느덧 음성 감곡벽화마을을 지나서 장호원교 근방에 도착했다. 그리고 강가에 서서 눈을 감았다. 어느 순간 서서히, 서서히 세상의 소리가 내 귀로 들려온다.

나는 '상상'을 이 세상에 결합하기 시작했다. 그러자 세상은 내 죄책감을 공유한 세계로 더 완벽히 변해가고 있었다. 그리고 언젠가 나의 평화는 현실이면서 현실이 아닌 애매한 경계에서 시작한다고 말했던가?

드디어 내게 평온의 그 순간이 찾아왔고 상상을 통해 이 세계에 나눠준 온갖 부끄러운 시간이 없어질 때가 다가왔다. 아마도 잠시 후 눈을 뜨면 내 죄책감이 사라진 이국적인 세상이 '상상'이 아닌 '현실'이 되어 나를 반길 것이다.

곧바로 나는 '리본 달린 이어폰'을 귀로 가져갔다. 잔잔한 음악이 들리고 그 선율에 몸을 싣는다. 그러자 자연이 함께 카운트를 해준다

'5… 4… 3… 2… 1… 사라져, 제발!'

나는 마침내 눈을 떴다. 그리고 세상은….

- 3 -

"헉! 헉! 아오, 이 한심한 새끼! 헉! 헉!"

나는 고속도로 휴게소에 들러서 반쯤 미친 상태로 야구배팅을 하고 있다.

현재 내 머릿속은 전혀 개운할 수가 없다. 게다가 '소나무 숲(매산 등산로)'에서 마주쳐서 오히려 급속하게 커져버린 죄의식은 '화려한 미래'를 가뿐히 무시하는 위력을 발휘하고 있다. 조금 전 물가에서 바라본 세상은 나의 죄책감이 여전히 존재하는

현실이었다.

'실패했으면 뭐 어때. 항상 바랐던 좋은 미래가 기다리고 있는데… 근데 왜 이리 괴롭냐.'

예상대로 이번에 맛본 실패의 맛은 상당히 괴로웠다.

이윽고 야구배팅을 끝마쳤다. 차에 타자마자 피곤함이 몰려온다. 그래도 나를 향한 욕과 분노를 야구공에 실어 보낸지라, 조금은 시원한 감이 있었다.

"쳇! 아까운 주말을 그냥 버렸네. 이왕 나왔으니 심야영화나 때려야지."

나는 알찬 마무리를 위해서 온종일 멀리했던 핸드폰을 집어 들었다. 그러나 이내 분주하던 움직임은 느려졌고 아울러 죄책감으로 인한 고통 중에 찾아왔던, 조금의 여유와 긍정적인 요소도 멀어졌다.

'지언 씨, 내일 뵐 수 있을까요?'

이번에는 한 과장 아내의 문자가 도착한 것이다. 그러자 또다시 한 과장을 저주했다는 죄책감이 요동치며 어깨를 짓누른다.

(일명 '음성 감곡성당'의 정식 명칭은 '매괴 성모 순례지 성당'이다. '1896년, 프랑스인 임가말로 신부가 건립한 로마 카톨릭의 성당이며 충청북도에서 최초로 건립된 성당이다. 내부 정면의

1장＼꿈꾸는 신들의 도심_143

성모상에는 6.25 전쟁 중에 생긴 일곱 발의 총탄 자국이 있었다. 이 건물도 치열한 세상에서 꿋꿋이 버텨온 것이다.

 더 거슬러 올라가서, 음성 감곡성당은 임오군란 당시 충주목사이자 명성황후의 6촌 오빠인 민응식의 집터이기도 했는데, 수구파의 중심이었던 민응식은 명성황후에게 이곳을 피신처로 제공하기도 하였다. 1895년 명성황후가 시해되고 나서는 민응식이 서울로 압송되었고 그 뒤로는 의병들이 점거하였지만, 오래 지나지 않아 일본군의 방화로 건물의 대부분이 불타버렸다. 그리고 1896년, 임가말로 신부가 민응식의 집터를 싼값에 매입하여 1930년 현재의 고딕식 성당을 건립하였다.)

가까운 미래. 균열기 1년. 새벽 4시 45분쯤.

또다시
　돌아본다.
무언가가
　거물거린다.
더 짙은
　어둠이
덮치고 있는
　기분이다.
빨리 움직이자.
　빨리!
빨리!

망설임

　일요일 저녁 7시. 나는 주말임에도 무사분주히 지내다가, 사모님과의 원치 않는 만남을 기다리고 있다. 옛말에, 곡기를 끊게 되면 생기를 잃게 된다고 했던가. 요즘 끼니를 거르고 항시 수연한 표정을 짓고 있는데, 그냥 이대로 다사분주하게만 지내다가 간혹 생사지경을 헤매고 싶을 정도로 생기를 잃어버렸다. 더구나 오늘도, 평소에 유지하던 지고지상의 품위는 없어지고 그저 한숨만이 마치 배탈이 났을 때의 가스처럼 그보다 빠르게 주변을 점령해 나간다.
　"괜히 나왔나. 어휴."
　나는 카페에 도착한 지 불과 5분여 만에 굉장한 압박감에 답답하기 시작했다.
　'탈출하자. 지금이라도 나가자!'
　나는 결국 용기를 끌어 모아서 일어났다. 그러나 그 즉시 시선은 밑으로 고정될 수밖에 없었다. 사모님이 모습을 드러낸 것이다.
　곧바로 그녀의 구두소리가 빠른 속도로 가까워지는 것처럼 느껴진다.
　'고개를 들어. 먼저 인사해야 돼. 야, 들어! 들으라고 이 자식아!!'

나는 고개를 들으려 안간힘을 썼지만 아무리 타박해도 들리지가 않았다. 곧이어 베이지색 구두가 아래쪽으로 향한 내 시선에 들어왔다.

"지언 씨. 안녕하세요."

그녀가 나에게 먼저 인사를 전했다.

'이 멍청한 놈.'

나는 그녀의 말을 듣고 나서야 온지 몰랐다는 척 고개를 들어 그녀를 쳐다보았다. 그녀는 여느 때와 같이 단정한 인상착의를 하고 밝은 웃음을 잃지 않았다. 일단은 안심이었다. 그렇지만 곧, 평상시 삶을 말해주는 그녀의 눈이 내 시선을 사로잡았다.

때때로 눈은 진실을 전한다. 순간적으로 '최경' 그녀가 너무 수척해 보인다. 예전과 다르게 고상한 품격이 가려질 정도로 표정이 수연하다는 사실이 내 마음을 괴롭게 만든다.

그녀가 안부를 전해왔다.

"잘 지내셨어요?"

"아, 네. 저야 잘, 아니아니요! 일에 치여 살고 있습니다. 간신히 카페인에 의지해서 버티지만요. 하하하. 아참, 커피 뭐 시킬까요? 이집 콜드브루 맛있습니다."

나는 나릿나릿하게 더듬으면서, 이번에는 먼저 대화를 건넸다.

한동안 나와 그녀는 마치 나른한 주말을 평범하게 보내는 연인처럼 의미 없는 대화를 주고받았다. 자연스레 둘 사이의 무거운 분위기는 사라졌다. 하지만 그것만으로도 서로 힘든 부분을 예의상 보여주지 않고 있다는 것을 알 수 있었다. 그렇다고 내가 먼저 한 과장에 대한 이야기를 하는 것도 참 애매한 상황이었다.

"지언 씨가 보는 남편은 어땠나요?"

드디어 그녀가 진지하게 물어왔다.

"그이가 흔들리는 모습을 가정에선 내게, 회사에서는 지언 씨에게 보였잖아요."

솔직히 나는 그녀가 말하는 한 과장의 모습을 간혹 본 적이 있었다. 보통은 가장이자 한 집단의 리더로서 힘겨운 모습을 감추기 마련인데, 이상하게 한 과장은 여린 모습을 숨기지 않았다. 특별히 그녀와 내게만은 말이다. 나도 그녀처럼, 자신의 용기 없는 모습에 괴로워하는 한 과장을 보았고 그런 그의 모습이 무척이나 친근하게 느껴졌다. 마치 사회에서의 외로움을 날려버릴 충격이랄까.

나는 죄책감에 시달렸지만, 태연스레 감추며 말하였다.

"네. 제게도 낙심한 모습을 보이셨던 적이 있습니다. 근데 그때마다 과장님의 솔직한 모습에 놀랐습니다. 일개 부하 직원에게 그런 모습을 보인다는 건 쉬운 행동이 아닐뿐더러, 무모할 정도로 큰 용기가 필요한 행동이니까요. 그리고 과장님을 통해 느꼈습니다. 신뢰를 줄 수 있는 리더가 꼭 강하고 완벽해 보일 필요는 없으며, 그 여린 모습이야말로 강하고 강직한 것의 반증이라는 사실을요."

"그리 생각해주시니 정말 고맙습니다."

그녀는 고개까지 숙여가며 공손히 고마움을 표시했다.

"그이가 이따금씩 자신에게 무슨 일이 있거나 하면 지언 씨에게 도움을 구하라고 했는데, 이제야 그이가 왜 그런 이야기를 했는지 알 거 같아요. 아마 그이 자신도 힘든 삶에 둘러싸여 모르고 있었지만, 언제부터인가 지언 씨에게는 마음을 조금씩 열고 싶었나 보네요."

그녀는 믿음과 확신이 가득 찬 눈으로 나를 바라보며 말했다. 그러고는 어떤 메모지를 꺼내더니 내 머그컵 옆에 놓았다. 그때부터 우리의 대화는 진심과 침묵의 연속이었다.

"그럼 저는 이만 가볼게요."

그녀는 지금 매 순간이 힘들었는지, 생기 없는 미소로 작별을 고했다. 나는 떠나는 그녀를 오래도록 바라보았다. 그 모습은 더 무거워진 삶의 무게를 짊어지기엔 너무 가냘파 보였다.

'아마도 남편의 기억이 생생해지는 순간을 감당하기 어려웠겠지.'

– 2 –

나는 집에 돌아온 직후부터, 단 한 번도 메모지를 펼쳐보지 않았다. 그저 침대에 누워서 이어폰을 통해 음악만 듣고 있는 중이다. 그러나 실상은 사모님과 나눴던 대화만이 귀에 계속 맴돌고 있다. 그녀는 다듬작다듬작하지 않고 침착하게 쪽지에 대하여 설명하였다.

"남편의 책갑에서 발견된 메모지인데 송도에 가기 전날 밤에 작성한 거 같아요. 어쩐지 그날따라 서재에서 오랜 시간 있더라고요. 저도 솔직한 마음으론 이렇게 피해를 드리고 싶지 않아요. 하지만 평소에 지언 씨에 대해 남편이 했던 말도 있고 메모지의 내용에도… 아니, 아니에요. 그이도 강요하는 것을 원하지는 않겠죠. 대신 하나만 여쭤볼게요. 지언 씨도 그이가 잘못되었다고 생각하나요?"
"아니요. 절대 그럴 일은 없습니다."
"그렇군요…."

그녀는 지친 나머지, 희망이 자신을 짓누르는 것을 못 견뎌하는 것 같았다. 하긴 남편의 생사존몰(生死存沒)을 알 길이 없는 것보다는 잘못된 결과라도 받아들이고 극복하는 괴로움이 차라리 나아 보인다. 실제로 현실적인 누군가는 희망을 가지고 기다리는 현실이 그 어떤 지옥보다도 힘든 삶이라 하지 않겠는가. 물론 나도 그녀에게 희망고문을 안겼다. 그러나 내색은 않으려고 무던히도 애를 쓰면서, 내심 그가 살아있지 않을 가능성이 크다고 말해주고 싶었다.

더군다나 나는 그녀 앞에서 메모지를 읽지 않았다. 그만큼 나의 망설임은 '승진'에 대한 의지로 바뀌는 속도가 빨라서, 나도 모르게 메모지에 대한 거부감이 나와 버렸다. 솔직히 한편으로는 그 즉시 애조(哀弔)를 표하고 싶었고 더는 남편의 생사문제로 찾지 않았으면 싶었다.

나는 좀처럼 떨쳐지지 않는 현실에 머리가 터질 지경이었기에 구집지레한 모습 그대로 나와 버렸다. 그러고는 얼마 못 가서 웅크렸다. 최대한 웅크렸다. 어릴 적부터 내 자신이 부끄럽거나 한심하다고 여길 때 나왔던 행동이다. 현재의 모습을 별과 달과 하늘에 보여주기 싫었다. 게다가 '잘 지내셨어요?'라는 그녀의 한마디는 아직까지 내 마음에 충격을 주고 있다. 그 말은 시종일관 미소로 일관한 그녀의 눈물과도 같았다.

나는 생각을 멈추고 그녀가 준 메모지를 뚫어지게 바라보았다.

'분명히 마음은 읽기를 원하고 있어. 그렇지만 그렇게 되면 찬란한 미래는 멀어질 것 같단 말이야.'

생각하면서 나는 고개를 절레절레 흔들었다. 역시 '미래에 대한 욕망'은 메모지의 내용을 읽는 것을 우려해 집에서부터 계속 말리고 있었다. 심지어 나의 직감은 메모지가 주고 있는 뭔지 모를 느낌까지 경계하고 있었다.

'안 되겠다. 죄책감을 떨쳐버리는 즉시 쪽지를 찢어버리자. 뭐

어때. 세상에서 성공하는 것이 어디 그리 쉬운 건가? 난 떳떳해! 암 그렇고말고.'

　나는 당당하게 몸을 활짝 펴고 걷기 시작했다. 연이어 걷고 또 걸었다. 때로는 동네 끄트머리에 있는 등산로 초입의 석계를 분주히 오르내렸다. 그러는 동안 양심은 선택의 순간을 제공하며 나를 방황하게 만들었지만, 그때마다 어둠이 속삭이며 나를 잡아 주었다. 이런 끊임없는 줄다리기 속에서 내가 도착한 곳은 도시를 한눈에 바라볼 수 있는 지대였다. 이곳에서 바라보는 세상은 참으로 예쁘게 빛나고 있었다. 역시 찰리 채플린의 격언처럼 인생은 가까이서 보면 비극, 멀리서 보면 희극이었다.

　'참 아름다운 세상이구만. 그래! 저곳이야말로 내가 있을 곳이야.'

　나는 세상 잡사로 괴롭게 하는 지역을 하나씩 바라보며 마주 대하였다.

　'저곳은 죄책감, 저곳은 승진이란 유혹, 저곳은 한 과장, 저곳은 A기업, 저곳은 서연이…. 아, 복잡하다, 복잡해. 그냥 이걸 확 찢어버려?'

　나는 메모지를 바라보았다. 다시 세상을 바라보았다. 다시 메모지를 바라보았다. 다시 세상을 바라보았다. 다시 '승진'하는 내 모습이 떠올랐다. 다시 한 과장과 그의 가족이 떠올랐다. 다시 메모지를 바라보았다.

　'나는 내가 무엇을 해야 하는지 정확히 알고 있어. 하지만….'

나는 인생과 계획, 심지어 도덕적인 부분에서조차 방향감각을 상실한 채 땅바닥에 주저앉았다.

　'그냥 이 모든 것이 상상이었으면 좋겠어. 만약 이대로 잠이 들고 깬다면 진짜 현실이 보이겠지? 이거 참 외로운 순간이야.'

　그러면서 나는 눈을 감았다. 그러자 일순간이라도 모든 걸 놓아버리고 싶은 마음과 그간의 피로 때문에 그대로 잠이 들어버렸다.

　어느 정도의 시간이 흘렀을까. 내 귀로 노래 소리가 들려온다. 왠지 나를 끌어당기고 있다는 기분에, 어둠 속에서 그것을 따라가 본다. 반쯤 넋이 나간 상태로 그곳만을 바라보고 나아가는 이 순간, 느껴지는 어둠은 깊고 찾아오는 외로움은 길다. 그리고 그 순간은 한동안 이어진다. 그렇게 빛은 나에게 서서히 가까워진다.

- 3 -

　마침내 노래 소리가 흘러나오는 장소가 보이기 시작했다. 그곳은 이 세상에 가득 찬 먹구름이 유일하게 달빛을 허락한 장소였다.

　나는 잠시 멈춰 생전 처음 접해본 그 신비로운 장면을 멍하니 바라보았다.

'저곳은 다른 세상인가? 지금 환영을 보고 있는 거야?'

나는 신비함에 취한 나머지 진귀한 현상을 환상으로 착각하고 있었다. 그리고 마치 온몸에 취기가 퍼지듯 하고, 내 정신이 몽환의 세계로 점점 이끌려 들어간다.

'저 빛은…'

어떤 생기가 느껴지는 찬연한 빛이 달빛과 암흑의 경계선에 다다른 내 시선을 끌었다. 신기하게도 그 빛은 노래를 이용해 '원추화서의 흰배롱나무', 그 아래에서 한층 신비감을 자아내는 꽃무릇과 상사화, 그리고 내 근방의 '쪽동백나무 군락지' 등 달빛 영역의 청기(淸氣)가 미치는 모든 생명들을 춤추게 하였으며, 그 자신 주변으로 마치 벚꽃처럼 떨어지는 목백일홍 화순(花脣) 또한 춤추게 하였다.

'아… 산록(山綠)이다…'

나는 믿겨지지 않는 광경을 고개를 흔들어 또 보고 눈을 비비고 또 보았다. 아무리 봐도 암흑 속에서, 그리고 저녁 먹구름이 일으킨 그늘 밑에서 바라본 저 세상은 생기의 노래로 인해 진정으로 살아 숨쉬고 있었다. 분명 지금껏 내가 보아온 세상과는 다른 세상이었다.

'저 빛이었구나, 노래가 흘러나오는 곳이…. 그런데 이상하다?'

어느 순간 나를 지배했던 많은 생각들이 떠오르지 않는다. 지금까지 느꼈던 망설임도 내 안에 존재하지 않는다. 이때가 기회였다. 이 밝은 기운이 저 등불로부터 점점 내 흑심까지 문적문적 차지하는 때가….

나는 메모지를 펼쳐보았다. 그러자 얼마 전부터 끊임없이 괴롭혔던 죄책감은 너무나 쉽게 사라져 버렸다. 대신 암흑에서 빛으로 다가갈 용기가 새롭게 생겨났다.

'다가가 보자.'

나는 달빛 안으로 들어갔다. 그 순간 내 존재를 알아챈 찬연한 빛, 아니 교교한 월광을 받은 그녀의 실루엣이 서서히 내 쪽을 바라본다. 이루 말할 수 없는 품격이자 기품이다. 아울러 지고지상의 품위도 느껴진다.

'그녀는 과연 어떤 모습을 하고 있을까… 과연 어떤 사람이길래…. 어?! 근데 왜 이러지?'

갑자기 원치 않게 내 시야에서 그녀가 사라지고 있다.

'아, 이러면… 아아… 며칠간 한숨도 못 잤지… 젠장, 하필 이때….'

오늘은 재수까지 지지리도 없는 날이었나? 이 지친 영혼은 속으로 쪽팔려 하며 쓰러지고 있었다. 그래도 마지막으로, 가까워 오는 그녀를 안간힘을 써서 바라본다. 나의 어두워진 시야로 그녀의 '리본 달린 이어폰'이….

이리하여 제목을 수정한다. '망설임'에서 '그녀와 함께, 죄책감 사냥을 완성하다'로.

그리고 때아닌 봄날에 찾아온 춘심도 밝혀 본다. 나는 운명으로 다가온 그녀를 당당히 거머채었다고….

나중에 그녀가 말하기를, 내 눈에는 눈물이 고여 있었지만 입가에는 옅은 미소가 번져 있었다고 한다.

가까운 미래. 균열기 1년. 새벽 4시 55분쯤.

저 어둠에
  잠식당할 수
없다.
  더 이상은
그럴 순
  없다.
다행히
  저 앞에
물이 보인다.
  이번에는
진짜였으면
  좋겠다.

인간은 누구나…

늦가을. 서늘한 바람이 수득수득한 단풍잎을 갈퀴질하여 세상을 스산하고 쓸쓸한 기운으로 덮는 가운데, 나의 그녀는 홀로 찬연히 빛난다. 또한 소쇄(瀟灑)한 그녀 덕분에, 그간 젠체하면서 타인의 질투와 시기심을 벗 삼고 버텼던 암담한 면이 줄어드는 추세이고, 기계적인 노동을 즐기게 해줄 동력 역할까지 되어주는 덕택에, 다소 풍후해 보일 정도로 정신적인 삶이 윤택해졌다. 이상적인 조합으로 인함이다. 이를테면 상보성과 유사성이 적절한 조화를 이뤘다고나 할까? 그리 '소통되는 진심'은 거대한 힘이며, 국적을 불문하고 남녀노소를 누구나 춤추게 만든다.

- 2 -

그럼 이제 본격적으로 최근의 사생활에 대해 언급하겠다.

현재 나는 생활이 모처럼 차분해진 기회를 틈타, 한 과장의 묘연한 종적을 개인적으로 파헤쳐보려 한다. 그렇기에 지금은 송도에서 들었던 그의 일상적인 말조차 곡해되어 보이는 상황이다.

물론 이러한 태도가 예민함에서 나오는 괜한 의구심일 수도 있지만, 요사이 최병직 사장의 달라진 행실을 파악한 뒤부터는 한 과장의 행방불명에, 어떤 중요한 사실이 숨겨져 있다는 생각이 짙어지고 있다.

여기서 잠시만, 지금 민원인이 찾아왔다.

"네, 안녕하십니까. 무엇을 도와드릴까요?"

그렇다. 본인은 2국장과 일할 기회를 마다하고 아직까지 민원실에 남아 있다. 심지어는 최근에도 갖가지의 핑계로 2국장의 러브콜을 거절했다. 이것은 본시 현명한 세무직 공무원의 아둔한 행보가 아닐 수 없다.

그러나 분명히 해두겠지만, 이제는 암상떨이를 하지도, 당하지도 않을 것이고 핵심세력에서 멀어져도 상관하지 않을 것이다. 아니, 결단코 멀어져야 한다. 그래야 2국장이든 A기업이든 간에 내 개인적 활동을 제약할 수 없으며 옭아맬 수 없을 테니까. 그리고 그들이 내 능력을 결코 악용할 수 없게 만들 것이다. 고로 사리사욕에 무심하고 범사에 감사하며 탈속적인 태도를 취할 것이고 모든 일로부터 달관한 태도를 추구하면서, 앞으로 나의 언행에는 지인용을 겸유한 한 과장의 면모가 약여할 것이다.

"감사합니다. 좋은 하루 되세요."

드디어 신경질적으로 눈을 씰룩거리던 민원인이 떠났다. 그러면 다시 '최병직 사장' 이야기로 돌아가 보자.

내가 최 사장을 알아본 바로는, 최 사장은 과거에 내가 그토록 동경하던 '사회의 더러운 이면'과 닮아 있었다. 그러한 행보는 내가 짐작했던 바와는 상반되었지만, 처음에는 '건실하지 못한

자'라고만 치부하며 그 변화를 유야무야로 차치하였고 간간이 들려오는 (주)태평의 융성 소식에는 회사를 성장, 약진시키기 위한 최 사장의 뇌물이 발효되었다고 생각하며, 그다지 문제 삼지 않는 태도로 대수롭지 않게 넘겨버렸다. 그저 '인간은 누구나 변한다.'는 진리를 거스르지 못해서, 비교적 청렴한 인간도 별수 없이 어둠에 물들어버린 결과라고….

그러나 대략 한 달 반 전에 사모님에게 받은 메모지만큼은 그 '최병직 사장'을 의심하고 파헤치기를 원하고 있다.

'대체 그 내용은 무엇을 의미하는 거지? 아무리 생각해 봐도 과장의 행방불명은 A기업이 관여된 보복성 조치인 듯한데… 쓰읍… 아, 근데….'

별안간 손이 파르르 떨리고 입술도 버르르 떨린다. 엊그제 내게 닥쳤던 '한 과장에 관한 참고인조사'라는 시련 때문이다.

— 3 —

나는 조사 당시에 혁혁한 공을 세우려 혈안이 된 수사관들을 애석하게 바라보았다. 그런 그들의 행동은 마치 예전의 나를 보는 듯해서 진심으로 측은할 정도였다.

그런데 그것도 잠시, 어딘가 석연치 않은 느낌을 받은 나는 이내 나에 대한 질의가 심문으로 바뀐 사실을 깨달았다. 분명히 그 변화에는 나를 피의자로 엮어보려는 수사기관의 의도가 가미

되어 있었다.

"미친 새끼들. 생각해보니 더 열 받네. 어떻게 그런 짓을…."

일하면서 나는 굳어진 표정을 숨기기 위해 손으로 얼굴을 문지르며 중얼거렸다. 그러자 그날의 대화 일부가 머릿속에 스쳐지나간다. 그날 극도로 긴장한 나는 따듬작대면서도 성실히 조사에 임했다.

"이야, 비리 사실은 아주 제대로 털어놓네. 지언 씨가 그간 많이 찔렸나 봐. 하기야 우리는 당신이 그래주면 고맙지. 그런데 지언 씨, 이 기회에 더 털어놓을 거 없어요? 어!? 우리는 알리바이 상관없이 무조건 당신이 범인으로 보이는데. 그건 아까부터 죽어도 아니라 하네. 왜?! 이제 와서 두려워요? 아니 배짱도 두둑한 양반이 왜 이래 이거. 크크. 좋아, 좋아. 아주 좋아."

"지언 씨, 당신 머리 좋잖아. 그건 인정하지? 그렇지? 그럼 어디 그 대단한 머리 좀 굴려봐. 우리가 당신한테 무언가 대단한 정보를 얻으려는 것처럼 보여? 어!? 우린 단지 쉽게 살아갈 방법을 전해주려는 거야."

"당신 방금 토해낸 것들 주워 먹을 수 있죠? 뭐요? 할 수 있다고요? 어이구, 지언 씨. 이게 뭐라고 무릎까지 꿇어요. 크크크. 역시나 당신도 우리 같은 뱀과군요. 그러면 이제 같은 뱀으로서 말할게요. 흠흠. 당신 이것만 알아둬. 우리가 속한 세계는 사나운 뱀들이 수두룩해. 특히나 당신이 속한 곳은 온갖 독사까지

바글바글 몰렸지. 그런데 하필이면 당신은 그중 가장 악랄한 독사한테 찍혔어. 한 번 물리면 즉사야 즉사. 그러니 더욱 더 조심해. 그 뱀은 창세기 뭐시기 뱀처럼 유혹만 하진 않아."

그날 나는 협박이 포함된 시험을 통과한 뒤에야, 만족한 그들로부터 벗어날 수 있었다. 그것은 입단속을 하라는 A가문의 경고이기도 했다.
'분명 수사기관도 한통속이야. 그때 만약 반항했다면, 어떻게 됐을까….'
이러다가는 영광은커녕 오욕과 치욕으로 얼룩지다가 종내 점철되어버린 생애를 남길 것이다. 나는 불현듯 A가문과 2국장이 두려워지기 시작했다. 아직도 그때의 위압이 떠오르고, 자다가도 부르르 치가 떨린다.
'그들은 사라진 과장을 볼모로 삼아 나를 협박할 수 있어. 언제든지 살인 누명을 씌울 수 있다는 거지. 하긴 그들이 모두 한통속이면 그런 건 일도 아니야. 그들이 세상 자체일 때도 있으니까. 젠장, 쳇! 이쯤 되면 이용가치가 있는 것이 다행인 거야, 불행인거야. 이거 방법이 없을…?'
그 순간 어떤 인물이 떠올랐다. 그런데 사법관인 그 인물한테서 뜻하지 않게 전화가 걸려왔다. 너무나 자연스러운 타이밍이었다.

한편으론 다행이야

 2016년 입동, 이곳은 집 근처 편의점의 테라스.
 오늘따라 현근이의 투명한 갈색 눈동자에서 그가 오만가지 생각에 잠겨있다는 것이 느껴졌다. 따라서 나는 솔직하고 싶은 마음을 어쩔 수없이 거둬들였고 그 대신 현근이의 뒤쪽에 위치한 거울 속 내 모습과 대화를 시도한다.
 '내가 2국장 말을 듣지 않는다. 2국장은 내 변심을 우려한다. 그럼 나도 제거 대상에…. 잠깐만, 그러고 보니 쟤도 수사기관 소속이잖아.'
 인간은 참 무서운 존재이기도 하다. 어느 틈에 친구를 그들과 동일시 여기고 있지 않는가.
 '아니다. 현근이는 정직한 녀석이다.'
 나는 미안한 마음에 즉각 현근이를 쳐다보았다. 현근이는 평소의 표정으로 돌아와서 공무 관련 통화에 집중하고 있었다. 그 모습은 나로 하여금 '과장의 메모지'에 손이 가게 하는 한편, 그간의 사건을 드러내게끔 만든다. 더욱이 그는 약육강식을 부도덕이라 여기면서, 강한 자만이 생존할 권리가 있다는 자에겐 대립각을 세우지 않는가.
 나는 곧바로 2국장을 떠올리고는 친구와 견주어서 그림을 그려보았다. 그자는 동양의 도학에 심취했으면서, 약육강식에 관해선 서양 철학을 따르는 작자였다. 어쩌면 맞불을 놓을 수도 있지 않을까??

"현근아. 나 혼자는 정말 힘들어. 너만이라도 도와주지 않을래?"

나는 곧 친구에게 신뢰를 보여주며 모든 사실을 털어놓기로 하였다.

- 2 -

친구에게서 당황한 기색이라고는 찾아볼 수 없었다. 가끔씩 찡그리고 갸우뚱하는 것이 전부였다.

"난 간다."

현근이가 작별인사를 전해왔다. 그러고는 마치 알겠다는 듯, 고개를 위아래로 한번 끄덕이더니 시야에서 멀어져갔다.

나는 그 의미를 바로 알아차렸다.

'나를 믿어줘서 고맙다고? 그래, 나도 고마워. 그저 이해해주고 위로해줘서…. 그런데 친구야… 미안해….'

솔직히 말한다. 나는 친구에게 '비리 관련 참고인 조사 및 협박 사실'과 '한 과장의 메모지'에 대한 정황도 일절 털어놓지 않았다. 단지 '한 과장을 저주했던 사실'과 '그의 생사 불명에 관련된 죄책감'만을 털어놓았다. 솔직하게, 아직 나는 친구를 의심하고 있었고 더군다나 메모지는 직장동료에 관한 '한 과장 내외의 신뢰'나 다름없었다.

'현근아 미안한데… 모두가 갓 태어난 생명처럼 순수하게만 의지할 순 없어. 그 불쌍한 양반이 의외의 사고를 가진 거지…'

나는 문득 송도에서의 한 과장이 그립다는 생각이 들었다.

"지언 씨의 눈빛… 이제야 와 닿았어요, 다시…. 우리 조만간 또 이야기합시다. 상의할 게 있어요."

그는 조금 걸음을 옮기더니 이내 돌아봤다.

"진심을 기다릴게요. 앞으로 우리 잘 해봅시다."

'무얼 믿고 내게 그랬는지…'

생각하며 나는 사모님이 전한 메모지를 다시 보았다. 별도로 찢어서 보관된 낱장이다. 어떤 내용을 재록하다가, 몇 줄 안 가서 중단한… 참 거슬리는 점이었다.

'지언 씨. 우선 미안함을 전하고 싶군요. 절대로 당신만 봐야 합니다. 아무도 믿지 마세요. 나는 최 사장이 의심됩니다. 다양한 세계 카페에서 고문헌을 읽었습니다. 혼란스럽습니다. 당신은 곧…'

많은 고민의 흔적이 담겨 있었다. 그리고 작성이 중단된 내용 중에, 유독 '최 사장이 의심'이라는 글귀가 뚜렷이 구별되게 들어온다.

'둘이 친했던 게 아니었나? 그리고 뭘 잘 해보자는 거였지? 일

단 내일 카페부터 가보자.'

나는 일터 다음의 행선지를 '다양한 세계'라는 카페로 정했다.

"지언 씨!!"

그때 어딘가에서 익숙한 여자의 목소리가 들려왔다. 근래 들어 귓가에 자주 맴도는 사랑스러운 목소리였다.

그런데 돌연 그녀를 향해 가는 발걸음이 무거워진다. 어떠한 의문점이 엄습하여, 만근의 위압으로 심신을 짓누른 것이다.

'그나저나 이 의지가 과연 오래갈 수 있을까? 시간이 흐르면 인간은 누구나⋯.'

마치 암세포처럼 퍼져간다. 어느새 스스로에 대한 불신이 내면 깊은 곳으로 서서히 자리 잡는다. 그러나 나는 정신을 다잡기 위해서, 눈두덩을 양 손바닥으로 문질렀다.

'한편으론 다행이야. 때로는 붙잡아줄 수 있는 그녀가 곁에 있어서⋯. 그래! 이미 마음먹었는걸.'

가까운 미래. 균열기 1년. 새벽 5시쯤.

진짜 물이었다.
  나는
최대한 빠르게
  그 광기가
서려 있는 어둠을
  피해서
물속으로
  뛰어들었다.

2017년, 입춘맞이 인터뷰

안녕하세요, 지언 씨. 인터뷰 좀 하겠습니다.
- 네, 짧게

가장 예쁜 사람은요? '세상에서'를 넣으셔도 됩니다.
- 이린

가장 단아한 사람은요?
- 이린

해맑은 웃음이 돋보이는 여성과 누가 봐도 아름다운 여성 중 고르신다면?
- 둘 모두 이린, 이린

가장 좋아하는 색깔은요?
- 이린 색깔

가장 아름다운 선물은요?
- 이린 보석

가장 예뻐 보일 때는요?
- '이린'다울 때

뭇 여자들의 워너비 여성상은요?

- 이린다운 모습. 참고로 이린은 뭇 사람들의 워너비 몸가짐을 지닌 이상형

　대체 '이린답다'가 무엇이죠.
　- 이린은 덕스럽다. 그로써 타인을 넉넉하게 만들고 마치 현실에서 유리된, 이 세상 존재가 아닌 것 같은 이상적임을 상징하는 나만의 관용구

　이거 참... 비행기 왜 태우시지. 혹시 여행 가고… 싶으세요?
　- <u>호호호</u>.

　아, 예. 그냥 대리만족하시길 바랍니다.
　- 헤헤헤. 응원 받았다

　급히 마무리하겠습니다. 지금까지 '자신의 세계'에서 '민이린의 세계'로 넘어가려는 지언 씨 인터뷰였습니다.

　그는 사랑하는 연인에 대한 잘난 척을 끝까지 일관하였다. 그러자 느닷없이 그녀의 한마디가 그의 세계에 메아리친다.

　뛰어왓!
　- ……

　왜요!? 반항하시는 거예요?

- 뭐요! 사랑하니까!!

치이...
- 날아왓!!!

그러나 반항기 가득한 그는 그녀의 품을 향해 아예 날아가 버렸다.

제2장

주인공은 누구인가

2017년, 추분맞이 인터뷰

궁금해서 다시 찾아왔습니다. 도대체 '민이린'은 누군가요?
- 동서양의 피가 흐르는 외모, 연인용 보청기와 콩깍지 이만 개를 항시 가지고 다니는 '꼬리가 아홉 개 달린 발칙한 세치 혀의 여우'

연인용 보청기란?
- 그것은 그녀를 만나자마자 귀에 착용되는데, 간혹 그녀가 앙한 채로 있을 때에도, 그녀의 목소리가 은쟁반에 옥구슬이 구르는 소리로 유지되게 하면서, 정확하고 뚜렷하게 들리게끔 한다. 그리고 때에 따라선 어리광이 섞인 목소리만 유난히 박히도록 하는 특정 변환 프리미엄 기능이 발동되는데, 일명 '착각에 빠져빠져. 완전 빠져버려' 모드가 탑재된 보청기

당신의 별명은요?
- 이린 바라기, 이린 전문가, 이린 주치의, 이린 전용기, 이린 상담사, 이린 웃음전문가, 이린 지능적 안티, 이린 주도면밀 유모, 이린 회사의 사장 겸 직원 등등

이거 참… 높은 곳에서 떨어지면 심히 아플 터인데, 그만 하셔

도 충분하옵니다.

 - 여행이다. 흐흐흐

아, 예. 인터뷰에 응해주셔서 감사합니다. 끝으로 하고 싶으신 말씀은요?

 - 이린, 영원하라

그럼 이것으로 인터뷰를 마치도록 하겠습니다. 지금까지 '자신의 세계'에서 '민이린의 세계'로 넘어가 있는 지언 씨 인터뷰였습니다. 이곳은 지언 씨 꿈속입니다.

 - 헤헤헤. 당 충전 완료

민이린, 그녀는 자신의 덕스러운 기운을 주변에 퍼트려 이웃을 이롭게 한다. 그녀가 내게 미치는 영향은 이린(利隣)에 담겨 있는 그 의미만큼이나 선하고 아름다우며, 특별하게 다가온다.

크리스마스

어느 특별한 2017년 12월. 오늘은 동심으로 돌아가고픈 욕구를 불러일으키는 '크리스마스 이브' 즉, 환상이 존재하는 날이다.

그런데 이처럼 기분이 째지는 날에 하필이면, 할일들이 산더미처럼 쌓여 있다.

'아, 어째서 데이트해야 한다는 투철한 사명감으로 중무장한 오늘, 이런 시련을 주나이까. 역시 행복을 위해서는 고통을 견뎌야 한다는 것이오? 근데 오늘은 그것조차 행복하나이다…는 무슨! 대충대충 빠르게 끝내자는 또 무슨!! 지금 당장 선물 사러 가자!!!'

나는 들떠있는 기분을 주체하지 못하고 어린이가 되어 일상에서 탈출하였다.

'이리하여 킹콩 엉덩이는 아무도 몰래 씰룩이는디! 얼쑤!!'

마침내 성탄절을 즐길 시간은 넉넉해졌다. 곧바로 칙칙한 일터에서 나오자, 어느 때보다 환한, 빛으로 물든 세상이 눈앞에 펼쳐졌다.

'이대로 날아올라 산타처럼 야경을 볼 순 없을까?'

나는 하얀 솜사탕을 바라는 아이의 표정으로 동심의 세계에 빠져들었다. 만약 온 세상을 들썩이게 하는 포크송이 들린다면 당장이라도 불특정 다수와 함께, 한껏 들뜬 표정으로 포크댄스를 출 것이다.

'오오, 빙고!!'

때마침 더할 나위 없는 판이 마련되었다. 춤판을 벌일 장소는 비교적 인적이 드문 인사동 거리 구석, 게다가 음악은 캐롤송이다. 또 한 번 내 엉덩이는 씰룩이고 어깨는 리듬에 맞춰서 들썩인다. 이런들 어떠하리. 누가 본들 어떠하리.

'흐흐. 아무렴 어때. 그럼 시…!?'

그러나 나는 잠시라도 부산을 떨지 말았어야 했다. 그렇게 기분이 최고조로 올라가려는 순간, 불현듯 어떤 세계가 행동을 멈추게 하였기 때문이다. 그 장면은 손자와 함께 세상의 철저한 외면을 견디고 바쁜 일상들을 붙잡으려는 처량한 할머니의 모습이었다. 그들을 바라보는 시각 속에는 뒤가 구리다는 의심과, 희망적 요소가 결핍된 부류를 기피하며 괄시하는 '세상의 편견'이 담겨 있었다. 일견 보아도 절실한 그들의 눈빛으로부터 치열한 일상이 느껴진다.

"지나쳐야 한다, 지나쳐야 한다. 지나쳐야… 저기, 꼬맹아?"

나는 결국 그들을 지나치지 못했다. 게다가 '메리 크리스마스'라며 인사하지 못했다. 굳이 12월 25일이 아니라도 그들한테는 삶이 풍요로운 날이 '메리 크리스마스'일 테니까. 오늘은 여유로운 자에게만 즐길 수 있는 특권이 주어지는 날이니까.

그래도 나의 여유로운 마음에 그들이 들어와서 다행이었다. 이게 모두 소쇄(瀟灑)한 그녀, '이린 씨'에게 파생된 여유의 공간

덕분이었다.

"이 껌, 얼마예요?"

나는 적어도 동등한 공급자와 소비자의 입장이 되고 싶어서, 뻔히 보이는 가격표를 무시하고 뻔한 질문을 던졌다. 그런데 그 순간 어느 가족이 내 머릿속을 헤집는다.

'에잇! 모른다, 몰라…. 떠오르지 말란 말이야!'

– 2 –

"헉헉!"

나는 지금 쓰러진 아이를 업고 뛰고 있다. 한껏 기분이 고조되려는 상황에서 털썩 하고 아이가 정신을 잃은 것이다.

그런데 이런 정신없는 상황에서도, 지난해 이맘때쯤 '한 과장의 쪽지'를 보고 '다양한 세계 카페'로 향했던 기억이 떠오른다.

그날에 나는 메모지에 적힌 '다양한 세계'라는 문구에 이끌려 한 과장과의 추억이 서린 카페에 들렀었다. '다양한 세계와의 만남'이라는 슬로건을 내건 그 카페는 창작의 공간으로서, 자신의 세계를 글로써 표현하기도 하고 각자의 세계를 교류하기도 하는 장소였다. 실지로 내 상상을 자극하는 독특한 세계를 만날 때는 시간 가는 줄 모르고 밤새 수다를 떨기도 했었고, 간혹 사색에 잠긴 문단의 중견들을 접한 적도 있었다. 그리고 부끄럽지만, 이러한 과정을 거쳐서 탄생한 나만의 작품이 세상에 존재하고 있다. 그것은 '자신만의 특별한 작품을 완성하라'는 취지로 설치된 '카페 보관함'에서 만날 수 있는데, 그 보관함은 특이한 장치인 것 치고는 의외로 많은 이용 고객을 보유하고 있다.

아무튼 당시에 나는 카페 2층으로 올라가서 창가의 구석진 곳에 앉았다. 나와 과장이 가장 좋아했던 그 자리는 손에 닿을 듯 말 듯한 이팝나무가 창문 밖에서 우리를 반겨주는 곳이었다. 그때도 나는 멍하니 바깥세상을 바라보았다. 힘겨운 날이면, 창가에 앉아서 세상을 구경하던 한 과장처럼….

그러자 뇌리 속에 깊이 각인된 그의 잔상이 서서히 추억을 불러일으켰다. 여전히 조명을 받은 이팝나무는 어둠속에서 홀로 돋보이고 있었다.

"지언 씨. 내가 여기에서 이팝나무 보는 걸 왜 좋아하는지 아세요?"

"……?"

"이곳에서 보고 있으면 아래에서 볼 수 없는 부분을 볼 수 있어요. 저는 가끔 이런 엉뚱한 생각을 해봐요. 밑에 피어난 꽃들은 누구나 볼 수 있고 아름다움을 인정받지만 나무 위쪽에 펴 있는 꽃들은 그러지 못해 얼마나 답답할까 하는…. 그런데 하늘과 우리가 알아준다는 걸로 저 꽃들은 만족하지 않을까요?"

이렇듯 그의 이야기는 카페에서 회상에 잠겨 있는 나를 강타

했었다. 그리고 나는 그날 깨달았다. 한 과장은 자신의 부조리한 현실을 이팝나무를 보며 바로잡으려 했다는 것을….

'그래. 이 세상은 가려진 아름다움은 좀처럼 보질 못해. 그렇다고 고귀한 품성을 스스로가 낮출 필요는 없어. 그러지 않을수록 더 높은 위치에서 진정한 빛을 발하는 것이거든. 아주 잘 보존된 채로 말이야. 그러니 힘들어 하지 마. 그 이팝나무의 꽃도… 그 꽃 같은 이들도… 그리고 지금의 나도…'

그날은 한 과장이 행방불명되고 나서 처음으로 과거를 음미하였다. 다시 가까워진 기분에 만나고 싶은 마음이 간절하였다.

그렇지만 그날이 무색하게도 정작 아무런 단서도 발견하지 못했고 그 이후로 한 과장은 결국 세월과 함께 잊히는 존재로 전락해버렸다. 나 또한 누구나 겪는 순리에서 자유로울 수는 없었다.

– 3 –

이곳은 인제대학교 서울백병원.

나와 할머니는 아이가 깨어나기만을 기다리고 있는 중이다.

"젊은 양반 고마워요. 우리 손자 때문에…."

할머니는 힘이 없는지 속삭이듯이 말했다.

"아닙니다. 시간이 너무 넉넉해서 탈인데요, 뭘. 할머니, 여기서 잠시만 기다리세요."

나는 혈액검사를 막 끝마친 의사를 보고는, 그의 느려진 움직임을 닦달하려 뛰어갔다.

"저기 의사선생님. 결과가 너무 늦게 나오는 거 아니에요? 도대체 아이가 왜 그런 겁니까, 네? 왜 그리 열이 나는 거죠?"

"진정하십쇼. 약간의 영양결핍으로 인한 감기몸살 증상이니 걱정 안 하셔도 됩니다. 혹시 아이의 보호자 되십니까?"

"아닙니다. 저분이 보호자세요. 저기 어르신!"

나는 의사를 재빨리 할머니에게 데려갔다. 곧이어 할머니를 만나 뵌 그가 친절히 이야기한다.

"어르신, 손자가 장시간 추운 곳에 있어서 힘들었나 봐요. 약 잘 챙겨먹고 며칠 푹 쉬면 금방 나을 겁니다. 아참! 병원비는 내지 않으셔도 돼요. 아셨죠?"

의사선생은 귀가 어두운 할머니를 위해서 큰소리로 또박또박 말했다. 그런 그의 말에는 '아이의 영양결핍'에 관한 이야기는 찾아볼 수 없었다.

'다행히 친절한 의사였구나. 개념도 있어 보이고…. 이제 안심하고 갈 수 있겠어. 근데 뭔가 좀 아쉽네.'

금세 정이 들었는지 그들과 헤어질 시간인데도 발걸음이 쉽사리 떨어지지 않았다. 더구나 아직은 할머니의 슬픔에 마음이 반응하고 있나 보다.

할머니는 울먹이며 말하셨다.

"아휴, 아휴. 정말 고마워요 젊은 양반. 나는 손자 새 옷 입히

2장 \ 주인공은 누구인가 _179

는 맛에 살아요. 손자 없으면 아무것도 하지를 못해. 아휴, 아휴. 너무나 고마워."

할머니가 나를 올려다보시며 어르신 특유의 떨리는 목소리로 말하셨다.

"에이, 더 이상 우시면 안 돼요. 듬직한 손자가 슬퍼해요, 아셨죠? 그리고 할머니. 이거 약소하지만 받아주세요. 그럼 저 가보겠습니다."

그렇게 말하고서 나는 지체 없이 뛰어갔다. 그러자 내 노고에 고마움을 표하는 할머니의 장면이 등 뒤로 느껴지면서 코끝이 찡해왔다.

'이씨. 괜히 도와드려서 청승맞게…. 흐흐.'

나는 문득 그녀에게 칭찬받고 싶다는 생각이 들었다.

'아, 맞다! 이린 씨!!'

나는 재빨리 핸드폰을 확인해보았다. 이미 그녀와의 약속시간은 훌쩍 지나있었다.

'전화 한통이 없었네. 화났나? 아차차! 선물, 선물! 이런 제기랄!'

나는 다급한 상황에서도 주변을 둘러보면서 달렸다. 한 '아이디어 가게'에 전시된 밝은 빛의 원형이 시선을 사로잡았다.

- 4 -

마침내 약속장소에 도착했다. 아주 거대한 크리스마스트리가 뒤늦게 도착한 나를 그나마 반겨주었다.

'역시 안 보이네. 집으로 돌아갔나? 핸드폰은 꺼져 있고.'

예상대로 그녀는 보이지 않았다. 가뜩이나 연애 초보인지라 몹시 당황스럽다.

"지언 씨! 여기에요, 여기!"

그때 내 왼쪽 편에서 들려오는 그녀의 목소리가 세상에 울려 퍼졌다.

나는 즉시 고개를 왼쪽으로 돌렸다. 하얀 얼굴과는 대조되는 짙은 검정머리의 그녀가 허리까지 내려오는 긴 머리카락을 휘날리며 달려오고 있었다. 그녀의 앞머리를 양옆으로 가르는 당찬 뜀박질이 무척이나 눈에 띈다.

이렇게 우리는 기어코 만날 수밖에 없었다.

그녀는 내 곁으로 도착하자마자 꺼진 핸드폰을 보여 주었다. 바쁜 남자친구를 보챌 걸 알기에 꺼놓았다나 뭐라나, 그러고는 문명 발전이 인간에게 미치는 악영향에 대해 잘도 해맑게 이야기한다. 그런데 그것이 끝이 아니었다. 우리는 운명이라서 왠지 만날 것 같다는 확신이 들어서, 주변을 크게 크게, 넓게 넓게 돌아다녔다나 뭐라나. 그래도 화나서 몇 번 집에 가려고 했다나 뭐라나. 하여간 예측할 수 없는 그녀이다.

"지언 씨 그거 아세요? 힘든 기다림의 끝에는 음….."

여전히 끝나지 않았다. 그녀는 생기를 마냥 북돋아주는 존재이다.

"에잇. 시끄러워. 자! 선물이요."

나는 빛을 뿜어내는 선물을 양손을 이용하여 공손히 그녀의 눈으로 가져갔다. 바로 그녀의 반짝이는 두 눈과 같은 '빛나는 지구본'이었다. 그것은 자신이 다녀온 나라를 스위치를 이용해 빛으로 표시하는 기능을 가지고 있었다. 원할 때마다 여행하길 갈망하는 그녀에겐 딱 맞는 물건이었다.

곧이어 그녀는 헤헤거리며 콧등을 긁적긁적거렸다. 집중할 때나 뭔가가 풀리지 않을 때 나오는 그녀만의 버릇이다.

'히히. 요때다.'

나는 선물을 요리조리 보는 그녀의 어깨에 살포시 기댔다. 그리고 하늘을 바라보았다.

언제부터인지는 몰라도 사락사락 눈이 내리고 있었다. 시간은 딱 자정이었고, 그렇게 우리는 몹시 포근한 크리스마스를 맞이했다.

"이린 씨. 화이트 크리스마아이스! 흐흐흐."

"네? 진짜요? 어, 잠시만요."

한순간 괜히 선물했다는 후회감이 몰려왔다. 현재까지는 잊힌 서글픈 존재이다.

'하아, 이거 왠지 오래도록 관심 밖이겠는걸. 쳇!'

가까운 미래. 균열기 1년. 새벽 5시쯤.

수면 위로
  어둠이
지나가고
  있다.
물속에 있는
  내 모습이
어항 속
  금붕어와
같다.

찾아가다

 2018년 5월 하순, 요 며칠 나는 미궁 속에 빠진 '한 과장의 행방'으로 인해 두통을 견디고 잠이 들어야 했다. 그만큼 진전이 없는 상황은 나를 끈질기게 괴롭히고 있었고 이는 이따금씩 정신적인 몸부림을 불러왔다. 두통약도 한시적인 효과에서 그치기만 할 뿐, 소용이 없었다. 결국 치료법은 단 하나이다. 빠른 시간 내에 해결하는 것뿐이다.

 그 누구도 평생 따라다닐 찝찝한 과거는 원치 않는다. 곧바로 나는 무거운 발걸음을 이끌고 다시 '다양한 세계' 카페로 향했다.

 이곳은 이팝나무가 보이는 2층의 구석진 창가 자리. 아무리 구석구석 살펴보아도 실마리를 찾기에는 너무나 평범하다.

 나는 답답함에 한숨을 내쉬며 창문 쪽으로 고개를 돌렸다. 거리를 활보하는 많은 사람들이 눈에 들어온다. 꽤 오랫동안 그들을 보고 있자니 생김새가 제각각인 족속들이 새삼스레 신기하다. 그리고 인산인해를 이루는 장면은 나로 하여금 눈살을 찌푸리게 만든다.

 '쯧쯧, 저리 징그러울 정도로 많은 무리에 있으니 주변을 제대로 느낄 수 없지. 아름다움을 본다한들 지나치기 바쁘고….

같이 섞여 휩쓸리지 않아서 좋구만. 그나저나 목요일이라 그런가, 비교적 허름한 이곳도 사람이 많긴 하네. 천운으로 앉게 되고…!?'

그 순간 어떤 생각이 맑은 공기가 되어 나의 머릿속을 한 바퀴 돌고 나간다.

'가만! 혹시 과장이 나 말고 다른 인물과 여기에 온 적은 없었나? 그리 사교적이진 않아서 가능성이 적기는 한데, 더구나 사모님과도 들린 적 없다고 했었고… 이곳은 힘들 때 찾는 장소지, 아내와 오고 싶은 장소는 아니라면서…'

나는 잽싸게 카페 사장을 찾아가서 무거워진 머리의 무게를 나눠보았다. 사장은 마치 수다를 함께 떨어줄 사람이 필요했던 듯, 과도한 열정으로 반응한다.

"가만 보자… 아! 그러고 보니, 점잖은 풍채에 무척 순해 보이는 신사와 오신 적 있었어요."

"안경을 착용했습니까?"

"네. 아마 하금테 안경을 썼던 걸로 기억이 나네요. 그런데 요즘 과장님 안 보이시네요. 많이 바쁘신가 봐요? 아니면 맛이 시원찮아 다른 단골집 생기셨나? 실례지만 만나시면 전해주실래요? 실은 제가 구상 중인 메뉴가 있는데…"

한동안 사장은 쓸데없는 주제로 주절주절 떠들었다.

하지만 내 머릿속은 과장과 '최 사장' 생각이 가득할 뿐이다.

'같이 온 인간은 '최병직'이다. 그리고 만일 과장이 그와 같이

온 적이 있다면… 평소의 과장이라면… 그렇지! 보관함!! 과장의 보관함을 열어 봐야겠어.'

내 머릿속은 '한 과장의 보관함'으로 도배되고 있었다. 아마 그 안에는 과장이 지금까지 겪었던 고충과 분석한 인물들이 그만의 세계를 거친 내용으로 재록되어 보관되어 있을 것이다.

그러나 안타깝게도 지금 당장 보관함 문서를 열람할 수는 없었다. 카페의 규칙상 자신이 이용하는 보관함은 자신만이 열 수 있다는 규칙이 존재했기 때문이다. 이 내규에는 카페의 사장도 예외일 수는 없었다. 더구나 설령 사정을 설명해서 열람이 가능할지라도, 한 과장의 메모지에는 '아무도 믿지 말라'고 명시되어 있지 않았던가. 그렇다고 달리 뾰족한 수도 없었다.

'어떡하지…'

그대로 중대한 선택의 기로에 놓여버렸다. 그렇지만 별 다른 수가 있을 리 만무하기에, 한참을 궁리한 끝에 어려운 결정을 내릴 수밖에 없었다. 그것은 혹여나 '보관함 열쇠'가 과장의 집에 있을 수 있다는 불확실한 사실에 의한 선택이었다.

'별수 없지. 근데 사모님이 과연 고운 시선으로 봐 주려나?'

곧이어 나는 전화를 걸었다. 통화음이 울리는 내내, 끊임없이 한숨을 내쉬면서 어떤 표면적인 이유를 구구절절 늘어놓아야 할지 고심하였다. 나는 민원실로 전근되어서는, 그래도 일 년 반 동안 요럭조럭 행복한 적응기를 거쳤으나, 그녀는… 그 어떤 말로도 위로될 리 없는 허허로운 기간을 가졌을 것이다. 한 여자,

아니 두 여자의 그간 고초를 상량(商量)하니, 내 무관심으로 드러난 민낯이 잔혹하게 느껴졌고, 그저 이타심에 감춰진 이중성의 그림자를 마주하는 듯했다.

"예, 여보세요."

드디어 사모님의 목소리가 수화기 너머로 들려왔고 나는 긴장을 한 탓에 그녀의 말이 채 끝나기도 전에 따듬작거리며 인사했다.

"아. 안녕하십니까, 사모님. 저 이지언입니다."

"네, 지언 씨. 안녕하세요. 그동안 잘 지내셨나요?"

"사모님. 정말 죄송합니다. 제가 일에 쫓긴 나머지… 아니, 바쁘다는 핑계로 사모님 부탁을 차일피일 미룬 탓에 연락하지 않았습니다. 정말 죄송합니다."

나는 예정과 달리, 그녀에게 무사분주한 척했던 나날을 직고하였다.

"괜찮아요. 실은 지언 씨를 만난 후에 오히려 마음이 꺼림칙했는걸요, 지나친 욕심에 큰 짐을 맡긴 게 아닌가 해서요. 오히려 고맙습니다."

다행히도 그녀는 여전히 친절하게 내 진심을 마음으로 알아봐주었다. 그리고 그러한 반응은 나로 하여금 과장의 사건에 굼뜬 행보를 보인 지난날을 후회로 물들게 하였다.

'솔직해지자, 이지언. 너는 애초부터 최 사장과 보관함 생각을 할 수 있었어. 하지만 그러지 않았지. 조사에 깊이가 없었다고.

왜냐고? 미리 멀어질 마음의 준비를 했었으니까. 예전부터 '이린 씨의 행복'도 마음에 걸렸으니까.'

– 2 –

여기는 수정아파트, 한 과장의 집. 현재 '셜록 홈스'가 된 느낌에 불꽃같이 타오르던 나의 기분을 상사의 '사모님'이란 존재가 잠잠하게 만든다.

"사모님. 과장님의 서재를 볼 수 있을까요?"

우리는 곧바로 한 과장의 서재로 들어갔다. 우선 서재의 책갑부터 살피고 싶었고 예전부터 사모님이 전해준 쪽지의 출처가 궁금했었기 때문이다. 그러나 텅 비어 있었다. 서재도 몇몇 고서들 제외하고는 별 다른 특이점이 없었다. 게다가 사모님은 책갑에 보관된 서적이 무엇이었는지 알지 못하였다.

"사모님, 혹시 과장님이 카페에 들리고 집에 오시면 주로 어떤 행동을 하셨나요?"

"특별한 행동은 없었어요. 그이 행동은 항상 일정했거든요. 제일 먼저 아이와 시간을 보냈어요. 씻은 후에도, 식사 후에도 함께 보내고요. 마지막에는 아이 방에 들러서 입맞춤하고 서재로…"

그녀는 더 이상 말을 하지 않았다. 역시 한 과장다운 일정하고 습관적인 절차였다.

'미안하게 괜히 물어봤네. 얼른 방만 둘러보고 나가야지.'

나는 다시 전형적인 탐정의 자세를 취하면서 추리하기 시작했다.

'평소에 과장은 열쇠를 보물마냥 들고 다녔어. 그것도 따로 챙길 정도였고…. 하물며 사모님이 말하기를, 남편은 쉬는 날에도 열쇠를 소지한 채 외출하는 경우가 빈번하다고 했어. 그만큼 대단한 것이 보관함에 들어있다는 것이고, 매사에 철저한 과장은 '복사키'를 만들었을 거야. 뭐, 그렇다고 찾을 것 같지는 않지만, 사모님도 복사키의 존재를 모르시고… 하기야 카페와 '거래장'에 관련된 얘기는 일체 안 하셨으니까…. 가부간에 만일 내가 과장이라면 어디에 두었을까? 내가 과장이었으면, 내가 과장이었으면, 내가…'

이처럼 나는 특기인 '상상하기'를 동원해 그의 동선을 머릿속에 그리기 시작했다. 그리고 어느덧 집주인의 눈치를 보지 않게 된 '이지언 과장'은 상상에 따라 모든 방 구석구석을 탐색하는 말 같지도 않은 실례를 범하며 염치없이 아이의 방문을 배깃이 열었다. 곳곳에 과장의 흔적이 보이는 아이의 방에는 꿈속을 날아다니고 있을 서연이가 잠들어 있었다. 쌔근쌔근 잠을 자는 여아의 모습은 마치 희망이란 천사 같았다. 지금쯤 아빠를 만나서 행복한 아이를 나는 결코 방해하고 싶지 않았다.

'서연아 제발 깨지 마. 내 세계로 오지 말아줘.'

서연이의 '움찔움찔'에 따라 내 마음도 움찔움찔!

- 3 -

'마지막으로 저 보석함이나 열어볼까.'

내가 짚이는 곳은 이제 옆방, 단 한군데였다. 옆방은 살짝 열린 커튼을 비집고 들어온 바깥 빛이 '인형의 집'을 비추고 있는 공간, 즉 서연이의 아지트인 '장난감 방'이었다.

나는 서연이 방을 나와서 곧장 옆방으로 향했다. 보석함은 거대한 '원목 인형의 집'에 놓여 있었고 그 옆에는 아주 가지런히 놓여 있는 열쇠가 '내가 보석함의 주인'이라며 유혹하고 있었다.

나는 아주 조용히 조심조심 열었다. 그러자 딸깍거리는 동시에 클래식 음악이 흘러나왔다.

마치 '에뛰드 하우스'처럼 분홍색 계열로 치장된 보석함에는 한 장의 가족사진과 함께, 서연이의 갖가지 보석들이 들어 있었다. (오해는 마시라. 실은 요즘 왓슨스, 올리브 영 등 신기한 장소를 자주 드나들고 있다. 그게 다 '민이린' 그녀 덕분이다.)

나는 다정한 미소를 지으면서 그것들을 관찰했다. 이때 유난히 눈에 띄는 '열쇠 모양'의 보석이 시선을 끌었다. 일단 바지주머니에서 나의 보관함 열쇠를 꺼내보았다. 그리고 대조해보았다. 서연이의 보석함 디자인에 맞게 변형된 물건이었지만 알아볼 수 있었다. 그것은 '보관함 열쇠'가 분명하다.

'어허, 한 과장은 가히 이 시대의 아버지노라. 참으로 예쁘고 참신한 물건이노라. 아주 기가 막힌, 참신한 아이디어가 들어갔

노라.'

 그것은 둔탁한 원석을 디자인하고 연마하여, 열쇠형태로 가공한 물건이었다. 나는 세상의 둘도 없는 빛을 담은 열쇠에 놀라지 않을 수 없었다.

 '이 복사키가 과장과 딸애의 매개체 역할을 할 줄이야. 서연아. 너희 아빠 꽤 멋진데?'

 한 과장의 비밀스러운 일상은 그렇게 그의 가장 소중한 보석과 함께 보관되어 있었다.

 나는 한 과장의 집에서 나와서 다시 카페로 향했다. 오랜만에 하늘을 보면서 숨을 깊게 들이마셨다. 그러자 내 머릿속을 시원한 공기가 또 한 번 돌아나간다. 너무 개운하였다.

 그리고 이때다 싶어서 또다시 소중한 존재들을 마음속에 담았다. 그리고 '나만의 열쇠'로 더는 그들이 빠져나가지 않게 잠갔다.

가까운 미래. 균열기 1년. 그저 깊은 새벽쯤.

어느 날
 그녀가
칸막이 달린
 어항을 사왔다.
'오란다 금붕어'는
 그 어항이
작던지
 이곳저곳을
부딪친다.
 참 아프겠다.

찾아오다

여기는 이 세상에 존재하는 '열두 나라' 중 한 곳인 '숲의 나라'예요. 이곳은 아픔이 존재하지 않는 신비한 숲으로서, 온종일 노래하는 새들과 춤을 추는 요정들로 북적이는 나라랍니다.

아 맞다! 제 소개가 늦었군요. 저는 '토브토브' 마법학교에 새로 부임한 요정 '우아한' 교사랍니다. 지금은 공주님이 계신 궁전으로 가고 있어요.

어?! 근데 이게 무슨 소리죠?

아하! 아기돼지들이 웅덩이에서 샤워를 하네요. 게다가 숲에 울려 퍼지는 노래에 맞춰 신나게 춤까지 추는군요!

"꿀꿀꿀꿀!!!"

"얘들아! 웅덩이는 초콜릿이 아니란다. 그만 먹으렴."

"꿀꿀꿀, 아니에요 요정님. 이거 초콜릿, 꿀꿀꿀꿀!"

어머나! 저기 보셔요. 하늘에서 초콜릿을 운반한 까마귀들이 조심스레 쏟아 붓고 있어요. 꺅! 저기도 보세요. 나무에서 포로리, 너부리, 보노보노가 물통을 들고 가만가만 걸어 나오고 있어요. 몰래 접근하려나 보네요.

그런데 그들이 화들짝 놀랐어요. 종달새가 공중으로 높이 날아오르면서 갑자기 신나는 동요를 크게 틀었어요!

"우리 모두 즐기자요! 춤추자요!!"

와, 이곳은 난장판 축제분위기예요! 숲의 모든 예쁜이와 멋쟁이가 신나게 춤을 추며 환상의 하모니를 선보이고 있어요!

야호, 신나라! 나도 본격적으로 놀아볼까요? 지금이 몇 시죠?

어머나, 어머나! 내 정신 좀 봐봐. 빨리 공주님 만나야지! 날개야, 얼른 약속장소로 데려다 주렴.

"어머, 날개들아. 너희 안 가고 뭐하니? 빨리빨리 뗏찌!"

"도착했어요, 로롱!"

헤헤. 미안해 날개야. 이곳이 약속장소였구나, 찡긋!

"그나저나 공주님은 어디로 가셨지? 공주님! '한서연' 공주님!! 이거, 이거 큰일이네. 학교에 지각하겠어. 이러면 무서운 악어 교장 선생님한테 '삐약삐약' 혼나실 텐데."

아앗! 서연 공주님의 '장난감 숲' 근처의 꽃들이 울고 있네요. 설마 꽃들과 계신 건가? 날개야 빨리빨리, 뗏찌!

"어머! 이곳에서 왜 울고 계세요 공주님?"

이를 어쩌나 공주님이 우시면 '숲의 시간'이 멈추어 버릴 텐데….

"우아한 요정님… 어마마마와 아바마마가 안 보여요."

"임금님과 왕비님은 요즘 아주 바쁘세요. 오늘도 공주님이 좋아하시는 '반짝반짝' 나라에 '숲속의 음악'을 선물하러 가셨답니다."

"그럼 요정님, 오늘 '반짝반짝' 나라로 놀러 가면 안 될까요?"

- 2 -

 나는 현재 유치한 동화를 요정의 목소리로 소리 내어 읽고 있다. 그것도 몰래, 아주 몰래…. 심지어 비가 오는 퇴근길에서….
"에잇, 퉤!"

 이리하여 서연 공주님은 '반짝반짝' 나라로 여행을 가게 되었답니다!!

 그렇다. 카페에서 한 과장은 비밀리에 동화를 써내려가고 있었다. 그의 '보관함'에서 찾은 이 중요하지만, 빌어먹을 원고는 서연이를 위한 선물이자 그곳에 있던 유일한 문서였다. 정말이지, 평소 한 과장답지 않게 일률적이지 못한 문투와 유치하기 짝이 없는 표현 및 내용에 실소가 절로 나온다.
 '이거야 원, 어처구니없네. 이딴 미숙한 글을 내가 왜 봐야 하냐고. 그리고 그리 지적인 얼굴로 카페에서 한 짓이 이거였어? 그러니 궁금하잖아! 이씨, 그러니 읽을 수밖에 없잖아!! 요정의 목소리로 도로 체인지. 쳇!'

 서연 공주님의 여행은 험난했어요. 솜사탕 늪에 빠지는 사건을 시작으로, 무척 심보가 고약한 곰돌이가 사탕을 원한다고 협박하는가 하면, 미치광이 병아리는 '빼빼로 창'으로 위협했거든요. 특히 힘들게 도착한 '꽃비가 내리는 곳'은 정말, 정말 위험천만했답니다.

"이곳을 지나가야 하는데… 우아한 요정님, 어떡하죠? 꽃비가 아프게 해요. 지나갈 수 없어요."

너무 힘들어진 공주님 눈에서 또다시 눈물이 흘렀어요.

그런데 바로 그때!!! 콧잔등에 안경을 걸친, 한 인자해 보이는 할아버지가 막대사탕을 입에 문 온화한 표정으로 ~~커다란 잎으로 된 우산'을… '커다란 금으로 된 우산'을… 커다란 잎으로… 커다란 금으로…~~

여기서 글은 끝나 있었다.

'왠지 줄이 그어진 문장들이 거슬리네. 결단력 있는 과장이 어쩐 일로 이리 고민했지? 인자한 할아버지?? 설마 '최 사장'을 참고해서 만들어진 인물인가. 그럼 그를 분석한 글이 원고에 있겠지?'

나는 재빨리 원고의 맨 뒷장으로 넘겨보았다. 평소에 과장을 유심히 관찰했기에 나올 수 있는 잽싼 행동이었다. 그리고 그 예감은 적중하였다.

"'최병직 사장'은 가끔 혼자 중얼거린다. 마치 '방언' 같았다. 그는 어느 때는 다르다, 흥미를 일으키는 인물이다."

별안간 어느 문장이 내 마음을 콕콕 쑤신다.

"지언 씨의 선택이 너무 실망스럽다. 그런데 그의 뒷거래 사실을 최 사장이 어떻게 알았을까. 오히려 최 사장이 의심스럽다. 지언 씨에게 내가 알고 있다는 사실을 말해야 하나? 오늘도 최 사장이 '인자하게' 웃는다. 그를 한번 미행해봐야겠다."

그때 문득 한 가지 의문점이 들었다.

"'최 사장'이 내 뒷거래에 대해 과장에게 말했나 본데, 어찌 그걸 알았을까. 그것이 과장의 신뢰를 잃은 계기인 듯한데…."

생각하며 나는 다음 페이지를 읽어보았다. 그러자 심장이 터질 듯 고동치면서 몸이 순간, 뻣뻣하게 경직되었다.

"오늘… '당신은 곧 사라졌습니다.'란 구절이 찾아왔다…?!"

곧이어 또 다른 한 가지 의문점도 이어지며, 순간적으로 '선택에 따라 시작된다.'라는 쪽지가 뇌리를 스친다. 이렇게 되면, 그 쪽지의 진정한 출처는 한 과장이 아니라, 미리 내 뒷거래 사실을 알고 있었던 최 사장일 가능성이 높아진다.

"가만있자, 작년 1국 2과 1팀에 들린 놈들이 2국장과 최 사장을 제외하고는…."

당, 당신 누구야!!?

나는 현관문을 열자마자 그대로 심장이 멎는 줄 알았다. 어떤 '괴이한 실루엣'이 창가의 어둠에서 어둠 자체를 표방하고 있던 것이다. 그 형상은 마치 고뇌하듯 흔들의자에서 머리를 감싸고 있었고 때마침 번갯불이 번쩍번쩍 하늘을 가르자, 암순응(暗

順應)의 상태를 거치고도 사물을 제대로 분간할 수 없는 짙은 어둠은 차츰 착각이 걷히는 것과 동시에 나에게는 물론, 현실세계에 그 이질적 진실 또한 드러난다. 서서히, 서서히….

가까운 미래. 균열기 1년. 그저 깊은 새벽쯤.

나도
　마음이 아프다.
그리고
　이내
그 금붕어는
　좁은 범위만을
맴돌았다.

마주하다

 다시 칠흑 같은 어둠이 이어졌다. 눈이 어둠에 익숙해진 뒤에도 아직 바로 앞에 있는 사물조차 제대로 보이지 않는다. 숨이 턱 막혀오는 긴장감이었다. 이윽고 번갯불이 연달아 번쩍이자 그 괴이한 형상과 그 주변이 차차 드러나면서, 또 다른 착각을 불러일으킨다.

 '대체, 저 자가 여길 왜!?'

 뒤이어 천둥소리가 들리는 가운데, 나는 다리에 힘이 풀려서 그대로 주저앉을 뻔했다. 그 형상은 바로 '최병직 사장'이었기 때문이다.

 명백한 불법 침입이었다. 마치 불륜 내지 성범죄를 의식한 고위직처럼, 미복(微服)하여 침입하였다. 더구나 그는 미묘한 표정을 지으면서 아예 초점을 잃은 시선으로 앉아 있었는데, 번개가 칠 때마다 도저히 판별이 불가하도록 연이어 달리 보인다.

 최 사장은 뭔가가 걸리는지, 속이 무척 찌글거리는 듯 보이면서도 두려움에 떨고 있었다. 아니다, 나의 착각인 듯하다. 눈을 비비고 다시 보니, 암흑을 표방하면서도 너무 평온해 보인다.

 그런 그가 드디어 입을 열었다.

 "저는 한 과장이… 좋았어요."

 나는 대번에 그가 술에 취해 있다는 사실을 알 수 있었다. 그만큼 요상한 투로 중얼거리는 그의 모습은 이해하기 어려웠다.

나는 그를 진정시키고 싶었다. 하지만 입은 얼어붙어서 떨어지질 않았고 양발은 마치 바닥에 고정된 듯 떨어지지를 않았다. 더구나 납득이 도무지 되지 않는 상황에 머릿속이 복잡하기까지 하다.

'저 인간은 지금쯤 가족과 행복한 시간을 보내야 하는데, 남들 몰래 악행을 저지르고 비웃으면서…. 근데 굳이 여기를 왜?!'

최 사장은 다시 평온한 얼굴로 중얼거리려고 한다. 아니다, 이번에는 정확하고 뚜렷한 발음으로 말한다.

"제게도 한 과장처럼 딸이 하나 있어요. 뒤늦게 얻은 만큼 정말 후회 없이 키우고 싶었어요. 그런데 갑자기 쓰러졌어요. 그때부터 하늘을 원망하며 고통의 나날을 보냈었죠."

그가 한 박자 쉬더니 씽긋뻥긋 웃으며 말한다.

"그래도 현재는 너무 행복합니다. 정말 소중한 존재가, 이제는 건강한 모습으로 봐주니까요. 정말로 뿌듯해요. 이 애비의 듬직한 모습을… 그리 봐주니… 까요…."

그가 손까지 떨면서 또 중얼거린다.

"어느 때, '그'가 찾아왔어요… '그'가 찾아왔어요… 그리고 모든 것이 변했어요… 한 과장 말이에요, 그 한 과장을 내가… 그날 이후로 한시도 편한 적이 없었어요. 나도 처음 알았어요, 나에게조차 보이지 않던 나를… 진짜 치료되잖아, 막 돈이 들어오잖아…."

이번에는 최 사장의 말을 대충은 이해할 수 있었다.

나는 그에게 아주 조심스레 말을 걸었다.

"그러니까 '최 사장' 당신이 원해서 한 과장을 죽인 것이 아니고 어떤 녀석의 사주로…?"

"난 안 죽였어!!!"

나는 예기치 못한 고성에 머리카락이 쭈뼛 설 정도의 오싹함을 느꼈다.

"그래도 나 때문이야…."

최 사장은 두려움에 떨고 있었다. 아니다, 또 평온해진 얼굴이다. 그런 그가 웃으며 말한다.

"그래서 지언 씨, 당신을 찾아왔어요."

– 2 –

한동안 최 사장의 중얼거림은 계속되었다.

"이 회장에게… 나에 대한 걸 흘렸어… 한 과장과는 딸 얘기로 친해졌… 나는 기적을 봤어… 병원이… 손을 놓은… 딸애가…."

그는 실성 직전에 놓인 사람처럼 제정신이 아니었다.

만약 당신이라면 어떻게 하겠는가. 심지어 무단 침입한 놈이 울고 웃기도 한다면 말이다.

나는 도망가지 않았다. 위협적이라도 궁금증은 풀고 싶었다.

게다가 이대로 생을 마감하는 끔찍한 경우는 단 한 번도 상상해본 적이 없어서 그런가, 별안간 마치 사달이 나기 전에 그럴싸한 계획을 세워놓은 사람인 양 용기가 샘솟는다.

나는 몸의 경직이 풀리자 그가 눈치 못 채도록 조금씩 발을 움직였다. 여전히 바로 앞에 있는 사물조차 제대로 분간할 순 없는 어둠이었지만, 다행스럽게도 어떤 뭉뚝한 물건이 발끝에 닿았다. 평소 악습이 고맙게 여겨지는 찰나였다.

'이걸 집을 때 녀석이 어떤 반응을 보이려나. 나를 쳐다볼까? 아니면 저대로 유지할까….'

생각하면서 몸을 천천히 굽혀보았다. 다행히 그는 별 반응을 보이지 않았다.

'대체 '그'가 누구이길래, 저리 망가졌지?'

나는 문득 '그'가 궁금해졌다. 그래서 조용히 물건을 집어 들고는 다시 조심히, 아주 조심히 물어보았다.

"저기 최 사장님? 사장님이 말하시는 '그'가 누구입니까? 어디로 가면 만날 수 있습니까?"

그러자 최 사장이 나를 날카롭게 쳐다본다. 물론 착각이겠지만, 그의 눈은 인간의 것이 아니었다.

"그는 원한다고 볼 수 있는 존재가 아니야!!!"

최 사장의 쩌렁쩌렁한 목소리가 마침, 번쩍이는 번개와 함께 내면을 들쑤신다.

"그건 '그'가 원할 때…"

끝내 그는 말을 흐렸다. 그렇지만 이번에는 그의 상태가 범상치 않았고 그 순간 나는 내 눈을 의심할 수밖에 없었다.

'어!? 지금 뭐를 보고 있는 거지? 최 사장이… 저 미친놈이… 서서히 사라지고 있다?! 이런 미친… 이제 나도 미쳐가는 거야?'

일순간 정적이 흘렀다.

'저리 진행되면 얼굴조차 사라질 텐데… 어!? 창문을 보네. 창밖에 누가 있나??'

최 사장은 광기에 이어서 공포로 물들어갔다. 아니다. 번개가 번쩍이자 어느새 다른 표정을 짓고 있었다.

'이번엔 다시 광기?'

아니다. 또 한 번 번쩍이자 안도의 표정이었다.

이렇듯 최 사장은 종잡을 수 없는 표정 변화로 나에게 섬뜩함을 안겨주었고 마지막으로 나를 다시 바라보면서 입을 천천히 벌렸다.

나는 생각하였다.

'뭐라는 거야? 미안…합니다. 미안…해, 주아…야? 안 돼! 사라지지 마!!'

그러나 최 사장은 눈물을 흘리는 것을 끝으로 그에 시야에서 사라져버렸다.

서서히, 서서히 먼지가 되어서……

나는 겁나지 않았다. 그저 믿을 수 없는 괴기한 광경에 '헛것'이겠거니 생각하였다. 하지만 머릿속과는 상반되게 온몸은 파르르 떨리고 있었다.

– 3 –

밤 11시. 멀리서부터 쿵쿵 우렛소리가 들려오는 사이로, 가까이에선 번개가 하늘의 복판을 짜개고 지나갔고 곧이어 우르르 쾅쾅 천지에 울려 퍼진 뇌성으로, 나는 정신을 차리고 창문으로 뛰어갔다. 재빨리 바깥을 둘러보았다. 어느 뒷모습이 빗발이 세찬 어둠 속으로 자취를 감추고 있었다.

'어딘가 익숙한데… 그런데 왜, 저 주변의 비는 느리게 떨어지지? 진짜 내가 미쳐 있나?'

나는 곧바로 뛰어서 내려갔다.

'도대체 왜 뛰는 거야. 지금 이 상황이 믿어지는 거야?'

그저 미친 듯이 뛰어 내려갔다.

'몰라, 몰라! 우선 따라가 보자. 어디지?! 어디야!!'

역시나 의문의 뒷모습은 보이지 않았다. 하지만 계속 뛰면서 마치 고성방가를 하듯 고함쳤다.

"어디 있어! 어디 있는 거냐고!! 나올 테면 나와 봐, 이 새끼야!!!"

나는 인사불성인 취객처럼 무모한 호기를 보이며 연신 큰소리쳤다. 그러자 웬 한기가 갑자기 머리에서부터 느껴지더니 급속하게 온몸으로 퍼진다. 요즘 피곤한 일상을 보낸 탓에 더 빠르게 퍼지는 듯하다.

'내가 얼마나 뛰었지? 세상이 이렇게… 어두웠나?'

더 이상 몸이 움직여지질 않으면서 정신이 혼미해진다.

'예사롭지 않은데 이거… 이게 현실이야, 환상이야… 이건 환상이… 환…상이….'

나는 의식을 잃으면서도 계속 중얼거린다.

"그런데 혹시… 한 과장도 '그'를 보았을까?"

존재하지 않는 자여,
빛보다 밝은 어둠으로
오라.

가까운 미래. 균열기 1년. 그저 깊은 새벽쯤.

아마도
 금붕어는
어항이
 넓어진다고
해도
 항상 돌던
범위만
 돌겠지?

이곳이 좋아

'아, 나른하다.'

갑자기 잠을 부르는 바람이 피부로 와 닿는다.

'여긴 어디지?'

이곳은 저 멀리 보이는 어느 궁전 근방의 방교(方郊)이다. 눈 앞의 들판에는 밀들과 꽃들이 손짓으로 인사하듯 흔들거리고 그 여유로운 풍경 뒤로는 언덕의 집 한 채가 나를 반긴다.

나는 무작정 언덕을 향해 뛰어가며 희열을 만끽한다. 마치 구름 위를 걷는 듯한 기분으로 방교(方郊)를 질주하며 자유를 만끽한다.

그런데 이상하다. 분명 최선을 다해 뛰는데 생각보다 뜀박질이 더디다. 한번 '성큼성큼' 걸어가며 내 다리를 바라본다. 어느새 어른용 신발을 신고 종종걸음을 놓는 아이가 되어 있다. 그렇다, 나는 아이가 되어있다. 나는 아이가 되어 있다…?!

'야호!!!'

나는 기분이 한껏 고조되어 신발을 잘잘 끌고 가다가 홱 벗어던지고 이리 뛰고 저리 뛰기를 몇 번이나 반복한다. 마치 징검다리 밟듯 가다가 이내 한걸음에 언덕으로 달음박질하는 날다람쥐가 된다. 몸이 깃털처럼 가벼워진 이 순간의 흥분이 최고조에 달한다. 너무 좋다. 심지어 가벼운 마음으로 들판에서 소변을 조금씩 잘잘 내보낸다. 그것도 무척이나 여유롭게….

'이리 펄쩍! 저리 펄쩍! 요이…땅!!!'

이어서 다시 날다람쥐처럼 쏜살같아진다. 그대로 들판의 이곳저곳을 전력질주로 누비면서 흡사 킹콩처럼 가슴을 주먹으로 두드리며 괜한 열정을 불태운다.

그러나 이런 동물적 움직임은 오래 가지 않는다. 또 다른 날랜 아이가 나를 앞지르는 모습이 눈에 거슬렸기 때문이다. 나는 이번엔 전의를 불태우면서 아이의 뒷모습에 대고 묻는다.

'한 번 해보자는 거냐! 너는 누구냐!?'

아무런 반응이 없었다. 게다가 내가 대수롭지 않은지, 오히려 걷기 시작한다. 그러나 그 보속도 뜀박질 수준이었기에 경쟁심을 놓지 않고 재차 물었다.

'이게 무시하네. 너 누구냐고! 야!!!'

그러나 아무리 크게 불러보아도 아이는 돌아보지 않았고 주위를 휘둘러보기만 한다. 잠시 뒤, 아이가 무엇을 보았는지 멈추어 선다. 머지않아 아이의 발 근처로 빗방울이 뚝뚝 떨어지기 시작한다. 그것이 시작되는 지점은 아주 낮았지만, 세상 어느 것보다도 맑았다. 그리고 이내 우리가 있는 세상은 점점 옅어져만 간다.

'왜 이러지? 저 아이 눈물 때문인가? 안 돼. 본래의 시간으로 돌아갈 수는 없어. 아직은 가기 싫어.'

그 아이를 진정시켜야 했고 왠지 진정시키고 싶기도 했다. 나는 곧바로 작은 돌을 주워서 별 미동이 없는 아이의 근처로 조심히 던진다. 이번에도 별다른 반응을 보이지 않는다. 그래도 계속해서 던져본다. 어느새 나의 눈망울에도 눈물이 고였고 마지막으로 연달아서 던지며 아이에게 소리를 지른다.

'제발 울지 말고 돌아봐줘!!!'

드디어 천천히 아이가 돌아본다. 그러나 천천히 안개도 찾아온다. 서로를 뚜렷이 확인할 수 없는 가운데 우리는 동시에 눈물을 닦는다. 눈높이가 엇비슷한 둘은 한동안 말없이 서 있는다. 우리 둘은 겨우 슬픈 마음을 추슬렀고 이번에도 나부터 아이에게 다가가려 첫발을 내딛는다.

마침내 '아이의 발도 떨어진다. 마침내 나의 조그만 손이 그 아이의 눈물 자국을 닦아주려 한다. 그런데 별안간 새하얀 장막이 배경 겉으로 마구 둘러쳐지고 아예 아이까지 즉각 휩싸버린다. 그리고 그 배경마저 산산조각 찢어지며 온통 새까매진다.

'싫어! 싫단 말이야!'

우리의 세상은 사라지고 어둠만이 보인다.

- 2 -

내가 어둠에서 한발 한발 걸을 때마다 그 공허한 공간을 하나둘씩 낯익은 것들이 채워간다.

'저건 놀이기구, 저건 피자, 저건 딸기 아이스크림, 저건 과자

집, 저건 초코 시냇물, 저건 비행기, 저건 뗏목, 저건 아지트…'

이윽고 그것들이 들입다 섞이더니 또 다른 세상이 나타난다. 어릴 적에 이따금씩 빠졌던 공상 세계와 유사한 공간이었다.

나는 신기해 하면서 둘러보다가 어느 순간, 아무런 말 없이 마냥 걷기만 하였다. 그러자 이번에는 걸을 때마다 몸집이 점점 커지면서 어른으로 되돌아왔다.

나는 한참을 그렇게 성큼성큼 돌아다닌다. 아무리 구석구석 돌아다녀도 지치지 않는 발걸음이다.

'얼마나 다녔지?'

시계를 보았다. 초침은 돌아가지만 시침과 분침은 멈춰 있다. 시간이 흐르지 않는 세상이다.

나는 또다시 한참을 돌아다닌다. 그러자 한 웅장한 궁전이 내 입을 떡 벌어지게 만든다. 아름다웠다. 품격이 느껴진다. 줄곧 기품을 유지하는 나와 잘 어울린다.

얼마 지나지 않아 성문이 보이고 그 앞의 누군가가 손을 흔든다. 어느덧 서서히, 서서히 뚜렷이 들어온다. 이제는 나를 반기고 있는 순백한 이린 씨가 보인다. 나의 볼 살이 올라간다. 나는 달려갈 자세를 취한다. 그때 누군가 등짝을 '똑똑' 두드린다. 나는 뒤를 돌아본다. 아무도 없었다. 나는 아래를 내려 본다. 허리에도 못 미치는 꼬마아가씨가 다리를 두드린다.

깃털처럼 가벼운 그 인형을 들어 올리자 인형은 뒤쪽을 가리킨다. 나는 뒤쪽을 바라본다. 아무런 미동도 없는 현근이가 서

있었다. 꽤나 먼 거리에. 이내 고민에 빠진다.

'쟤한테 가야 돼, 말아야 돼.'

생각하며 나는 이린 씨를 바라본다. 그리고 다시 한 번 친구를 돌아본다.

'헉! 놀래라.'

너무 순식간에 일어난 일이다. 누군가가 그림자와 이어진 후드코트를 입고, 오십 보 앞에 와있는 것이 아닌가. 나는 놀란 나머지 눈을 깜빡였다. 그러자 깜빡일 때마다 가까워지는가 싶더니, 느닷없이 뜀박질로 달려와서 재차 코앞에 와있다. 얼굴까지 일부 가린 후드로 인해 그의 얼굴을 알아 볼 수 없었다. 그 그늘에 가려진 한쪽 눈과 거뭇한 턱 끝만 어렴풋이 보일 뿐이다. 비록 남루한 모습이었지만 결코 예사로운 풍모는 아니었다.

나는 그의 손을 바라본다. 손의 굵기와 손톱을 물어뜯은 흔적은 현근이가 틀림없었다.

'친구야?'

그는 대답을 하지 않는다.

'친구야??'

그는 눈을 깜빡이지도 않는다.

그저 내 이마에 총을 겨누고 속삭일 뿐이다.

'나는 널…. 너는 날….'

그러면서 그의 얼굴이 더욱 다가온다. 그의 눈동자가 더욱 가까이 다가온다. 마치 피처럼 새빨간 과거가 다가온다. 마침내 얼굴의 윤곽이 어렴풋하다가 조금씩 명료하게 드러나려 한다.

그의 얼굴은 꺼무끄름하다. 그의 얼굴은… 그의 얼굴은….

갑자기 주변이 아득해지고 새하얘지면서 내 눈으로 익숙한 환경이 들어온다. 연이어 현근이와 '민이린' 그녀가 내 움직임에 반응하는 것이 눈에 들어온다.

나는 다시 돌아와 있다. 본래의 시간으로 돌아와 있다. 이곳은 병실이다.

- 이곳은 몰라 -

내 앞에서 '이린 씨'가 환하게 웃고 있다. 꿈에서는 실망했을 그녀가 다행스럽게 웃고 있다. 현실로 돌아왔음에도, 괜스레 미안하지만 한편으로는 편안해진다.

나는 미처 환자가 깨어날 것을 예상 못한 그들에게 벌떡 일어나며 웃어 보였다. 그러자 그녀는 어찌할 바를 몰라 손을 허우적대면서, 걱정스러운지 마치 공상볼기를 치듯 내 엉덩이를 살살 두드린다. 한동안 층층하게 그늘져 보였던 내 안색을 염려했는데, 몇 날 며칠 못 먹고 과로에 상신하는 꼴까지 보였으니 걱정이 되우 쌓였나 보다.

그 반면에 현근이는 별 반응을 보이지 않는다. 속내를 읽을 수 없는 묘한 표정을 짓고 있을 뿐이다. 그는 나름대로 원칙, 정직, 소신, 불의, 정의관 같은 것에 대한 정견이 서 있으며, 그 갈앙은 웬만하면 맑스그레하길 원하고 추구하는 유형이다.

실은 그런 그들에게 나는 같은 행동, 각기 다른 의미로 대하고 있었다. 마치 태평한 척하며 속내를 감추고 상대방의 반응을 살펴본 것이다. 본능적인 행동이었다. 사회 초년생 시절에 생존본능에 입각하여 습득하게 된 정당방위 같은…. 그간 나도 현근이처럼, 흡사 '최 사장'같이 진실이니, 진심이니 하는 것들을 눈속임해서 이문을 챙긴 자들을 봐온 지 어언 8년이 되었잖은가. 이처럼 경계의 눈초리를 보내는 것은 평소에도 무척 적합한 행위였기에, 설령 사법관을 상대로 눈속임을 사용했다 해도 지당하다고 할 수 있다.

'정말 나… 꿈이 실제라고 믿는 건가… 꿈을?'

나는 친구 앞에서 웃는 것이 왠지 적굴에 있는 것처럼 몹시 벅차고 점점 힘겨웠다. 그만큼 마음과 생각도 따로 놀게 되면서 친구와의 아이 컨택 횟수도 줄어들었다. 여태껏 피차간에 견해 차이로 간혹 언어불통일 때는 있었지만, 이렇게 격의 질 것 같은 기분은 처음이었고 더구나 우리의 거리감이 교우로서 배려 및 의리의 기준 차이로 우정으로나 이해관계로나 상거(相距)가 있는 것이 아니라, 앞으로 더는 친구와 항례하는 사이가 아닐 수도 있지 않을까, 사회적 약자와 강자로서 서로를 무의식적으로 의심하는 것이 항례(恒例)가 되는 게 아닐까 내심 불안하였다.

현근이와 이린 씨는 의사의 소견을 듣고서 입원 혹은 퇴원 수

속 절차를 밟기 위해, 병실에서 나갔다. 그 사이 나는 옆에 놓인 웃옷 및 옷가지를 들이치고 집어던지는 것으로, 어디로든 던져 버리고 싶은 복잡함을 대신하였다.

'꿈속에서 본 얼굴은 친구였을까?'

꿈의 내용을 어렴풋이 되짚으며 기억해 낸다.

'도대체 어디까지가 꿈이고 현실인 거지?'

나는 머리가 깨질 듯이 아프면서 고역스러웠다.

'나 지금 뭐하는 거지?!'

그때 친구와 이린 씨가 들어왔다.

'쓰러져 있는 나를 누가 발견한 거지?'

제발 친구가 아니길 너무나 바라본다.

나는 간신히 웃음을 지어보이며 물었다.

"누가 날 발견한 거야?"

제발 친구와 유관하지 않길 바라면서….

나는 아직 상태가 호전되지 않았다고 판단돼서 다음날로 퇴원을 미뤘고 그들은 귀가했다. 현재는 '이성'과 '감성 및 직관'이 서로 충돌하는 가운데 의심과 분노, 두려움까지 소용돌이친다. 아직 최측근이라 믿는 친구에게도 내 머리와 마음이 각기 달리 반응한다. 평소에는 피차 바쁘다 보니 수화가 불통일 때도 허다할 정도였는데, 왜 하필 어제 있었을까. 그것도 아무런 기별도 없이, 집 근처에…. 혹시 A기업과 수사기관이 연관된 부당한 침

해가 아닐까?!

 '설마 나를 감시했나? 마치 잠행한 안핵사(按覈使)처럼?? 하긴 A가문에게 한 과장, 최 사장에 이어서 나는 골칫덩이 나부랭이겠지. 그래서 나를 찾아온 최 사장을 그리도 처참하게…!!? 아니 아니, 헛것이잖아 그건! 정신 차려, 이지언!'

가까운 미래. 균열기 1년. 그저 깊은 새벽쯤.

그 금붕어도

  아픔이

스며들고

  두려움도

스며들고….

꼬이다

 나는 그저 고뿔이 들은 것일 뿐이라서 고집을 부린 끝에 귀가했다. 솔직하게, 어서 믿지 못할 흔적을 확인하고 싶었다. 그런데 막상 현관 앞에 도착하자 서슴서슴 한참을 망설이게 되는 것은 왜일까.
 '평소 즐겨하는 상상과 다를 바 없어. 정신 차려. 뭐가 두려운 거야, 너 대체….'
 나는 그 어떤 정연한 궤변을 내세워도 합당하지 못한 실제가, 그리고 그간 일었던 괴현상의 이치가, 실증성을 얻기에는 희박함을 넘어서 아예 전무하다고 단안(斷案)을 내렸고, 결국에는 용기 내어 집안으로 들어갔다.
 역시 관념적인 판단에 의한 괜한 기우에 불과했다. 그 어떠한 흔적도 찾아볼 수 없었다. 내가 떨어뜨린 '한 과장의 원고'가 전부였다.
 '이거 허탈하구만….'
 나는 마치 최면에 걸린 듯 최 사장이 앉았던 의자와 거울에 비친 나를 번갈아 쳐다보았다. 그리고 방 정리는 뒤로 한 채 한동안 생각에 잠기며 자신과 대화를 주고받았다.
 "이린 씨는 잘 들어갔겠지?"
 "야, 너 무슨 생각하는 거야."

"조만간 같이 동물원이나 가볼까?"

"그건 중요하지 않잖아, 지금."

"아, 출근하기 싫다. 가뜩 몸도 안 좋은데 생각만 해도 토할 것 같아. 어디 결근할 방법 없을까?"

"또 도피하는 거야? 더 이상 그러지 말자, 이 나약한 놈아."

나는 마음을 다 잡기 위해서 스스로 뺨을 찰싹 갈겼다. 그리고 다시 생각에 잠기며 차근차근 되짚어본다.

'나는 수사기관에서 참고인 조사랍시고 협박을 받았었다. 비리공직자들은 내 의중을 떠보면서 A가문과 밀접한 관계를 맺고 있다는 걸 드러냈다. 그런 A가문이 한 과장을 없앴고 최 사장은 나를 찾아와서… 아니, 다시 생각하자.'

일단 관념에서 빠져나와야만 했다. 최 사장을 환영으로 치부하고 그가 거론한 '의문의 그' 같은 모든 환청을 제외해야지만 관념적인 판단을 접을 수 있기 때문이다.

나는 곧바로 제대로 된 사유 과정을 거치기 시작했다.

'A가문이 개입된 금품수수 및 정경유착이야 흔한 스토리라 치고, 현근이 역시 수사기관 소속이다. 그런 녀석이 쓰러진 나를 우연히 발견했다. 우연… 정말 우연… 정말 우연일까…?'

아니다. 지나친 확대해석이었다. 그들의 끄나풀일 리는 없다. 그는 무구한 심성의 소유자에 가깝지 않은가.

'괜히 친구를 의심이나 하고 있고, 나도 나를 모르겠다… 진짜 모르겠어…?!'

심지어 머릿속에 어제의 잔상까지 재차 떠오르면서, 무의식적으로 도로 관념적인 판단까지 해버린다.

'진짜…일까? 진짜 최 사장이 바라본 자가 현근이였나? 그럼 최 사장이 정말로 어제…?!!'

나는 조금 전보다 더 강하게 내 뺨을 갈겼다.

'그 상황이 말이 된다고 생각해? 아니, 말이 된다 한들 누가 믿겠어. 아니, 내가 지금 무슨 생각하는 거야, 말 자체가 안 되잖아!! 친구가 최 사장을 사라지게 했다고?'

그렇지만 이런 격한 부정과는 다르게 손은 마음에 반응하는지 격하게 떨리고 있었다.

'아, 피곤하네. 찜질방 가서 잠이나 자야겠어.'

나는 무서운 나머지 밖으로 나와 버렸다.

가까운 미래. 균열기 1년. 그저 깊은 새벽쯤.

보이지
  않을 거야,
더 큰 세상이….
  알고 싶지
않을 거야,
  진짜인지 아닌지
옳은 세상인지
  아닌지….

일상, 조금은 달라진?

 초여름, 시청 앞의 한 광경이 지쳐 있는 나를 가시가 되어 찌른다. 그것은 빨간 띠를 두른 종교 지도자들이 세상을 향해 목청껏 외치는 광경…. 무언가에 홀린 듯 부르짖는 그들의 모습은 꼴불견이다 못해 장관이 아닐 수 없다.
 '거참 피곤하게 산다, 피곤하게 살아.'
 볼수록 가관인 그들을 보고 있자니 문득 어떤 소설이 떠오른다. 결국 해프닝으로 끝나는 그 소설은 몇몇 장면에서 실소를 자아내는 재미와 교훈까지 얹어주기도 한다. 주요 내용을 간추리면 대략 이렇다.

 모 '성직 수습생'이 등장해서 전쟁을 예언하게 된다. 그 예언을 믿은 성직자와 이를 따르는 신자들이 전쟁을 예비한다. 그 과정에서 처음으로 완벽한 출석률을 자랑하는 새벽기도회가 열리면서, 전쟁으로 인한 인명 피해를 최소화 할 방안을 미리 모색한다. 그리고 끝내 성전을 폐쇄하고 신속히 피난길에 오른다. 그것도 타국으로….

 '저 사람들은 아는지 몰라. 험하고 힘든 세상 일수록 자신의 성전을 지키고 있어야 한다는 걸. 그래도 전쟁이 나면 제일 먼

저 참전할 기세긴 하네. 하긴 내가 아는 성직자는 아직도 집에 군복이 있다고 하던데…'

나는 막 퇴근해서 녹초가 된 상태에서도 스트레스라도 풀듯 쓸데없이 세상을 둘러보며 생각했다. 그러다가 문득 누군가에게 동조를 구하고 싶었다. 때마침 빨간 띠의 군중들 사이로 낡고 긴 후드코트를 입고 입가에 웃음을 띠는 '적안'이 보였다.

'오늘도 오셨네. 너는 어찌 생각하냐.'

사실 그것은 한참 전부터 나를 지켜보고 있었다.

'됐어 임마. 지금 가볼 곳이 있거든.'

녀석은 나의 상상에서 비롯된 잡것이다. 상상은 절대 나를 지배할 수 없다.

- 2 -

"안녕하셨나이까. 박 선생님!"

이곳은 모 병원의 신경정신과. 이래 보여도 인정이 굉장히 빠른 편이다.

Q. 의사선생님. 현재 지언 씨의 상태는요?

- 조금씩 나아지고 있습니다. 이곳에 오기 전에 '심리상담 센터'를 스스로 가봤을 정도로 적극적인 태도가 도움이 많이 되고

있어요. 좋은 자세입니다.

Q. 정신적으로 고통을 받는 이들에게 조언을 해 주신다면?

- 정신 질환은 '뇌의 감기'일 뿐입니다. 즉 가벼이 여기지는 말되, 두려워 마세요. 그만큼 부담 없이 전문가한테 맡겨야 조기치료도 가능합니다.

정신과 상담은 절대 부끄러운 행동이 아닙니다. 아주 현명하고 자연스러운 행동이죠. 오히려 요즘 세상에 정신 건강이 한결같은 것이 부자연스럽지 않나요?

Q. 좋은 말씀 감사드립니다. 그럼 본래의 질문으로 돌아와서 지언 씨에게 처음 하셨던 치료는요?

- 치료요? 저는 처음부터 치료하진 않았습니다. 그저 다가가려고 노력했죠. 요즘도 편안한 분위기를 조성하기 위해서, 말하는 방식부터 표정까지 신경 쓰고 있습니다.

Q. 지언 씨는 어떤 부분을 가장 힘들어 합니까?

- 환각 중세로 인한 스트레스가 가장 힘들게 하고 있습니다.

평소에 주로 '상상'을 이용해서 힘든 시기를 버텨왔더군요. 그래서 그로 인한 기쁨과 만족감을 넘어서 간혹, 존재하는 것과 존재하지 않는 것에 대한 구분이 모호해질 때가 있는 듯합니다. 이런 증상은 조현병의 일종이며 모든지 도가 지나치면 해가 되는 법이죠.

Q. 심각한 수준인가요?

– 지언 씨가 겪고 있는 환각의 형태는 실재하지 않는 사람이나 사물이 보인다는 '환시'로서 조현병의 양성 증상이고 대부분 만성적이긴 합니다만, 의외로 약물치료 같은 생물학적 치료로도 호전을 기대할 수 있습니다. 특히나 갑작스러운 성격 변화를 보이지 않고 차분하게 사회생활을 해나가는 지언 씨라면, 보존적 치료만으로도 비교적 수월하게 증세가 호전될 겁니다.

Q. 어떠한 발병요인이 있었다고 보십니까?

– 워낙에 다양한 발병원인을 가진 질병인지라 섣불리 예측할 수는 없습니다만, 어린 시절을 쌍방향 소통보다는 일방적 소통을 견딜 수밖에 없는 환경에서 보내지 않았을까 하고 조심스레 심리적인 측면에서 접근하고 있습니다. 물론 유전적 요인도 배제하진 않고 있고요.

그렇다고 지언 씨를 기괴한 부류라고 여긴다거나, 그의 집안을 싸잡아서 오해하시면 곤란합니다. 전자는 그저 '무변대해'와 같은 수많은 외부요인으로 인한 기괴한 운명 탓이고, 후자는 단지 생물학적 원인의 통계치를 참고해서 염두에 두고 있다는 겁니다.

Q. 가끔씩 조현병으로 인한 자발적 사고가 일어나곤 하는데요. 사이코패스와는 다른 질병입니까?

- 예. 명백하게 다릅니다.
정신 장애를 크게 나눠서 성격장애, 신경증, 정신분열증으로 나뉘는데, 사이코패스는 성격장애에 속합니다.

Q. 저기 의사선생님?

- 제 고견으로는 피터 팬 증후군과 더불어 추측을 해 본건데, 지언 씨는 다각적인 치료적 접근을 통해 얼마든지…. blah, blah, blah.

Q. 죄송하지만 선생님?!

- 실제로 조현병은 유병률이 전 인구의 1% 정도로 드물지 않은 심각한 증상이긴 합니다. 치료를 잘 받는다고 해도 원상회복은 불가능에 가깝죠. 하지만 제가 책임지고…. blah, blah, blah.

Q. 박준용 선생님!!!

– 예?

Q. 지언 씨는 아까 떠났는데요.

– 뭐라고요? 언제 떠났죠?

Q. 사이코패스에 관해서 이야기하실 때요.

그렇다. '박준용 선생'은 말이 참 많은 사람이고 나와 같은 '나르시시즘 스펙트럼'에 속한다. 저간 과정을 상량하건대, 내가 4~6에 속하는 건강한 나르시시즘이라면, 매번 그 자신을 졸등하다 여기는 선생은 대략 7~10에 속하는 쇠약한 나르시시스트 유형, 즉 9~10에 포함되는 자기애성 인격장애 위험군에 걸쳐진 것으로 의심된다.

아마도 박 선생은 자신의 환자가 치료를 넘어서 듣고 분석하는 훈련까지 병행한다는 사실을 모르는 듯하다. 역시나, 제아무리 숱한 고충을 사량(思量)하는 전문의라고 해서 스스로를 잘 안다는 것은 자만심에서 오는 크나큰 착각이며, 그 어떤 인물이라도 '수많은 오류를 범하는 인간'이란 범주는 절대 벗어날 수 없다.

'젠장, 첫 번째 만남부터 알았어야 했는데. 어쩐지 단란한 사진 하나 없더라니…. 그래도 뭐, 선생의 독특한 세계를 만나면 조금은 시원하니까 고맙긴 해.'

가까운 미래. 균열기 1년. 그저 깊은 새벽쯤.

설마
 금붕어도
나처럼
 알고도
용기가
 나지 않는
걸까?

등이 간지러워

 무더운 한여름 주말 오후, 나는 얼음을 우적이며 방콕 중에 있다.

 그날 이후로 현근이에게서 연락이 없었다. 이쯤이면 한 통 정도는 올 법도 한데, 달콤한 휴일 중에도 벨소리는 울리지 않는다. 심히 괴로웠다. 그의 무심한 말투로 시작되는 수다시간이 그리웠다.

 "으윽."

 그러나 그보다 더 허전한 기분이 들게 만드는 순간이 찾아왔다. 하필이면 손이 잘 닿지 않는 등 부위가 온종일 미치도록 간지러웠는데, 이번에도 혼자서 갖은 모질음을 쓰다가 방치해야 할 판이다. 더구나 그 흔한 '엄마손'은 정형화된 이야기의 예정된 수순처럼 보이질 않는다.

 '아, 몰라. 주변을 긁다보면 나아지겠지.'

 그래서 그냥 참고 견디며 넘기기로 하였다.

 나는 얼마 전부터 깊고, 숱한 고민에 빠져 살고 있다. 한 과장의 원고에 관한 소유 문제에서부터 사모님에게 전해야 할 적정한 정보들이 무엇인지에 관한 문제, 친구와의 관계 문제, 내 정신 건강 문제 등등….

 "헉!!"

또 찾아왔다. 다시 간질거리기 시작했다. 안 되겠다, 이번에는 대거 침투하였다. 어서 빨리 밀려올 고통을 최소화해야만 한다.

나는 급한 마음에 벽 모퉁이로 향했다. 그 모퉁이를 기둥 삼아서 스트립 댄서가 될 생각이다. 이내 적막한 공간에는 스윽, 스윽 비비적대는 소리로 가득하다. 그리고 이어지는 홀로 방에서 섹시해진 느낌이 묘한 분위기를 선사한다.

"오오, 효과 있군 그래."

헌데 이 모멸감은 무엇이란 말인가. 심지어 나아지긴 했지만 그리 시원하지도 않았다. 그래도 일단은 고초를 겪더라도 참아 보기로 한다.

다시 본래의 이야기로 돌아와서, 나는 사모님에게 한 과장의 원고를 전하면서 그의 업무 및 행방에 관한 부정적인 일화나 견해를 일절 생략하였다. 그리고 단지 그것뿐이었다. 현재 나는 알지 못한다. 더는 무엇을 찾아야 하는지를….

"헉!!"

역시나 또다시 찾아왔다. 이 빌어먹을 세균독소는 보고 싶어도 볼 수 없는 곳에 위치한 해로운 족속들. 내 새하얀 피부에 관심이 많은 놈들을 기필코 멸할 것이다.

이번에는 문틀에 등을 밀착시킨다. 곧이어 이어지는 격렬한 몸짓에, 심지어는 웨이브까지 더해져서 한층 더 발전된 섹시함을 자랑한다.

'<u>호호호</u>'

그렇게 마지막으로 한 번만 더 참아보기로 한다.

또다시 본래의 이야기로 되돌아와서, 내 귀로 들려온 바로는, 최병직 사장은 회사에서 퇴근한 뒤에 행방이 묘연해진 상태라고 한다. 도중에 차에서 내린 정황도 포착되었다.

'정말일까….'

나는 문득 CCTV를 통해 그날의 영상을 확인하고 싶어졌다. 그러자 만에 하나 확인될 수도 있는 무언가에 마음이 반응하며, 별안간 두근대기 시작한다.

'어째서…. 진짜 최 사장이 찍혔을까 봐? 까짓것 확인하면 그만이다. 그럼 모든 게 확실해질 거 아니야. 헉!!!'

정말 지긋지긋하다. 다시금 그 해로운 족속이 속내를 드러내는 중이다. 마치 모기에 물린 곳을 긁는데도 가렵듯이 징글맞게 침투하고 있다.

'기필코 끝내고야 말리라.'

나는 바로 두리번거리다가 화장실에서 수건을 가져왔다. 현 상황에서는 무기나 다름없었다. 게다가 윗옷을 멋지게 휘날리도록 벗어젖히는 동시에 수건이 날카로운 궤적을 그리며 맨몸에 착, 감기는 모습은 영락없는 영웅의 모습이다. 그 활 모양으로 휘어진 등허리의 라인하며 흡사 때를 밀 때처럼 집중하는 모습은 도가 지나칠 정도로 섹시할 것이다. 가히 최고의 몸짓이 아닐 수 없다.

나는 그 즉시 실행에 옮겼다. 완전 시원하였다. 이럴 줄 알았으면 진작에 이용할 것을 괜한 헛짓거리를 해버렸다. 그래도 그 때문에 잡생각을 떨칠 수 있었으니, 만족스러운 과정이라 생각하겠다.

그나저나 오늘도 너무 많은 시간을 잡념에 할애하였다. 당분간 상념을 자제하라고 전문의가 신신당부했었고 이린 씨까지 그의 당부를 뒷받쳐서, 우리가 현실이니까 단순해지자고 휘몰이를 해대며 일렀는데….

그렇지만 멈출 수는 없었다. 왠지 세상을 대신해서 나를 비웃는 듯한 '붉은 눈'의 입꼬리가 그럴 수 없게 만들었다. 그리고 마음은 예전부터 여전히 그 헛것에 반응한다. 현실보다도 더….

"으윽! 우이쒸!! 이것들이 진짜!!!"

그것들이 마지막 발악을 시작한다. 등허리 이곳저곳을 아주 신나게 날뛰면서 나를 조롱한다.

'그리 나온다 이거지? 좋다. 누가 이기나 해보자고.'

나도 질 수 없었다. 아예 깡그리 없애버릴 것이다. 나는 곧바로 등허리의 곡선미를 선보이면서 수건을 이용하여 응징한다. 분노로 무장한 탓에 남성미까지 물씬 풍기지 않는가.

삑! 삑! 삑! 삑!

'어라!? 이린 씨가 왜 거기 서있어? 언제부터 봤었던 거야?? 이거도 상상 아니야??? 그래그래. 이건 상상일 거야. 아니, 상상이

어야 돼. 제발…'

나는 아무 일 없다는 듯이 자연스럽게 방으로 들어갔다. 그리고 그녀가 아무 말 없이 방으로 들어와서 등을 긁었다.

'아씨, 하아…'

나는 자연스럽게 서적을 펼쳐서 읽는 시늉을 시작했다. 그러자 그녀가 말한다.

"들어왓!"

가까운 미래. 균열기 1년. 새벽 5시쯤.

나는 점점
 물속으로
물속으로….

이런 나에게…

Q. 경쾌한 음악과 러닝머신의 소리로 하루를 마무리 하는 기분은?

- 상쾌하고 뿌듯하다.

Q. 운동을 해야 한다고 설득 당하는데 걸린 시간은?

- 박 선생의 추천 1분과 여자 친구의 설득 1분. 그래서 총 2분.

Q. 현재는 어떤 생각이 드는가?

- 나는 왜, 내 돈과 금 같은 시간을 투자해서 쇳덩이를 들고 있는가.

Q. 그래도 뿌듯하고 좋은가?

- 응. 무척 좋다. 비로소 생기와 에너지가 느껴져서 좋고 무엇보다 내 머릿속이 고요해서 좋다.

Q. 다른 운동을 배워볼 생각은?

─ 물론 있다. 잘 해낼 자신도 있다. 이래 봬도 농구, 스키, 골프 등에 능통한 만능 스포츠맨이니까.

나는 요즘 자가발전을 위해 힘쓰는 중이다. 그러나 그 노력의 환경에는 줄곧 훼방을 놓는 요소가 존재한다.

– 2 –

이곳은 모 헬스장. 오늘도 어김없이 훼방꾼이 등장하여 그저 고깃덩어리에 불과한 몸통을 마치 과시하듯 온갖 소리와 유별난 동작으로 나를 자극한다. 헉헉, 후후, 으랏차 같은 거친 숨소리와 기합 소리까지 내는 그 남자는 급기야 신음소리로 내 신경을 날카롭게 만든다. 아직 동글납작한 면상을 보아하니 저 몸뚱이의 실체는 근육이 증대된 것이 아니라 단기간 자극 받은 오동포동한 상체와 실한 엉덩판임이 분명하고, 저 허세에 찌들어 있는 반응을 보아하니 단지 주목과 인정을 받고 싶어서 안달중에 시달리는 것이 명백하다. 한 마디로 '이제껏 '깍짓동'만 한 허우대로 껄렁껄렁 살다가, 어제오늘에 걸쳐 펌핑 효과에 맛이 들린 관심종자'란 말이다.

귀에 거슬린다. 무척 불쾌하다. 물론 내가 그보다 작은 덩치거나 힘이 부족해서 이러는 건 아니다. 녀석은 아직 덜 개조된 근육돼지일 뿐이고 평소에 나는 트레이너의 근육도 과하다고 생각해온 사람으로서, 나름대로 제법 두꺼운 몸피와 매끈한 역삼각형의 몸매를 유지하고 있다. 단지 녀석과의 신경전이 원치 않게 펼쳐졌기에 그런 것이다.

'감히 날 무시해?'

아마도 많은 수컷들은 납득될 것이다. 헬스장에서는 여자들의 얄캉한 몸매만큼이나, 상대방이 치는 중량 및 증량하는 정도가 은근히 신경 쓰일 때도 있다는 사실을 말이다.

그렇다. 바로 힘자랑에 관한 것이다. 특히나 그와 같은 신경전은 근육을 과시하고픈 남자들 사이에서 간혹 일어나는데, 심지어는 과한 무게를 잘못된 자세로 드는 어르신들도 그 상황에서 예외일 수는 없다.

– 3 –

오늘도, 평소에 기구를 깔짝깔짝하는 어떤 어르신이, 내 순서 다음에 지나친 과시욕을 부리다가 근육에 무리가 가는 참사를 당하셨다. 그분에게는 나 같은 아랫사람, 아니 허여멀건 기생오라비 같은 말라깽이의 조언은 아무런 효력이 없었고, 나는 찬란했던 젊은 날을 방패 삼아서 민망함을 탈출하는 그분을 보면서 반면교사를 삼고 있었다.

그런데 그때부터였다. 그 고깃덩어리 훼방꾼에게 시비를 털리듯, 방해 받는다고 느껴진 시점이….

갑자기 녀석이 다가와서 말했다.

"안 하실 거면 나와 주실래요?"

분명 나는 편안한 리듬으로 운동하고 있었다. 그런데 뭣이라?! 잠시 멍을 좀 때렸다고 어디서 건방진 말투로 감히!! 나는 성난 근육인 네가 다가오기만 했어도, 기꺼이 양보했을 거란 말이다!!!

나와 녀석은 체급 차이가 꽤나 많이 났다. 그렇다고 오해는 하지 마시길. 나는 절대 움찔거리진 않았다. 그저 애써 태연한 척하면서 순순히 물러난 뒤에야, 녀석을 힐끔거렸을 뿐이다. 그런데 녀석은 중량을 더 얹더니, 내 쪽을 한 번 힐끗 보았다. 그때 똑똑히 목격하였다. 나를 깔보듯 하는 저 건방진 녀석의 비웃음을…

'저 우라질 자식 보소. 응, 그래도 너 따윈 신경 안 써.'

그러나 진짜 문제는 그 이후에 일어났다. 그날따라 나와 녀석은 자극을 줘야 할 근육들이 같았기에 동선이 연거푸 겹쳤고, 어처구니없게도 러닝머신을 이용하는 현 시점에선 바로 옆에서 기합을 넣으며 뛰고 있다. 그리고 그 탓에 우리는 결국 평상시보다 더 많은 양을 뛸 수밖에 없었다.

'녀석도 분명 '오버페이스'일 텐데… 힘들어 뒤지겠네.'

이러다가 심신의 건강은커녕 지옥문이 열릴 찰나이다.

"흠흠, 내 친히 넓은 아량으로 봐주노라… 친히 봐주노라…."

나는 패배감에 사로잡히지 않으려 마치 최면을 걸듯이 독백으로 어쭙잖은 합리화를 하면서 러닝머신에서 내려왔다. 게다가

앞으로 마주 대하기 겸연쩍을 것 같아서 어줍은 자세로 쭈뼛쭈뼛 눈인사까지 건넸다. 그런데 녀석은 되레 픽 코웃음을 치고는 속도를 더 올리는 게 아닌가. 분명 지친 기색이 역력했고 힘들어하는 내색도 감추지 못했지만, 사실상 승자라고 의식한 녀석의 표정은 번들번들 흡족해하는 것이 속으로는 조소를 퍼붓고 빈정거리는 게 틀림없었다. 마침내 의뭉한 속내를 드러낸 것이다.

'저 가증스러운 것… 도저히 못 참겠다.'

나는 곧바로 화장실로 향하면서 봉인했던 '상상하기'를 해제하였다. 그러자 나만의 세계에서 금세 가축이 된 녀석이 잔인하게 도륙되어버린다.

'내가 너무 잔인한가? 그럼 12세 버전으로 간다.'

그 뒤로는 재미난 상상도 곁들였다. 녀석을 공중으로 가볍게 던져서 허공에 머물게 하였고 하늘에서 오줌을 지리도록 만들었으며, 그만 봐주는 척하다가 곧장 가랑이 사이를 기어가게 하는 동시에 히죽거렸다.

'근데 왜 이리 조용하지?'

무언가 이상하였다. 현재는 저녁 여덟 시. 한창 시끌벅적할 헬스장에서 느닷없이 러닝머신들이 가동되는 소리만이 들려온다.

화장실에서 나는 고개를 살짝 내밀어 러닝머신이 보이는 헬스장의 입구를 바라보았다. 모든 불은 켜져 있으나 아무런 기척도 들려오지 않았다. 아직은 근력운동기구 주변에 헬창 무리가 시글시글해야 하는데, 러닝머신 소리를 제외하곤 무엇 하나 들리지 않았다.

'흐미. 이게 뭐다냐.'

나는 두려운 마음으로 고개를 다시 원위치 시켰다. 도무지 발걸음이 떨어지지 않았다. 그래도 거듭 용기를 내어서 입구를 쳐다보았다. 아니나 다를까, 러닝머신에서 누군가의 다리가 서서히 내려오더니 입구 부근에서 멈춰 섰다. 그 주인공은 근육돼지 훼방꾼이었다.

'……!!!'

갑자기 녀석의 눈과 코에서 벌건 선혈이 새어 나오고 어느새 흐르기 시작한다. 더구나 왠지 실심한(失心) 모양새로 등장했다가 무표정을 짓는가 하면, 금세 실심하여(悉心) 바동대는 듯하다가 차츰 차분한 태도로 진정되어가는 과정이 예전과 흡사하였다.

'나 어떡하지? 현실인지 아닌지 구분이 안 돼. 미치겠어, 미치겠다고!'

이런 나에게……

.

.

아니야.

.

.

어떤 남아의 목소리가 들려왔다.

집으로 향하는 길… 헬스장의 환한 창문이 내 뒤편으로 점점 멀어지고… 마치 검은 빗금 같은 형체가 그 창문에 아른거리는 듯하다…. 그저 '완벽한 착시현상' 따위일 뿐인 그림자가… 그림자 따위가….

가까운 미래. 균열기 1년. 새벽 5시쯤.

물속이
  싫지만은
않다.
  차라리
이대로가
  좋다.
그냥
  있어 볼까?

우리 = 웃음

　이곳은 석촌 호수의 벤치. 한동안 연락이 뜸했던 이린 씨를 만나려고 한다. 그러잖아도 마음과 정신이 산란해 있는데, 아무리 숨을 깊이 들이마시고 내쉬도 심적인 여유 공간이 확보되지 않는다. 아직은 그녀의 부재로 인한 여타 환경을 받아들일 준비가 되어있지 않은데….
　'대체 왜….'
　그녀에게 연락이 닿지 못했던 사유가 궁금하다. 주로 핸드폰이 꺼져 있었던 연유, 내게 연락을 하지 않았던 영문이 궁금하다. 그저 그녀라는 존재가 전부였고 그 자체 하나만으로 버텼다고 해도 과언이 아닌데, 부디 큰일이 일어나지 않기만을 바라본다.
　"야, 오랜만이다. 잘 지냈냐?"
　어느 샌가 내 옆에 앉아있는 그녀가 음성을 변조해서 인사한다. 역시나 나에겐, 무엇보다 이 해맑은 기운이 마치 신선한 공기처럼 중요하다.
　나는 곧바로 대답했다.
　"네, 잘 지냈어요. 이린 씨는요?"
　"치, 생각보다 안 놀란다. 예! 저도 잘 지냈다요. 흥!"
　"아, 그렇구나여. 잘 지내셨구나여. 하하하."

피차간에, 예전에 없었던 어색한 기운과 서먹서먹한 감정이 앙금처럼 남아있다.

"음, 이린 씨. 우리 백화점 갈래요?"

"흥! 됐거든요."

그렇게 우리는 지체 없이 백화점으로 향했다. 연인 간의 관계 회복을 위해서는 무엇보다 애써 티를 내지 않고 속성으로 친밀해질 과정이 간혹, 필요하다.

- 2 -

나는 백화점에서 우리의 휑해진 공간을 아늑함으로 메꾸려고 노력했다. 그런데 그녀는 달랑 민소매 한 개를 구입하고 장소를 옮기려고 한다. 내심 실망한 내가 그녀에게 물었다.

"어디 생각한 데 있어요?"

"하남에 새로 복합쇼핑몰 생겼다던데요? 거기 가 봐요, 우리. 으응?"

그녀는 어색한 느낌을 벌써 잊은 듯하다. 한편으로는 참 다행이다.

내가 웃으며 말했다.

"알았어요. 마침 먹거리도 떨어졌는데 잘 되었다요. 에이, 진작 갈걸. 하하."

사실 나는 여전히 불편하고 조금 어색하였다. 오히려 내가 마음을 온전히 열지 못하였다. 유일하게 그녀에게만은 그러지 않았었는데…. 심지어 연애에 착심해서 아양스럽게 대하기보다는 몰지각에 가까운 작태로 반응하고 있었다.

'혹시… 그간의 일들에 지장을 받은 탓일까?'

결코 지나친 연애사업으로 퇴내게 된 것은 아니었다. 그렇다고 서로의 애정이 혈족에 의해 도외시된 것도 물론 아니었다. 실은 다소 힘든 난관에 봉착했다는 사실을 뒤늦게 깨닫고, 단지 그녀에게까지 고된 삶을 안겨주기 싫었던 것뿐이다.

나는 심신이 지쳐 있다. 그래서 누군가를 배려할 여유도, 그녀에게 마음의 문을 열어젖힐 힘조차 없다. 만약 이대로 내 정신건강 회복에 진전이 없다면, 우리 사이는 불미스러운 관계로 지속되다가 조만간 끝이 보일 것이 자명하다.

그런데 그녀는 힘든 시기를 극복하게 해준 빛이자 나를 어둠에서 꺼내준 천사이다.

- 3 -

다행스럽게도 내 우려는 그저 기우에 불과했다. 우리는 여전히 '부부놀이'에 심취한 채로 이마트 트레이더스 곳곳을 누볐고, 알콩달콩하며 서로의 것을 채워 주는 둘만의 시간은 예전과 같은 행복으로 다가왔다. 더군다나 둘이 허기지는 시기가 비슷한 점 또한 예전과 다를 바 없었다.

그녀가 불렀다.

"이봐요, 스누피. 출출하지 않아요?"

"너무너무요. 지금이 딱 적기인데… 호호, 아시죠?"

"으응!"

"물러날까요?"

"그럴 수 없지요."

"그럼 돌격 앞으로!"

우리는 신속히 정육코너로 움직였다. 그리고는 시식코너 근처를 어슬렁거리며, 아직 등장하지 않은 목표를 쟁취하기 위해서 최고의 타이밍을 기다렸다.

내가 말했다.

"헤헤. 조금만 기다리면 금방…!?"

나는 순간적으로 생기가 사라진 그녀의 생소한 표정을 잡아냈다. 그리고 그녀는 내 눈빛이 스치는 것을 느꼈는지, 마치 숨기듯이 감정을 감추며 말했다.

"오빠! 어서요, 어서! 빨리빨리!!"

그녀는 나를 끌고서 잽싸게 목표한 지점으로 달려갔다. 미처 깊은 생각에 빠져 있을 겨를조차 없었다.

마침내 우리는 노릇노릇하게 잘 익은 소고기를 보고 있다. 그러나 아쉽게도 다음 타임을 노려야 할 것만 같다. 우리 앞에서 두 여자가 보이지 않는 신경전을 펼치고 있었기 때문이다. 그녀들은 서로 적의를 감춘 재로 소고기를 물끄러미 바라보고 있었는데, 이는 애매한 위치 선정과 두 점뿐인 소고기가 불러일으킨 참극이었다.

나는 그녀의 팔을 팔꿈치로 툭툭 치며 나지막이 물었다.

"과연 어느 쪽이 이길까요?"

그러자 그녀는 턱으로 오른쪽을 가리키곤 말했다.

"이건 저녁내기예요."

"네이네이, 압니다요. 잘 알다마다요."

우리는 이미 같은 생각을 하고 있었다. 그러나 나만은 승부의 결과까지 이미 잘 알고 있었다.

'흐흐. 이거 긴장이 1도 안 되는군.'

예상대로 오늘도 내 승리로 끝나버렸다. 나는 곧바로 그녀에게 이길 수밖에 없는 이유를 눈짓으로 알려주었다. 다름이 아니라 그 승리자는 아기를 안고 있는 남자와 정답게 이야기를 나누고 있었다.

내가 말했다.

"실은 저분이 아까 남편을 쥐 잡듯 잡더라고요. 게다가 연령대를 알면, 예측하기 수월하죠. 아줌마는 강하고 어머니는 위대하다. 흐흐흐. 내가 이겼다!"

나는 그녀에게 대놓고 내 돋보이는 번뜩임을 과시했다.

"흥!"

그러자 그녀는 금세 뾰로통하면서 콧등을 긁적인다. 뭔가가 마음에 안 들었나 보다.

나는 빙긋하며 웃어보였다.

"이린 씨. 그냥 제가 쏠게요. 대신 솜사탕 사줘요."

"우와! 나왔다!!"

"얼레?!"

소고기가 어쩐 일로 생각보다 일찍 나와 주었고 그 덕택에 우리는 익어가는 것을 보며 다시 들뜰 수 있었다.

"얼레!?"

그런데 그때, 어떤 중후한 남자가 적극성을 띠면서 끼어들었다. 그러더니 순식간에 고기 다량을, 아니 대부분을 식도로 넘겨버리는 게 아닌가. 이 믿을 수 없는 상황은 고작 10초도 안 되는 시간에 일어난 일이다. 더 정확히 짚어서, 알바생의 반응이 뒤늦게 따라올 정도로 놀라운 속도였다. 그리고 주변 사람 모두를 당황케 한 그 의문의 사내는 심지어 자그만 고기까지 모조리 해치우고 나서야 유유히 자리를 벗어난다. 더 자세히 짚어서, 고기를 싹쓸이한 그 '노숙자'는 태연히 떠나버렸다. 그 알바생은 부아가 나다 못해 심장이 벌렁벌렁 뛰었는지, 호통도 끝까지 잇지 못하였다.

그러자 그녀가 의미심장한 표정으로 말했다.

"스누피 씨?"

"네. 이린 씨?"

"솜사탕 먹고 싶어요?"

"예…"

"소고기 쏘세요."

"흥! 됐거든요."

나는 그녀의 특유의 말투를 따라 하고는 미소를 지었다.

"마저 내기 끝내요, 우리!"

이렇게 우리는 한참을 치희(稚戲)에 빠지듯 무수히 많은 내기를 할 예정으로, 오늘은 행복한 마무리가 무조건 될 예정이다. 필히 무조건….

가까운 미래. 균열기 1년. 새벽 5시쯤.

한계에 다다랐다.
 코와 입속으로
물이 들어온다.
 이대로 영면에
임하는 것도…
 이대로 안식을
취하는 것도…
 그런데… 너무…
고통스러워….

웃음을 잃다

 늦겨울이다. 나는 벌써 수개월째 달과 하늘의 다양한 얼굴과 인사했다. 오늘도 앙상한 목백일홍 밑에서, 가지들 사이로 보이는 보름달과 인사한다. 그리고 또 하염없이 기다린다. 진정한 빛을 처음 본 이곳에서 '그녀의 웃음'을 멍하니, 염통머리 없이 기다린다. 한때는 천인단애(千仞斷崖) 까마득한 절벽에서 그녀를 얻었지만, 결국 황황급급하여 용기도 잃고 그녀도 잃어버렸다.

 그러던 어느 날이었다. 그 절벽 끝에서 모든 걸 잃고 추락하였다. 추락하였다…. 추락하였다…. 연이어 끝내는, 추락하였다. 항시 벚꽃으로 가득한 심실(深室)에서 출발하고, 마치 터널 같은 긴 동굴을 터벅터벅 거쳐 낙엽이 깔려 있는 돌층계를 또박이며 지나온다. 한 발 한 발 내디딜 때마다 워석워석 소리가 나지만, 귀를 기울일 새도 없이 기어이 절벽 끝에서 추락한다.

 꿈속이었다. 또다시 벚꽃이 가득한 심실에서 깨어난다. 언제는 그리고 '어제'는 심실의 바닥에 피가 임리해 있었고, 동굴과 돌층계를 거쳐서 추락을 거듭한다. 영원한 추락이었다. 최근 들어선, 그 악몽에 엄류(淹留)하는 시간이 늘어나고 현실에서도 추락이 반복되는 느낌, 왠지 지옥까지 영원할 것 같은 기분에 여전히 섬쩍지근하다.

 그러면서 오늘은 그 '선혈이 홍건한 심실의 바닥'도 상기되며 그녀를 기다린다.

'설마… 설마… 그녀도 사라진 게… 아닐까?'

그러자 핸드폰의 진동소리가 울린다. 나는 핸드폰을 처다보았다. 한동안 잠잠하던 친구, 현근이의 전화였다.

"네. 여보세요."

가까운 미래. 균열기 1년. 새벽 5시쯤.

죽음을
　겸허히 받아들인
사형수도
　사형장으로
향하는 짧은 길을
　오래도록 걷는다.
물속에서
　죽음을 앞둔
나도…
　그와 같은 걸까?

자애로운 당신은

누구십니까?

믿어줄까?

    2019년 우수(雨水). 현근이와의 약속, 하루 전날. 나는 국립현대미술관에서 대형 그림을 보고 있다. 마구 얽혀 있는 선들이 그려져 있는 것이 마치 내 머릿속의 복잡한 회로 같았다.
    '대체 어느 세월에, 어떻게 풀어야 하지?'
    현재 내 곁에는 순수한 그녀가 존재하지 않는다. 그녀 특유의 우아한 단순함에서 오는 마법 대신…

.

    어이! 야!!

.

    요 근래에 만남이 잦아진, 한 남아의 목소리가 홀연히 들려올 뿐이다.

.

    '대관절 넌 무엇이더냐.'
    '이 바보. 의외로 단순한데….'

.

    녀석은 그저 잔잔한 호수에 돌을 던지는 것도 모자라 간혹 툼벙툼벙 물장구를 치기도 한다.

– 2 –

 대략 7개월 전에 나는 연이어 흠이 나버린 '붕붕이'를 명목으로 아파트 단지 및 주변의 CCTV를 확인할 수 있었다. 그러나 하필이면 사건 당일 아파트 단지는 한동안 정전이었고, 내가 유일하게 확인한 연립 주택지의 골목 영상에는 의심할 여지없이, 철저히 나 홀로 빗속을 헤매고 있는 기록이 남아 있었다.
 '역시 그 괴이한 현상들은 상상에 불과했어. 그러니 이제 안심하고 한 과장 사건에 접근하자.'

.

아니야.

.

 녀석은 간혹, 복잡한 내면에 갈등을 조장하기도 한다.

.

 '어허, 또 왔네 그려. 아니긴 뭘 자꾸 아니야. 이미 영상을 확인했다니까?'
 '너 지금 어디에 더 자극이 와?'
 '뭐?'
 '그게 머리와 마음, 둘 중 어디에 더 자극을 주냐고.'
 '어… 어… 머리!!'
 '쯧쯧. 별 수 없는 어른이구나, 너. 거짓말이나 해대고…. 혹시, 세상의 시선이 두려워?'
 '뭐라고!? 네가 뭘 알아, 어린노무 자식아.'

'그게 아니라면, 이 세상에 일단 딴지를 걸어봐. 스스로를 마주해 봐.'

'뭘 마주해. 현실을 부인하고 진실을 부정하면서까지?'

'그럼 네가 머저리인 것은 현실이고? 멋대로 재단하지 마. 이미 마음이 그 진실여부에 반응하고 있어.

'줄곧 '아니야'만 짓거리더니 말 참 많은 아이였구나, 너. 그래서 원하는 방향이 뭐야?'

'앗!!!'

'왜 그래?'

'지금 꽉 막힌 어른 때문에 피곤해. 갈 거야.'

'더 복잡하게 만들고?'

'그냥 짜증나. 그냥 일찍 자고 일찍 일어날래. 너 하는 걸 보니, 나라도 잘 자야겠어.'

'왜? 못 미더워?'

'그만 됐고. 우선 알아둬. 마음은 모질고, 까다로운 경향이 있다. 대신 그만치 솔직하다.'

'그래서 뭐… 뭐… 어쩌라고…'

'……'

녀석은 아무런 대답이 없었다.

'흥! 언제 내가 세간의 시선을 두려워했어?!! 건방진 자식이…. 그리고 뭐? 내가 우스워?? 상상이 나를 지배하게? 나는 단련되어

있어. 감각을 다스릴 줄 알아, 내 인생이 통제의 연속이었다고!'

속으로 불평하며 나는 재차 그림을 쳐다보았다.

'그래서 뭐가 그리 퍼졌는데? 아니, 저 뻔히 보이는 사실이 믿어진다는데… 그런데… 그런데… 왜 이리 답답하지?'

마치 누군가 짓누르듯 느닷없이 가슴이 먹먹하다. 아무리 진정시켜도 전혀 시원하지 않다.

'혹시 안에서 움켜쥐고 있냐?'

.

아니야.

.

'너무 답답해. 얼른 달래줘. 얼른 진정시켜줘.'

'마음의 지시를 무시했어.'

'알았어, 알았어. 솔직히 말할게.'

'뭐요? 요즘 자신이 한심하게 느껴진다? 아님, 그간 미친놈으로 살아온 게 아닐까, 의심이 드는 거?'

'요즘 마음이 찝찝해. 계속 헛것에 반응해. 그래 맞아. 환상에 반응해. 그것이 마음을 자극해. 그리고 실은 그런지… 좀 됐어.'

'혹, 상상을 뒤따른 걸까?'

'아니… 라고 사실은 부정하고 싶었어. 절대 인정하고 싶지 않았어. 그런데 너무 두려워…. 만약 이 반응을… 인정한다면, 그들이 비난조로 웃겠지? 세상은 나로 하여금 비정상이라고 스스로 인정하게 만들 거야. 나는 정상인데… 나는 정상이란 말이…?!'

바로 그 순간, 어떤 생각이 번개처럼 뇌리를 스치면서 힘없는 몸뚱이를 떨게 만들었다.

.

맞아.

.

들려왔다. 처음으로 긍정하는 소리가 들려왔다. 이제 나의 마음은 걷잡을 수 없이 동요된다.
'설마... 인정?'

.

맞아.

.

'설마 믿음?'
'어.'
'내가 정상임을 굳세게 믿고 마음의 반응을 용기 내어 인정해라?'
'최 사장부터 시작이야.'
'알았어. 완전 솔직해질게. 나 지금까지 이린 씨에게는 물론, 박 선생에게조차 헛것이 믿어진다는 사실은 숨겼어. 왜냐. 정상인으로서 그녀를 지켜주고 싶었거든. 그리고 단지 미쳤다는 이유로 혼자가 될 것이라는 불안감에 압박을 받았어. 그런데 그건 도리어, 스스로가 정상이 아니라고 인정하는 꼴이었어. 이미 양심을 저버리고 세상 선입견에 거짓으로 일관하며, 본인에게 스

스로 비정상이라 호소하고 있었던 거야.'

・

맞아.

・

녀석은 확답으로 내 마음을 어루만져 달랜다. 그러자 마치 엄마가 갓난아기를 어를 때처럼 조금씩, 조금씩 잔잔함이 온몸을 감싼다.

・

'어이, 어른! 이제 그림을 다시 봐봐. 어때? 쉽지 않아? 킥킥!'

뭐가 그리 우스운지 계속 깔깔대는 녀석의 반응조차, 나비잠을 부르는 안도감처럼 온몸을 감싼다.
'그래. 쉽다, 임마.'
분명히 보였다. 스스로를 정상이라 믿고 정직한 모습으로 일관하니 보였다. 저 복잡함을 풀 수 있는 방법이….
'그래. 그저 끊으면 되는 거였어. 끊고 '선 하나'를 그으면 되는 거였어. 물론 이 도출한 결론을 실행에 옮기는 건 어려울 거야. 분명 선을 끊는 것도, 목적지까지 가는 것도 결코 쉽지 않겠지. 편견과 선입견의 기로에서, 세상은 미쳤다고 할 테니까…. 그렇지만 마음아… 앞으로 무시하지 않을게. 시원하게 해줄게. 아직은 무리겠지만, 언젠가 저 얽혀있는 선들을 끊을 게. 나는 틀림없이 그럴 수 있을 거야.'

가까운 미래. 균열기 1년. 새벽 5시쯤.

제발 살려줘.
  누구라도 좋으니
살려줘….
  나 엄청 깊이
가라앉고 있어.
  제발…
제발…
  제발…
살려주라….

친구 vs 사랑, 그리고 선택

 당일 저녁 22시. 나는 난데없이 쏟아진 비를 흠뻑 맞으며 집으로 향하고 있다. 참으로 처량한 모습이 아닐 수 없다. 하지만 처량하면 어떻고 이딴 비 맞으면 어떠한가. 오히려 빗소리에 세상의 소리가 묻히니 좋지 않은가? 도리어 자신의 마음을 따르기에 좋은 날씨 아닌가?

 녀석이 말한 것처럼, 마음은 모질고 까다로운 경향이 있다. 그래서 세상적인 그릇된 관점과 그 기준에 관련되어선 머리보다 쉽사리 세속화되지 않음은 물론, 시비(是非)와 도리 및 도덕성에 관련해서도 여간 까탈스러운 게 아니다. 그러한 마음이 오늘까지는 거짓 현상을 두고 내 머리와 격돌했고, 앞으로는 머리의 이성적인 판단을 밀어내며 내 편견과 세상의 선입견에 불고염치로 반기를 들게끔 구슬릴 것이다. 나로 하여금 이 세상을 향한 편견을 일단 거두고, 세상에게 '나에 대한 선입견을 보류해 달라, 부디 믿어 달라' 애절히 간청하라고 부추기면서···.

 '그래. 나는 잘하고 있어. 진실을 향해 잘 나아가고 있어. 그러니 제발, 무엇이라도 좋으니 더한 확신을 줘.'

 그러나 인생이란 것은, 운명을 포함한 통제 불가능한 요인과 예측할 수 없는 숱한 고비로 일정 부분 이루어진다.

- 2 -

나는 너무나 가고 싶다.

.

아니야.

.

'넌 조용히 해. 나는 너무나 가고 싶다.'

.

아니야.

.

'꺼져! 듣기 싫어.'

이른 새벽 2시. 한바탕 새벽비가 토도독대는 소리가 시원히 들리는 가운데 어느 시름에 빠진 영혼이 마치 영화의 주인공처럼 침대에 누운 채 움츠려 있다.

그 영혼, 그러니까 이 몸은 우정과 사랑을 두고 양자택일의 기로에 놓여서 초점 없는 눈으로 창문 밖을 바라본다. 실로 꼴값이라고 할 만한 모습으로 바라본다.

"정말 미안해요… 내일 그곳에서 만나요… 라고? 아, 가야 하나? 궁금하기는 하다. 궁금하긴 한데… 거기 가야하기는 한데… 왜, 오래도록 연락이 없었던 거야!!"

그렇다. 사실은 별래에 소식이 끊어진 그녀로부터 문자가 와 있었다. 그간 적조했었던 연유가 과연 무엇일까. 수개월 만에 접한 옛 연인을 만나겠다는, 내 머리에 내재되어 있던 강한 욕구가 분출되려 한다.

 그러나 그 정적 속의 외침을 의외로 차분한 마음이 가로막는다. 그토록 바라던 만남임에도 불구하고 '녀석의 소리' 또한 평소 가고자 한 방향을 가로막는다. 이것은 확실히 그녀에 대한 궁금증과 기대감으로 가득 찬 머리와는 상당히 대조적인 현상이다.

 '거 참 이상하네. 오늘도 그녀를 떠올리고 여전히 둘만의 행복한 미래를 꿈꾸는데, 여태 한결같은 의지가 증명했었는데 대체 예전과는 다른 이 느낌은 뭐지?'

.

어이, 어른!

.

'아직! 아직, 나서지 마.'

.

....

.

'그러니까 이 느낌은, 내 세계를 위협하기보다는 병적으로 독단적이었던 나의 생활에 오히려 정당성을 부여해주는 느낌이야. 불완전한 내 세계를 조율하려 어쩔 수 없이 정리를 해버리는 그런…?!'

 문득 머릿속에 담고 싶지 않은 어떠한 생각이 스며들었다.

'설마… 내 새로운 미래를 위해서 옛것을 버려야 한다는 거야? 잠깐, 잠깐만!! 만약 맞더라도 제발 그렇다고 하지 말아줘. 간곡히 부탁할게, 응?'

·

응. 맞아.

·

그러자 내 눈에 눈물이 서서히 고인다. 이내 나는 귀를 막고 고개를 저으면서 방이 쩌렁쩌렁 울리도록 소리친다.

"너 알고 있어? 그녀는 깨끗한 세계, 그 자체야. 내게 있어 그녀는 단 하나뿐인 진짜 세계란 말이야! 내게 진정한 자유를 보여줬다고!!!'

·

이건 너를 위한 길이야.

·

"뭐? 이게 나를 위한 길이야? 이게!!?"

·

또, 그녀를 위한 길이야.

·

"뭐? 그녀를 위한?"

나는 허공에 대고 미친 듯이 소리치다가, 이윽고 시무룩한 표정으로 잠잠하게 말한다.

"그냥 그녀를 지켜줄 자신이 없는 거였네."

.

아니야.

.

"나 지쳤어. 그럼 뭔데?"

.

…….

.

"이럴 땐 또 자냐? 역시 너는 짜증나는 새끼야.'

그 이후로 녀석의 소리는 더는 들려오지 않았다. 마침내 다시 고요한 새벽이 찾아온 것이다.

그러나 고요함이 느껴지는 것도 잠시, 나는 마음의 반응을 따라서 그녀를 정리하고 있었다. '내가 위험한 존재 일수도 있으니 그녀도 위험하다'라고 스스로 결론내리면서…

"에라, 모르겠다. 어차피 벌어질 일이었어. 그래! 이 터무니없는 직감을 따라가 보자."

– 3 –

어느덧 날씨가 쾌청한, 빌어먹을 아침이 밝았다. 나는 한참동안 공원벤치에 앉아서 그나마 담백해진 마음으로 세상을 바라보고, 말간 눈동자로 노을을 올려다본다. 고적한 울담에는 그간 앙상했던 덩굴에 담백한 기운이 머물고, 대지에는 마치 말간 내 눈처럼 초록빛 생명의 기운이 피어오른다.

'하늘아. 드디어 그만 울기로 한 거냐?'

그 순간 어디선가, 내 뜨거운 눈물을 말리는 한 줄기 푸른 바람이 불어온다. 신선하다. 그리고 그와 동시에 똥파리 한 쌍 같은 커플도 날아든다. 참 언짢은 기분을 부르는 포근한 바람이지 않는가.

"어휴. 내가 간다, 가. 자! 그럼 가볼까!!"

나는 비련의 주인공이 된 기분을 느끼며, 마치 굴러든 복바가지를 차 버리듯 괜스레 앞에 있는 깡통을 멀리 걷어찬다.

조만간 꽃봉오리가 맺힐 것이고 온 새싹들이 청청한 하늘을 향해 파릇파릇하게 돋아날 것이다.

가까운 미래. 균열기 1년. 새벽 5시쯤.

다들 미안…
 이제
이별인 것 같아.
 그래도
한편으로는
 시원하다.

믿을게

지난해 7월 상순, 나는 곳곳을 들러 몇몇 CCTV를 확인한 적이 있었고 혹시나 놓친 것이 있지 않을까, 연이틀 재확인을 반복하며 꽤 유심히 살펴보았다.

그렇지만 간절한 심정이 무색하게도 그날 얻은 수확이라고는 쓰러진 나를 제외하곤, 그것을 발견한 친구의 모습이 전부였다. 그러나 그날 나는 느낄 수 있었다. 영상 속 친구의 다급함을, 영상 속 그의 빛나는 진심을….

.

축하해.

.

'그래. 고마워.'

- 2 -

"지언아, 잘 지냈어?"
"그럭저럭. 그러는 넌?"
"많이 바빴어."

이곳은 광화문 교보문고 근처의 모 카페. 마침내 오랜 기간 끝에 우리는 만남을 가졌다. 이번에는 기필코, 믿음만으로 그를 대할 것이다.

"지언아!"

별안간 목적이 뚜렷한 소리가 내 생각을 가로막았다.

"어!?"

"아냐."

일순간 우리 사이에 어색한 침묵이 흘렀다. 현근이는 무언가를 물어보려다가, 이내 생각을 접은 듯 보였다. 영락없는 직업병이 도진 모습이었다.

'오랜만에 보네. 싱거운 녀석….'

그래도 친구의 변함없는 모습이 친숙하게 느껴졌다. 그녀의 연락을 뒤로하고 친구를 선택한 것이 후회되지 않는다.

대체 언제부터 이렇게 꼬여버린 걸까. 한 과장에게는 무슨 일이 있었던 걸까. 그리고 최 사장과 그 인물의 정체는 무엇일까.

나는 그간의 사건 및 과정을 일목요연하게 정리하는 동시에 진실을 좇으려는 판단을 설득력 있게 도출해 나갔고, 어느새 내 생각은 '나의 거래소 내 입지'가 급변했던 시기에 머문다. 불과 얼마 전까지만 해도 그 시기에 있었던 '내 엇나간 선택'이 오늘날에 이르도록 만든 결정적인 계기라 여겼지만, 요즘은 생각이 달리 들기 시작했다. 마치 이 순간을 기다렸다는 듯이 연쇄반응이 일어났다고나 할까?

문득, 어느 날 1국 2과 1팀에 놓여 있던 '선택에 따라 시작된다.'라고 써진 쪽지가 떠오른다. 정확히 그 시점부터, 운명과 역사, 우주 만물의 주관자가 정해놓은 순서처럼 차례차례 급격히 진행된 기분이 들었다.

느닷없이 B기업이 개입되었다. 내가 곤경에 처하면서, 한 과장에 대한 증오가 절정으로 치닫게 되었다. 그리고 한 과장이 행방불명이 되었다. 잇따라 최 사장의 사건도 일어났고 그 인간 역시… 사라지게… 되었다….

두려운, 믿지 못할 과정. 마치 모든 것이 본디 하나였던 양 내 선택이 기점이 되어 내 의식까지 변화가 일어났고, 왠지 하나의 가짓수로만 연결되는 기분으로 흘러간다. 아울러 그날에 최 사장이 언급한 정보는 결정적으로 내 머릿속을 헤집는다.

"'그'가 자신을 찾아왔다, 자신은 그의 뜻대로 움직였을 뿐이다…."

두려워하던 최 사장의 얼굴. 나는 흠칫 놀라 순간적으로 잔을 든 채로 경직되었고 현근이는 그런 나의 모습을 보고 짐짓 모른 체하며 어떤 생각에 차분히 빠져 있다. 아니다. 친구를 의심하지 않기로 했다. 그는 짐짓 빠져 있는 것이 아니고 단지 직업병이 도진 것이다. 그래, 생각해 보면 현근이에겐 의심할 것이 애초부터 없었다. 나의 불안은 누구보다도 내 자신이 파생시키고 있고 스스로가 느끼고 있다. 생각해 보면 친구를 그저 일개 공무원으로 치부하고 넘겨버릴 수도 있는 일…. 그렇지만 나는 그러지 못했었다. 그것은 A가문의 신뢰성 부족과 그간 소행의 연관성, 유착이라는 편견 일부가 사실이기 때문일 것이다. 현

시점에선 A가문의 악행에서 비롯되는 추측과 소설 및 음모론을 펼치지 말고 그날에 최 사장이 언급했던 그 자, 즉 헛것이라 여겼던 빗속의 '검은 뒷모습'에 초점을 맞추어야 한다. 오히려 그 수수께끼의 인물을 찾아내는 게 급선무이다.

"야!"

"야!"

친구와 나는 동시에 서로를 불렀다. 갑작스런 로맨틱한 상황이 연출된 것이다.

"너 먼저 얘기해."

나는 고민을 한 가득 안고 있는 듯한 친구를 위해서, 급한 마음을 접어두고 경청하고자 하였다.

"……."

그런데 그는 아무런 말이 없다. 없어도 너무 없었다.

"야!"

"너는…."

하필이면 또다시 서로의 말이 겹쳐버렸다. 정말 토악질이 나오려고 한다.

"무슨 고민 있어?"

내가 지체 없이 물었다.

"지언아. 너는 날 믿니?"

지친 듯이 물어오는 현근이. 아직 그런 현근이의 속내를 나는 하나도 쫓지 못했다. 단지 결코 남자한테 들어서는 안 될, 서로

곤란해질 수도 있는 질문에 당황스러울 뿐이다.

"이 자식이 닭살 돋게… 뭘 그런 걸 물어봐, 남자끼리. 야! 먼저 일어날게. 미안하다."

"어? 어어, 그래."

현근이는 조금 당황한 듯 보였지만 다행히 별다른 반응 없이 웃으며 손 인사를 건넸다. 그리고 나 또한 그에게 환한 웃음을 지어보이며 말한다.

"웅! 나는 널 엄청 믿어."

.

아니야.

.

확실히 진이 빠져있는 듯이 어떤 생각에서 빠져나오려는 현근이. 녀석의 속내를 뒤로 하고 나는 도로 복잡해지려는 머리를 식히며 도심 밖으로 나가는 택시에 몸을 맡겼다.

불현듯 근심이 가득했던 친구의 눈이 뇌리에 스친다. 무언가 할 말이 있어보였다. 그러나 끝끝내 그는 내가 카페 문을 나서는 순간까지도 침묵했다.

- 3 -

나의 머릿속은….

'최 사장도 사라졌습니까?'

마음이 반응한다. 지금 내 머릿속은….

'최 사장이 혼잣말로 중얼거린 행동은?'

갑자기 마음이 요동친다.

'그날 최 사장이 말한 '그'는 실존하는 인물인가?'

내 마음은 더욱더 거세게 요동친다. 마지막으로 내 머릿속은….

'정말 이 모든 배후에는 '그'가 있는 것일까? 만약 그렇다면 과연 그의 실체는 무엇일까.'

별안간 요동치던 반응이 멈춘다.

'당최 알 길이 없으니 답답하네. 주변에 도움을 구할 수 없는 게 답답하고 아무도 믿어줄리 없는 현실이 답답하고, 게다가 실마리가 되어줄 최 사장도 온데간데없다. 그냥 주변이 죄다 미치도록 황량하다…. 그저 이대로 과장이 나타나기만을 바라야 하는 건가? 잠자코 기적을 바랄 수밖에 없는 거야?'

그러나 친구를 만난 이후에도 그 어떤 기적은… 일어나지 않았다.

실은 운무회명(雲霧晦冥),
기이한 운명에 번롱되다

  어느 긴 우기(雨期)의 날이었다. 고난의 무렵을 맞았다. 폭우에 젖어서는 턱이 호되도록 우들우들, 독한 한속(寒粟)을 타다가, 모처럼만에 햇볕에 달궈진 담장에 기대어, 주황빛 능소화가 위세 좋게 감아 내려오고 또한 피어오른 모습을 눈에 담고 있다.

  '이제 다시… 올라가자….'

  누군가는 말한다. 끈질기게 버티는 자에겐, 언젠가는 반등의 기회가 오는 법이라고….

  마침내 나는 수개월 동안 찾아간 목백일홍 밑에서 '민이린' 그녀와 우연히 재회할 수 있었고, 그것은 그녀를 미치도록 그리워한 끝에 이루어진 극적인 만남이었다.

- 2 -

  현재 내가 있는 곳은 어두운 터널을 지나고 있는 기차 안. 어둠 속에서 그녀와 재회했던 지난날을 떠올려본다.

  '어이 꼬맹아. 잠자는 건지 아닌지 모르겠지만, 그냥 듣고만 있어줘. 알았지?'

.

....

.

　'얼마 전 그녀는 힘든 나를 달래주려고 배롱나무 앞에 있었어. 우리가 처음 만난 그 자리에 예전 모습 그대로 웃으며 서 있었지. 나 그때 무척이나 설렜어. 너도 알잖아? 내가 그곳을 한동안 자주 갔던 걸. 그런데 앞으로 다시는 그곳에 가지 않을 거야. 그녀가 오지 않을 때마다 두려울 거 같아서…. 어쩌면 그녀도… 정말 사라졌을 수도….'

　순간 기차는 터널 밖으로 나온다. 그와 동시에 나의 어두운 생각은 밝은 빛에 의해 자취를 감춘다.

- 3 -

　세상이 다시 밝아지고 창문에 비친 내 얼굴이 조금씩 눈에 들어온다.

　'이 얼굴은 뭘까.'

　그 얼굴은 웃음과 슬픔이 공존하고 있었다. 아름다운 과거를 품고 있지만 행복을 품고 있지는 않았다.

　'어둠과 되게 잘 어울리는 얼굴이다. 그치?'

　이런 나에게 또다시 터널 속 어둠이 다가온다. 그리고 또다시 나는 어두운 지난날을 떠올린다.

'야. 미안한데 다시 들어봐.'

·

········

·

'그때 난… 솔직히 그녀에게 다가가기 꺼려졌어. 그날따라 이상 모를 두려움이 느껴졌거든. 하지만 너도 알다시피 그 누구라도 막기 힘든 것이 남녀의 애정문제라고, 이내 다양한 감정 중 가장 강한 감정이 나를 이끌었고 그 덕에 간신히 손을 뻗어 그녀를 잡을 수 있었어. 그런데… 내 떨리는 손끝이 아주 강한 충격을 주었는지… 그녀도 서서히 내 앞에서 사라져가더라?'

·

········

·

'생각보다 별 이상은 없었어. 그냥 집에 별다른 생각 없이 멍한 상태로 도착한 정도? 근데 운명의 신, '모로스'가 집 밖에서는 분노 표출의 한계가 명확하다고 판단했는지, 집에 있는 그녀의 흔적으로 이성을 완벽히 따돌리더라? 내 마음에 분노를 일렁이게 하려는 교묘한 전략에 말려든 거지. 결국 그대로 이성의 끈을 놓아버리고 물건을 마구 집어던졌어. 믿어지지 않는 상황임에도 손에 피가 날정도로 부수고 또 부쉈지. 한데 그 야비한 모로스는 그만두기는커녕 오히려 나로 하여금 스스로를 저주하게 만들었다는 거야. 더군다나 그건 몇 날 며칠 아니, 아직까지도

날 지배하고 있고….'

– 4 –

기차가 또 한 번 터널 속을 나오자 밝아진 세상이 다시 모습을 드러냈다. 그리고 나는 재차 창문을 통해 내 얼굴을 바라본다. 창문에 비친 모습은 어느새 분노가 담겨 있었다.

'그래. 나는 그날 정신 나간 사람처럼 깊은 어둠을 헤맨 것일 뿐이야. 실제로 일어난 상황이 아니라는 거지. 게다가 나한테는 정신과 치료 받은 전례도 있잖아? 안 그러니 꼬마야?'

.

…….

.

'이 썩을 놈. 역시 너도 답이 없구나. 아주 멋대로야, 멋대로…. 너까지 그러니까 그 마녀 여편네를 찾아갈 수밖에 없잖아. 귀찮게시리, 쳇!'

과거를 벗 삼아…

 한적한 시골, '대전 추동'에 거주 중인 마녀의 이름은 이엘-은하. 그녀는 이 세상에 남아 있는 내 유일한 가족이자 세살 터울이 나는 누이이다.

 그럼 이제부터 아무런 이유 없이, 아니 지극히 그녀를 위한 칭찬 들어간다.

 현재 패션디자인과 교수로 재직 중인 그녀는 청순하고 지적이며 여리여리한 뼈대에 기품 있고 고상한 데다가, 요리도 잘하지, 아기도 좋아하지, 성격도 사근사근해서 업무에 지친 연인의 얘기도 잘 들어주지, 얼굴도 반반한 편이지, 동생도 너~무 아껴서 오늘도….

 '쳇! 그래도 칭찬은 마저 해주지.'

 아무튼 어르신들도 적잖이 좋아한다. 아무래도 옛적 고지식한 기준으로 봤을 때, 천상 여자의 면모로 어필이 되었나 보다…는 개뿔!!

 아따, 어르신들이요. 쟤는 쌍팔년도에도 안 먹힐 가스나라 안카요. 이제 좋은 사람 만나서 결혼해야지는 뭔 말이다요!!!

 '흥! 뭐, 결혼?? 아주 대놓고 상머슴아 같은 쟤가?!!'

 웃기시네! 결단코 나는 부정한다. 단언컨대 고삐 풀린 망아지라 불려도 손색이 없는 처자이다. 오히려 넘치는 에너지를 주체

못하여 운동으로 단련된 몸과 과한 생기발랄함으로 주변에 해를 끼치는 요녀에 가깝고, 그나마 기본 소양은 갖춰서 다행이지만, 어디로 튈지 모르는 방분(放奔)한 성격의 소유자임을 매번 자초하는 덜렁이자 히스테리 노처녀이기도 하다.

아, 더 지치는 이 느낌. 아무튼 쓸데없는 얘기는 거두절미하고… 그런 그녀는 동생을 위해서 마중 나올 정도로 치밀한 성격도 못되고 세세하게 마음을 쓰지도 않는 편이며, 특히 알아둬야 할 점은 세심한 배려 따윈 안중에도 없다시피 한 것, 정도일까나?

'쯧쯧쯧. 성격이 고 따위니까, 아직 미혼이고 남자에게 차이지, 차여.'

하지만 오늘까지 이리 나올 줄은 예상 못 했다. 그런데 이거 은근히, 개미 항문만큼 서운하긴 하네.

'이 여편네가 진짜… 아무리 그래도 너무하자나, 이거! 어휴. 내 발로 직접 간다, 가!'

- 2 -

어머, 웬일이니! 세상에 망조가 들었나, 저것이 웬 해괴망측한 짓일꼬.

그녀가 집에서 어울리지 않는 짓거리를 하고 있었다.

'저거 뭔데?! 왜, 급 정원 가꾸는데?!'

참으로 우습지 않는가. 저 고고한 척하는 고귀한 신분이, 이 미천한 몸 앞에서, 아니 감히 내 앞에서 정원사 놀이를 하다니….

'설마 현모양처 코스프레?? 풉! 아주 꼴값을 떤다. 저 어설픈 동작은 뭐고, 저 시들시들한 꽃들은 대체 뭔데!?'

다들 저 청승스러운 청상과부를 보시라. 현재 그녀는 요상한 컨셉을 잡고 세상을 속이는 중이다. 그러나 자고로 사람을 가려 가면서 속여야 우스운 꼴을 안 당하는 법. 그런데 하필이면, 왜 남동생을 상대로 저러고 있을까.

'아, 맞다. 쟤 헤어졌지? 남자 없지?? 아이고 이를 우야꼬. 당연히 다 떠나가는 거 아이겠나? 에라이, 네는 평생 홀로, 외로이, 안타깝게 살리라!'

여태껏 저것의 여심에 상처받은 모든 남자는 들으라. 여자는 상당수가 구미호, 저 상나라 주왕의 총비였던 달기와 같고 호환마마보다 무서운 존재이거늘. 언제까지 흡사 달기의 치마폭과 같은 구미호의 굴에 자진하여 들어갈 텐가. 더는 무조건적으로 믿지 말며, 사랑에 눈이 멀어서 고질적인 편견에 사로잡히지 말지어다.

"그간 무양(無恙)하시었소? 동생마마."

"커억!!!"

방금 나… 방심한 틈을 타서 맞았다. 가뜩이나 못내 서운하고 섭섭해야할 상황인데 구타까지 일삼다니, 이것은 '반항 모드

ON!'을 부추기는 거지?

"이씨, 왜 때려!"

역시 태생적으로 남성성을 타고난 그녀는 폭력적이다. 게다가 이번에도 상습적으로 피해를 끼치고는 마치 새소리에 심취한 척, 재즈 음악을 허밍으로 따라 부르는 저 철면피.

'어째, 예나 지금이나 저리 한결같냐. 역시 사람은 누구나 맞는 옷이 있다고. 주변 만류에도 가톨릭 대학원을 안 가더니만, 아주 개차반으로 잘도 컸어.'

갑자기 천대를 받아 험난했던 옛 기억이 떠오른다. 눈물이 찔끔 나오려고 한다. 과거에도 쟤는 나를 많이도 놀려먹고 무정지책(無情之責)하며 노예취급을 했었다.

'이런 미친 계집 같으니. 흑흑.'

그러나 나는 내색하지 않고 묵묵히 새소리에 귀를 기울였다.

"이야. 좋다, 좋아. 듣기에 아주 그냥 좋다. 아아, 저게 바로 치유일세. 이게 바로 치유이고, 저건 바로…."

"동생마마. 속으로 내 욕 그만하고 따라오세요. 에잇!"

"야, 아파아파! 아프다고, 이 미친 계집애야!"

그렇게 나는 마녀에게 귀를 잡힌 채로 어디론가 끌려갔다.

'저 악마 같은 계집이. 그나저나 이거 뭔가 불안한데.'

한 걸음, 두 걸음…. 불길한 예감은 내 걸음수의 몇 배로 급격히 커지고 있었다. 마흔 걸음, 마흔 한 걸음… 그리고 예순 걸음….

'하아, 이것은 절망이다.'

방문이 열렸다. 온갖 언덕의 형상들이 보인다. 몹시 부패한 책부터 프랑스 잡지까지, 먼지가 쌓인 다양한 서적들이 산더미를 이루고 있는 것이다.

'그냥 도망칠까…'

그런데 그때, 무언가 나를 노려보는 느낌에 등골이 오싹해진다. 어려서부터 많이 느껴 본, 돌아보지 않고도 알 수 있는 익숙함이다.

"네네. 알겠어요, 알겠어. 까짓 거 하면 될 거 아니야! 깨갱!! 됐냐?"

나는 마녀에게서 몸을 재빨리 보호하려 방어자세로 뒤돌아보았다. 그런데 마녀는 어느 틈에 창문턱에 앉아서 책을 보고 있다. 더구나 별 쓸모없는 작디작은 안경을 착용하고, 여전히 코로 소리를 내어 노래를 부르면서….

'쳇! 놀고 있네. 아주 쌩쇼를 해라, 쌩쇼를. 어디서 영화 찍냐!! 심지어 눈도 좋은 것이…. 하긴 뭐, 우리가 처음 만난 날도 저랬지. 그때도 쟤는 눈길 끄는 법을 알았어.'

참고로 나와 마녀는 혈육 관계는 아니지만, 같은 보육원 출신이다. 그리고 나에게 부모 형제와 친인척의 기억은 전혀 없다.

'혈육애'나 다름없는…

 때는 26년 전. 나는 가톨릭 기반으로 운영되는 성가정 보육원에 위탁되어 그곳에서 텅 빈 마음으로 말없이 살아간 적이 있었다.

 그로부터 1년 뒤, 내 허전한 마음을 나보다 뒤늦게 들어온 주제에 수녀님을 피해 장난치는 한 여자아이가 채워주었다. 그렇게 우리는… 우리의 자유의사를 억눌린 채로, 섭리에 대한 복종을 통해 도담도담한 남매가 되었다. 물론, 다소 소란스러운 남매가 되었지만 말이다.

 '그때 알아봤어야 했는데… 헉!'

 느닷없이 천장에서 대짜 포식자가 떨어졌다, 아니 나타난 것이다. 제법 큰 사마귀가 당랑권 자세를 취하고 매섭게 노려보고 있는 것이 아닌가. 녀석은 매복해 있었는지, 서서히 앞 갈고리 발을 넓게 벌려 여차하면 공격할 의지를 드러낸다. 가시가 돋은, 마치 낫처럼 길게 휘어진 대형 앞다리를 내세워서 나를 압박해오며, 왠지 푸드덕 얼굴로 날아들 것 같은 느낌을 전해온다. 무척 위협적이다.

 "왜 하필 나야…."

 – 탁!!

 하지만 녀석의 호기로운 행태는 그야말로 당랑거철(螳螂拒

轍)의 우를 범하여 처참한 말로로 끝을 맺었다. 내 말이 채 끝나기가 무섭게, 벌레계의 순교자가 된 것이다. 그 둔탁한 마찰음을 낸 주인공은 다름 아닌, 매번 나에게 벌레에 관한 과격한 행동으로 공포감을 불러일으킨 마녀. 저것은 매미를 집어던져 어린 나를 울린 적도, 거대한 사마귀를 던져 놀래 킨 적도 있었다.

'불쌍한 벌레여. 만남은 짧았지만… 어허, 저 마녀 표정이 심상치 아니 하도다.'

갑자기 마녀가 광기의 웃음을 보이며, 흉한 몰골로 전락한 사마귀를 손으로 집는다. 왠지 선수를 쳐야지만, 불의에 항거할 수 있다는 불길한 예감이 엄습한다.

"어허! 마녀, 너 잘 들어. 난 예전의 내가 아니야. 너 만약에 그 짓거리 하면 책으로 네 머리통 구멍 낸다!"

"흐흐. 웃기시네."

오히려 마녀의 양 눈이 장난기로 반득거리기 시작했다. 역시 이 하급의 말은, 그저 허풍 따위에 불과하였다. 하지만 더 이상은 이대로 물러나서 고통 받을 내가 아니지 않는가.

"흥! 너야말로 웃기시네. 야야!! 내가 아직도 벌레를 무서워한다고 생각하면 너너, 큰 오산이야."

나는 장난의 원천인 기대심리를 봉쇄하고자 그녀에게 당당히 말했다. 그러나 곧 공포와 비명소리로 마무리될 것이 뻔해 보인다. 저, 멸시와 기대감이 섞여있는 표정을 보라. 마치 하인을 부리듯 하는 것도 모자라, 이젠 낮은 신분에게 장난치면 뒤탈도 없다는 자신감에 차 있나 보다.

'저런 미친! 쟤는 진짜다. 그냥 빨리 도망가자.'

그러나 마녀는 내 눈빛을 보고 의도를 알아챘는지, 곧바로 문 앞을 막아섰다. 그러고는 사마귀를 집은 손으로 마침내 내 얼굴을 겨냥한다.

나는 마녀를 노려보면서, 절묘한 묘책을 강구한다.

'그래. 이판사판이다.'

다행히 반 박자 빠른 생각이었다. 나는 정리 중인 책을 재빨리 던져버렸다. 정당방위의 차원이었다.

"엄마야!!!"

- 퍽!

정의의 손을 떠난 책의 모서리가 정확히 그녀의 머리를 강타했다. 이것은 숱한 악행으로부터 위협을 느낀 데에 따른, 어쩔 수 없는 선택이다.

"우헤헤. 고거 쌤통이다. 내가 누누이 말했잖아. 너 그러다가 언젠가 혼쭐난다고. 아, 속이 다 시원하네."

한때 20년 이상 노예 삶이었던 나. 그간 묵은 체증이 싹, 내려가면서 기고만장해진다.

"흐흐. 너 지금 열 받지? 그치? 근데 복수 생각일랑 하지도 마라. 너 짓과 내 행위는 달라. 암! 엄연히 다르지. 그리고 말해두는데, 거기서 조금만 움직여도 알지?! 만약 화나면, 그동안 나한테 한 짓을 생각해봐. 알았지? 응??"

그런데 그녀가 죽은 듯이 꼼짝을 하지 않는다.

"어이, 이은하 군!?"

순간 무언가 잘못 흘러간다는 생각에 겁이 덜컥 난 나는 경계를 늦추고 그녀를 발로 툭툭 건드렸다. 그래도 아무런 미동도 하지 않는다.

"괜히 던졌나? 야야! 너 괜찮냐? 엄, 엄마야!!!"

이 불쌍한 노예는 결국엔 자신의 입에 붙은 사마귀에 의해 또다시 다리가 풀리고 말았다. 역시 예나 지금이나 나는, 저깟 마녀가 연출한 작품의 희생양에 불과하다.

"이 건방진 놈이 어디서 우쭐해하고 있어. 확! 죽을라고."

언제 들어도 찰진 목소리가 집안에 울려 퍼진다. 그리고 이러한 상황에도… 내 가슴 속마저 울리는 저 앙칼진 소리로 인해, 우리의 잊지 못할 과거는 떠오른다.

'역시 본색을 감추지 못하는구만. 현모양처는 무슨 얼어 죽을 현모양처! 쟤는 그냥 어릴 때와 똑같이 사이코 사내새끼라니까!!'

- 2 -

여느 때와 다를 거 없이 마녀가 나를 매미로 위협하던 어린 시절. 그녀가 나를 쫓아오다가 현관문에 치여 발톱이 빠져버린 그날. 그래서 내가 흠씬 두들겨 맞아 시퍼런 멍이 들고 있는 그때. 보육원으로 아들과 딸을 사고로 잃은 노부부가 찾아왔다. 그리고 우리는, 그로부터 정확히 이틀 뒤에 그들의 빈곳을 채워주는 소중한 선물이 되었다. 아직도 나는… '엘-은하! 엘-지언! 나의 천사들아. 겁내지 말고 이리로 오렴.'이라는 우리 할머니의 첫마디가 잊히지 않는다.

그녀의 상그레한 미소… 히브리어로 지은 성씨, el(신)… 일반 명칭은 엘-지언, 풀 네임은 이엘-지언… 우리, 두 영혼의 과거 및 상처, 그리고 아픔을 가긍스레 여긴 60대 중반의 노부부….

'할머니, 할아버지는 아실까? 오히려 자신들이 하늘이 내려준 천사였다는 사실을…. 마녀야 그런 거지?'

나는 그들을 회상하면서 독서에 집중하는 마녀를 바라보았다.

'쳇. 너하고 있으니 생각하기 싫은 시간도 떠오르고, 복잡한 이 방은 이별로 힘들었던 우리를 보는 거 같고. 거참 짜증나네.'

나는 속으로만 책 더미를 쾅쾅쾅! 내리치면서 얌전히 정리하였다. 그때 마녀가 갑자기 책 더미를 손가락으로 가리킨다.

"10분."

"불가능. 불만이면 네가 한 번…."

말하면서 나는 그녀의 표정이 점점 굳어지는 것을 보았다. 더는 대꾸하지 않았고 서적들을 정리하며 홀로 더욱더 깊숙한 과거로 들어갔다.

12년 전 초겨울, 첫눈이 내리던 어느 날이었다. 여느 평범한 대학생이던 우리에게, 여지없이 고통의 순간이 찾아왔다. 그것은 오랜만에 맞닥뜨린 시련으로, '할아버지의 죽음'과 우리의 진정한 사랑을 떠나보내는 고비에 직면한 일이었다. 할아버지는 야간에 완만한 오솔길의 계단에서 넘어지셨고 끝끝내 일어서질 못하셨다. 간간이 구순 이상은 거뜬하다고 호언하셨던 할아버지는 그렇게 불의의 사고로 허무하게 생을 마감하셨다.

그리고 그 이후부터였다. 저 마녀의 눈빛이 성숙해지고 우리 각자의 생이 급변했던 시기가….

'그랬었지. 당시에 쟤는 무방비 상태로 비보를 접한 할머니에게 무기가 되어주려 했어. 힘겨운 삶에 대항하는…. 하지만…'

하지만 불행히도 할머니의 상냥한 웃음과 아름다운 주름 또한 그리 오래 우리 곁에 있진 못했다. 그녀는 반려자를 천상으로 떠나보낸 3년 뒤에 그토록 그리워하던 영원한 반쪽을 찾으러 외로이 길을 떠나셨다. 사인은 심장마비. 그녀의 갑작스러운 죽음도 예측과 대비를 전혀 못한, 크나큰 고통이었다.

그날 나는 깨달았다. 인생이 허울 같은 허물을 벗는 시기의 고통은 그 끝이 언제일지는 아무도 가늠할 수 없다는 것을 말이다.

'마녀, 너 그거 알아? 난 주름진 웃음이 생각날 때면 가끔 그들이 원망스러워. 차라리 진짜 행복이란 걸 몰랐더라면, 이렇게

마음 아프지도 않았을 텐데. 만약 그랬더라면 이렇게… 순수했던 그날의 행복이 그립지도 않았을 텐데…'

오늘따라 마녀를 바라보는 나의 마음은 평범하고 단순한 삶이 주는 행복에 반응한다.

- 3 -

마침내 서적 더미를 전부 치워버리자 드넓은 방바닥이 드러났다. 지치고 답답한 마음에 모든 커튼과 창문을 활짝, 열어젖히고는 한숨을 내쉬며 신선한 공기를 연이어 들이킨다. 생기가 조금씩 회복되고 이윽고 완전히 그것을 되찾는다. 때마침 피로한 심신에 생기를 돌게 해주는 푸른 숨소리도 들려온다. 우리가 한창 슬픔에 젖어있을 무렵, 눈물을 말려준 포근한 바람과 함께, 나의 경직돼버린 손을 풀어준 친구였다.

'그렇지, 마녀야?'

나는 마녀가 앉아 있는 창가 쪽을 재차 바라보았다.

그런데 불안하게도, 지적질을 마저 하며 인내심의 한계를 시험해볼 마녀가 보이지 않는다. 그러자 내면 깊숙한 곳에서부터 '뭔지 모를 불안감'이 올라와, 온몸을 스멀스멀 기어 다니는 것도 모자라 공포의 기운이 마치 아지랑이처럼 일렁여서 집 전체에 가물거리는듯한 착각에 빠지게 만들었다.

'대체 어딜 간 거야??'

그 순간 익숙한 재봉틀 소리가 집안에 메아리친다.

'또 할머니 방이군…'

우리 할머니는 옛적에 봉제공장에서 일하신 적이 있었고, 집에 재봉틀 및 길쌈 도구를 들여놓으신 뒤로는 간혹 젊은 날을 추억하며 베틀을 돌려 실을 지어내곤 하셨다. 아직도 마녀는 그 모습이 눈에 현연(現然)할 때가 있었고 나 역시 마찬가지였다.

그리고 지금 우리는 그들이 남겨준 소중한 유산에서 각기 다르게 같은 시간을 공유 중이다.

추억을 공유하고 미래로 위로 받는…

 로하스 길. 마녀의 집에 인접한 이곳은 대청댐 하류 구간에 형성되어 있는 로하스 공원의 길로서, 금강에 반쯤 잠긴 나무들과 물안개가 어우러져 가끔씩 환상적인 분위기를 연출하는 곳이다.

 하지만 그 묘한 신비감을 자아내는 곳이, 현재 고급 커피를 들고 흡사 파리의 여인처럼 싸돌아다니는 마녀에 의해 매력이 감소되는 피해를 입었고 그로 인해서 나까지 기분이 저조해지는 피해를 입고 있는 중이다.

 도저히 못 봐주겠다. 지금 이 순간에, 나의 장난은 불가피하다. 곧바로 나는 주변의 시선과 스마트폰에 집중하고 있는 마녀의 뒤로 살금살금 다가갔다.

 "왔니?"

 그러나 그녀는 내 의도를 파악했다는 듯, 뒤돌아보지도 않고 내게 무심하게 말했다. 하여간 어릴 때부터 눈치 하나는 기가 막히게 빠른 타입이었다.

 "어."

 "어휴. 우리 동생, 아까부터 왜 이리 힘이 없니? 요즘 무슨 일 있니?"

 나로 하여금 구역질을 유발하는, 유한 척 하는 마녀. 제발이지, 평소대로 행동했으면 좋겠다. 그때까지 나는 무반응으로 일관하리라.

"……."

"뚱하기는… 호호호!"

제발, 조신한 척일랑 그만하고 조금은 진정성 있게 다가와주면 안 되겠니?

"……."

"설마 삐졌니?? 어머, 애 봐라. 맞나보네. 너 새삼스럽게 왜 그러니? 이 누나가 언제 친절하거나 관대한 적이 있었니? 없었잖아, 그치?"

"……."

"그치?!"

"아주 심하게 그렇지, 그건."

"그럼, 그럼. 그걸 모르면 남매가 아니지. 근데 나는 이런 관계에 너무 만족해. 호호호."

"너나 그렇겠지. 쳇!"

"에이, 동생동생! 이게 다, 다른 남매보다 특별하고 돈독해서 그런 거 아니겠니? 우리는 우애가 남다르잖니, 얘. 호호호!"

또다시 입을 가리며 웃는 짓으로 주변 모두를 속이는 마녀.

'아, 저걸 그냥…. 미쳤냐?! 미쳤냐고!! 제발 좀 안 어울리게 웃지 말라고!!! 그리고 이건 아주 일방적인 관계라고!'

나는 욱하고 치밀어 오르는 감정을 간신히 억제하고 속으로

만 외쳤다. 섣부른 대응은 화를 자초하는 법.

"동생아. 너 요즘 어때?"

별안간 마녀가 조금 전과는 사뭇 다른 진지함으로 나를 대하려 한다. 드디어 남매간에 도타운 정이 오가는 장이 펼쳐질까?

"이 미친 것이, 낯뜨겁게…. 마음 훈훈한 척 표정 짓지 마라. 오글거리니까…."

"……"

"호호호. 요즘 문득 이런 생각이 들더라? 누구에게나 적어도 두어 번 이상은 크고 작은 행복이 찾아온다는? 그리고 그 행복은 생각보다 알차다는? 뭐 그딴 생각?"

그녀는 자신의 삶에 만족해 하면서 파란 하늘을 쳐다보았다. 마녀 나부랭이 주제에 아주 꼴값을 떨고 있다.

"잘 들어봐, 지언아. 솔직히 네가 힘들다고 해도 너한테 해줄 건 아무것도 없어. 특히 돈이나 그런 건 더더욱. 너도 알잖아, 이 누나 생활은 월급으로 빠듯한 거. 호호호."

"아주 잘 알지. 이 쇼핑 중독자."

"아무튼! 너 지금 서울살이 때문에 힘들지? 더구나 월급이 높은 편도 아니고."

"……"

"그런데 그건 네 결정이니까, 자신의 선택을 탓해야 하는 문제야. 너 자신을 위해서도 내가 직접적으로 도와줄 수 없는 문제기도 하고. 그건 너도 알지?"

"……."

"하지만 그 대신 예를 들어서 네 스스로 해결할 수 있도록 해주지."

"어떤 예? 그게 뭔데?"

"선택과 믿음."

"선택과 믿음?"

"응."

"무슨 말이야?"

"너 혹시 기억나? 네가 서울로 간다고 했을 때 내가 엄청 반대했던 일."

"어. 기억나. 근데 그게 왜?"

"실은 당시에 누나는 다시 혼자가 된다는 게 두려웠어. 동생 너밖에 없었으니까…. 그날 마음의 빗장을 굳게 걸었었지."

마녀는 나를 살짝 당황케 한 의외의 말을 진솔하게 털어놓았다. 이래 봬도 우리는 총망지간(悤忙之間)에도 서로를 챙기고 신의하는 사이였다.

마녀가 이어서 말했다.

"그날 이후, 나도 이곳 삶을 정리하고 서울로 상경해 볼까 생각했어. 정말 꽤 진지하게 생각해봤는데, 그런데… 백날 생각해봐도 우리 관계의 전부나 다름없는 이곳을 떠날 수는 없더라고. 곁에 남은 것이라곤 너도 이곳 밖에 없을 테니까…."

"……."

"나는 우리를 위해서, 그러니까 새로운 삶을 버티기 위해서라도 더욱 떠날 수가 없었어. 그리고 그 결과는? 보다시피 어릴 적에 찾아온 행복은 여전히 그 크기를 유지한 채로 유효해."

"……."

"그저 내 선택을 믿고 소중한 인연과 함께 소중히 관리한 것뿐인데, 마음의 안식을 얻으면서 값진 흔적의 가치를 깨달았어."

마녀가 나를 쳐다보며 말했다. 곧이어 포근한 바람을 탄 마녀의 목소리가 들려온다.

"지언아, 혹시 아까 일하면서 뭐 느낀 거 없어?"

"느낀 거?"

"응. 느낀 거."

"어… 그러니까 그게… 그냥 내가 힘든 만큼 네가 미웠다 정도?"

"이 미친 것. 죽을래??"

"워워. 진정, 진정. 농담이야, 농담! 어… 그러니까 그게… 그 순간만큼은 몸이 힘든 나머지 고민과 아픔을 잊었다, 정도?"

"그럼 이제는 내 말이 들어갈 공간이 있겠네."

문득 마녀가 나의 누나라는 사실이 다행으로 느껴졌다. 그러면서 내가 그녀의 알찬 인생 중 일부분이라는 사실이 나쁘지만은 않았다.

그녀가 말한다.

"문제아! 이번에도 잘 들어. 알았지?"

"……."

"동생아. 앞으로 너는 너만의 길을 가는 데 있어서 고통스러울 때도 포기하고 싶을 때도 있을 거야. 아예 인생을 놓고 싶은 시기도 찾아 올 거고… 그렇지만 이 점을 명심해. 자신이 진정 원하는 것을 찾는 이들은 세상이 몰라준다 해도 위대한 법이야. 그리고 위대한 너는 분명히 너만의 답을 찾을 수 있을 거라고, 이 잘난 누나는 확신해. 그러니까 너의 선택을 절대 두려워하지 마."

"뭐야 이 누나. 동생에 대해서 꽤 알고 있잖아?"

어쩌면 힘든 과거사의 감회를 꾸준히 공유해서일지도 모른다. 우리는 서로 격조하는 시기에도, 각자 감구지회(感舊之懷)로 위로받고 의지하기도 하니까 말이다.

마녀가 이번에는 내 왼쪽 가슴에 손을 얹고 말한다.

"방어기제, 해제."

"……."

"아끼는 내 동생. 이곳을 한 번 더 믿어봐. 그러면 언젠가 행복이 너를 맞이할 테니까, 라기보다 솔직히 말해서, 이곳에 충실할 시간이 앞으로 얼마나 주어질지는 아무도 모르잖아? 잘 보살펴, 이 새끼야!"

그녀는 밝게 웃었다. 장난기를 가득 품으면서도 진심으로 나를 맞아주었던 첫 만남처럼….

'마녀야, 진심으로 고마워. 유념하도록 할게. 그리고 누나! 과

거에도 그랬고 현재도 그렇고, 너는 절대로 혼자가 아니야.'

 생각하며 나는 푸른 하늘을 바라보고는 흐뭇한 표정을 지어 보였다.

 "동생아. 징그럽게 그런 표정 짓지 말아줘요. 에잇!"

 "커억! 이씨, 분위기 좀 잡으려 했더니. 아프다고!!"

 "호호호!"

가까운 미래. 균열기 1년. 새벽 5시쯤.

절대
　포기하고 싶지
않아.
　그러니
누구 없어요?
　제발, 누구라도
나를 좀….

환영을 쫓다

서울로 되돌아가는 시간, 나는 갓 터널에서 나온 기차 안에서 생각에 잠긴다. 왠지 대전으로 향할 때와는 다르게, 터널의 어둠이 싫지만은 않다.

'어이, 꼬맹아.'

.

....

.

'그냥 어제처럼 듣고만 있어줘. 알았지?'

– 2 –

'언젠가 이린 씨가 칸막이 달린 어항을 사온 적이 있었어. 그녀는 항상 내가 키우는 오란다 금붕어와 혈앵무 금붕어를 함께 키우고 싶어 했거든. 물론 처음에는 많이 반대했어. 솔직히 오란다가 스트레스를 받는데다가, 어항도 바꿔야 하는 그런 거 번거롭잖아. 그런데 뭐 어쩌겠어. 내가 활동적인 그녀를 이길 수 있었겠어? 결국에는 누가 더 잘 키우나 두고 보자는 유치한 으름장을 끝으로 어항이 설치됐지. 물론 내 오란다는 오래 살았어.

슬프게도 그녀의 혈앵무는 3주도 못 버텼지만….'

그 순간 기차는 터널 안으로 들어간다. 그리고 그와 동시에 나의 밝은 생각도 자취를 감춘다.

– 3 –

세상은 어두워지고 창문에 비친 내 얼굴이 조금씩 눈에 들어온다.

'이 얼굴은 뭘까.'

그 얼굴은 웃음이 가득했다. 아름다운 과거를 품고 있었고 행복을 품고 있었다.

'희망과 되게 잘 어울리는 얼굴이다. 그치?'

이런 나에게 또다시 터널 밖의 밝은 빛, 광색(光色)이 다가온다. 그리고 또다시 나는 빛살을 맞으며 행복한 지난날을 떠올린다.

'그때 나는 슬퍼하는 그녀에게, 만약 당신이 오란다를 함께 잘 키운다면 몇 개월 내로 혈앵무를 선물하겠노라, 솔깃한 제의를 했어. 당연히 그녀는 바로 동의했지. 비록 어항 칸막이를 빼내려는 내 꼼수가 들켜서 응징을 당했지만, 그 때문에 칸막이를 걷어내고 어항을 내 식대로 꾸밀 수 있었어. 그런데 웃긴 게 뭔지 알아? 한동안 오란다가 좁은 범위만을 맴돌았다는 거야. 현재의 나처럼….'

- 4 -

 '분명 오란다도 몸부림을 쳐봤을 거야. 하지만 칸막이와의 충돌로 아픔이 스며들고 스며들어, 하는 수 없이 좁은 범위만 맴돌았을 거야.'
 기차가 또 한 번 터널 안으로 진입하자, 어두운 세상이 그 모습을 드러낸다.
 '언제는 한없이 몸부림칠 것 같더니만, 결국에는 현실에 안주한다⋯. 물론 안전주의 우선 중요, 마땅한 처사이다. 나약한 것이 아니고 잘못된 선택일 수도 없다. 어차피 오답은 차후에 정답이 될 테니까, 어차피 합리화되고 탈바꿈되어 정답에 합당하게 될 테니까. 하지만 이제는 부정한다.'
 나는 창문에 비친 내 모습을 재차 바라본다. 어느덧 희망에 부푼 기색을 하고 있다. 아직 흐리터분한 길이지만, 정작 내 앞에서만 가시화된 환영의 실체를 결코 물을 수 없는 진실로 받아들인다.
 '환영을 쫓는다. 추후, 여타 불투명한 것들도 쫓는다. 한 과장의 행방부터, 무언의 공모 여부와 수사의 공정성 등등, 오로지 현실이란 '회백색'으로 변색되어버릴 각종 시비의 향방을 쫓는다.'
 나는 잠시 생각을 접어두고 내가 맞닥뜨릴 어둠과 그 깊이 및 기간을 헤아려 본다. 아무리 길고 깊다 한들 빛은 반드시 드러나기 마련이다.

'그래. 나는 절대로 믿고 파헤친다. 설령 그것이 이 세상, 온 세계가 비웃는 행위라 할지라도. 설령 그것이 두려운 상황들을 야기한다 할지라도…. 단지 그것뿐이다. 절대로, 일단 바보가 되어 나아간다.'

가까운 미래. 균열기 1년. 새벽 5시쯤.

'저 빛은 무엇일까.'
 어떤 광색이
수면으로 번개곤두 치더니
 내게로 다가온다.
그리고 잇달아
 또 다른 형상도
물로 뛰어든다.
 설마한들
여기는 심연인데….
 에이,
또 헛것이겠지.
 이번에도 그냥…
희망고문이겠지.

세상이…

    2019년 8월 중순, 새날을 앞둔 어느 날. 때마침 여름장마가 지나가고 짧은 건계의 시기를 맞이한 나는 어떠한 중대한 결심을 한 뒤에, 모처럼 집에서 아늑한 저녁을 맞았다. 내일부턴 진정한 휴가철이다. 이제는 새로운 형식으로 바빠질 내일을 위해 만반의 준비를 할 차례이다.

  우선 동화 원고부터 가방에 집어넣었다. 그리고 옷가지를 정리하고 태블릿을 켜서 뉴스를 확인하는데, 갑자기 핸드폰 진동이 울리기 시작했다.

  '음!? 이 시간에??'

  발신자는 바로 현근이였다. 예기치 못한 상황에 내 마음이 반가운 반응을 보인다.

  나는 전화를 받았다.

  "여어, 이 시간에 어쩐 일??"

  "지언아. 너 지금 집이야?"

  "어! 집이야. 왜? 올라고? 마침 잘 됐네, 할 말이 있었는데. 우리 어디서 볼래? 집?? 아님 카페??"

  "……"

  "왜 그래, 반응이? 무슨 일 있어? 내가 너희 집 근처로 갈까?"

  "아니, 아무 일도… 오케이 알았어. 내가 근처 가면 연락할게."

현근이는 급한 용무가 있었는지, 반가워하는 모습이 무색케 일방적으로 통화를 끊었다. 평소라면 참 당황스러웠겠지만, 오늘따라 나는 그의 싱거운 모습이 보고 싶기만 하다.

'이 뚱한 녀석. 이해한다, 이해해. 인생 참 바쁘고 재미없지? 후후후. 조금만 기다려라. 이 몸이 흥미진진한 내용을 장황하게 말해줄 테니.'

이것이 얼마 만인가. 혈기왕성한 청춘을 되살리는 맹렬한 열정과 격렬한 패기가 살아 넘치는 순간이….

그러나 곧, 걱정거리가 한두 가지가 아닌 현실도 머릿속에서 살아 넘친다.

'그나저나 뭐라고 말해야 하나…'

앞으로 힐문과 힐난으로 얼룩진 세상의 파상공세를 견뎌야 할지도 모르는데, 벌써부터 내 앞길을 걱정투성이인 월요일이 막아선다.

'그냥 정신적인 문제를 들이대볼까? 그리고 만약 통하지 않으면 뭐… 아니 뭐! 세상일이 그거 하나뿐이야? 쳇!'

그때였다.

"내일 날씨입니다."

기상캐스터의 목소리가 태블릿에서 흘러나왔다.

당분간 비 소식 없이 화창한 날씨를 보인다는 예보였다. 마치 근심 없는 나의 앞날을 예보하는 것만 같았다.

나는 청명한 밤하늘을 기대하면서 창문으로 향했다. 그런데 창문 밖으로 생각보다 빨리 도착한 현근이의 모습이 보였다.

"쟤, 뭐야? 뭐 이리 빨리 왔데? 그리고 왔으면 연락을 할 것이지…?"

그런데 무언가 이상하지 않는가.

"게다가 저 떨거지들은 뭐야??"

나는 친구의 예기치 못한 등장 시기와 그의 주변을 서성이는 이들을 보며 놀라지 않을 수 없었다. 특히나 평상시엔 통 접할 일이 없는 구급차와 흰색 가운을 걸친 사람들은 나로 하여금 위압감까지 느끼게 만든다.

'왜 다들 저리 밀접하게 보이지? 헉! 본다!!'

별안간 그들 중 사복 차림의 한명이 내 쪽을 노려보는 것만 같았다.

나는 재빨리 몸을 숨겼다. 고요한 정적이 몇 분간 흘렀고 점점 무력감을 느끼며 자신이 열등한 존재 같다는 자괴감에 빠져든다.

'가만! 구태여 내가 숨을 이유가 없잖아. 지언아, 그냥 당당하게 내밀어! 한동안 너는 기죽어 살아왔어. 결정적으로 떳떳하잖아! 안 그래!?'

하지만 나는 그저 창문틀 위로 얼굴을 빼꼼히 내밀 수밖에 없었다.

'어!??'

그런데 믿기지 않는 장면이 내 시선을 사로잡았다. 어디서 많이 본 듯한, 그러나 존재 자체를 부정할 수밖에 없는 인물이 현근이 곁에 서있는 것이 아닌가.

'아니야. 절대 그럴 리 없어.'

정말 그럴 리가 없다. '민이런' 그녀는 분명히 내 앞에서 먼지가 되어 사라졌으니까….

나는 눈을 비비고 친구 옆에 서있는 그녀를 다시 쳐다보았다. 거리가 꽤 떨어져 있어서 제대로 된 판단이 서진 않지만, 신장이 비슷하다는 점과 인상착의가 생소하다는 것 정도를 확인할 수 있었다. 그리고 그 둘 사이는 마치 연인처럼 긴밀하게 느껴진다.

"뭐야, 저것들!?"

"승강기에, 승강기에 사람이 갇혔어요!"

갑자기 집 주변이 소란스러워졌고 사람들이 일제히 쏟아져 나왔다. 일시에 동네 일부가 정전된 것이다.

그리고 지금 이 순간, 나는 원치 않게 창문턱에서 멀어지고 있다. 예기치 않게 멀어지면서, 내 표정 역시 어두워지고 의식 또한 흐려지고 있다. 그러자 집밖에서 혼란에 가득 찬 소리들이 아득히 들려오고 현근이의 목소리도 귓가에 울려온다.

"잠시 비켜주세요! 들어가겠습니다!!"

그리고 이제는 귓가에 울리던 소음들이 머릿속에 소란스레 맴돌기 시작한다.

- 2 -

 나는 방바닥에 널브러진 채로 천장을 보고 있다. 정신은 혼미해져 가고, 천장과 실내등의 불빛은 점차 희미해진다. 온몸은 마비되었고, 이번에도 의식을 잃기 직전이다. 이번에도… 이번에도 말이다.
 '이씨, 나 또 기절중인 거야? 이것들이 누굴 호구로 보나.'
 그 순간 어떤 그림자의 얼굴이 내 시야를 가린다. 그러나 나는 그저 흡사 빈사 상태에 빠진 것처럼 눈만 끔뻑끔뻑 댈 뿐이다.
 "이런 씨발…. 너 누구야… 네가 뭔데 나를…."
 그러자 광기가 서서히 나를 감싼다.
 "대체 네 새낀… 대체 네 새낀 또 누구냐고!!!"
 녀석은 씩 웃어 보인다. 어차피 목숨을 잃을 예정인 판에 객기를 부리고 싶다. 나도 안간힘을 써서 입아귀 중 한쪽만을 비틀어 올리며 냉소를 지어보였다. 이내 우리는 서로를 마주보며 뜻밖에, 미소로 대하는 사이가 되어버린다.
 "이런 젠장… 어둡다 어두워…."
 진정한 어둠이었다. 죽음 이후의 공간…. 즉, 이질적인 사후세계를 대면하는 순간이다.
 하지만 태블릿 속의 아나운서는 해맑게 주절거리고 있다.
 "방금 들어온 소식입니다."

느닷없이 전국 톱뉴스감을 신속히 주절거린다.

결코 믿지 못할 속보였다.

"오늘 새벽 대전 서구에서 괴기한 의문의 현상이 일어났다고 합니다. 단 하룻밤 새에, 서구 도안동과 주변 일대가 흔적도 없이 증발되었다는 소식인데요. 그라운드 제로, 즉 폭심지가 파악되지 않은, 이른바 괴현상으로 간주되는 사건으로, 아직 유사점을 발견하지 못했지만 특정 세력이 주도한 테러의 과도적 단계일 수도 있다 판단하여, 그 일대를 봉쇄한 것으로 확인되었습니다. 이 소식을 접한 영국 현지 언론, 미국 CNN 등 주요 외신은 전시 비상 시국을 우려한다고 크게 보도했는데요. 이에 미국을 제외한 각국 수뇌부들은 현재 한반도 정세에 관련되어 긴박한 국면에 처해 있다고 판별된다면서, 한국 주재 외교관을 본국으로 철수시키겠다는 의사를 전해왔습니다. 그보다 앞서 백악관은 외교관 철수를 재고하고 한반도 안정에 기여하겠다는 뜻을 내비쳤는데요. 다만, 아직 군사적 도발 동향은 파악되지 않는다면서 주한미군의 병력 감축 판단만은 유보했으며, 이번 사건을 계기로 한미동맹과 미국의 비핵화 관련 한반도 정책 향방에 초미의 관심이 모아지고 있습니다. 워싱턴, 박동민 특파원의 보도입니다."

"직접 브리핑 장에 나선 백악관 국가안보 보좌관은 미국의 주요 동맹국인 한국이 처한 비상식적인 심각한 사건에 비상한 관심을 가지고 추이를 지켜보겠다고 밝혔습니다. 하지만 주한 미군 주둔에 관련해선 시원한 답변을 내놓지 못하고 각 '한미 정당'의 지도부들을 거론하며, 이번 중대사를 타개하기 위해, 한마음 한뜻으로 합심하길 기대한다고 강조했습니다. 이를 두고 양국 정계 일각에서는 백악관 외교안보 사령탑의 즉답 회피는 여러 부처 개각을 단행, 새롭게 진용을 짠 이번 행정부의 재출범과 맞물린 주한미군 병력 감축에 대한, 책임 면피용이란 해석을 내놓았습니다. 미국은 반미성향 비판자들로부터, UN에서조차 독단적 예외조항을 두는 독재국가라는 조롱을 줄곧 받아왔는데요. 이번 브리핑이 주한미군 감축이라는 이례적인 초강수를 내세운, 반대여론을 향한 경고성 훈화가 아니냐는 국제사회의 비난여론이 높아지는 가운데, 현지에서는 긴장이 고조된 한반도를 이용한 것이라는 비판의 목소리가 나오고 있습니다. 워싱턴에서 OOO뉴스, 박동민입니다."

"미국 백악관은 미국이 전 세계에 공작 행위를 벌인다는 음모론에 대하여 논할 가치가 없다는 입장을 고수해왔는데요…."

나는 머릿속이 새하얘지는 와중에도, 뉴스에 귀를 기울였다.

'뭐지? 지금 나보고 저 뉴스를 믿으라고?'

그때 그 그림자가 내 귓가에 입을 대고 속삭인다. 마지막으로 지옥의 부름이 들려온다.

"가마쿠라… 에노시마."

익숙한 지명이었다. '한 과장의 동화'에 등장하는 '인자한 제시

카 할아버지'의 마을이었다.

– 3 –

'젠장, 어둡다… 어두운 공간이다. 설마 나… 배신당한 채 죽은 거야?'

생각보다 일찍, 2차 우기의 시기가 찾아왔다. 그것도 초 절정으로 위세를 떨칠 시기가 말이다. 이제는 그저 기나긴 시기가 아닌, 단지 가을장마처럼 짧게 지나가길 바라본다.

어둠에서 말한다.
이는 세상을 위한
수단이 될지니….

가까운 미래. 균열기 1년. 새벽 5시쯤.

그 광색의 윤곽이 나를
　물속에서
끌어올린다.
　서서히… 서서히…
청명한 밤하늘의 성체(星體)가
　난만(爛漫)해지고…
마침내
　안중(眼中)에 한가득 고이는 눈물에
어렴풋한 광색의 정체가 알른거린다.

호접지몽(胡蝶之夢)

 여기는 텅 빈 어둠의 공간. 덩그러니 서 있는 외로운 아이가 들어온다.
 '응? 너는 누구니? 어라!?'
 갑자기 어둠 너머에서 한 아저씨가 넘성넘성 놀래 줄 기회를 엿보는가 싶더니, 그 아이 앞으로 슬며시 다가간다.
 '나쁜 인간이면 어떡하지?'
 어서 아이를 안전한 곳으로 인도해야 한다.
 하지만 그 아이는 걱정을 비웃기라도 하듯, 아저씨의 손을 잡는다. 뒤에서도 보이는 한껏 올라간 아이의 볼때기.
 '가만, 자세히 보니 쟤들…'
 그렇다. 그들은 닮은 구석이 있었다. 다행스럽게 나쁜 유형은 아니었다.

- 2 -

 어느새 그들은 아파트 뒤편에서 재밌게 야구를 즐긴다. 그리고 아저씨의 힘찬 스윙에 매료된 아이는 아파트 꼭대기까지 야구공이 날아가는 장면에 입을 다물지 못한다.
 '얘야, 그러다가 입에 하루살이 들어간다.'

작디작은 아이의 입이 양 귀에 걸려서 내려올 줄 모른다.

"우리 대왕고추, 엄청 신기하지?"

아저씨는 아이의 머리를 쓰다듬으며 말했다. 그러자 넋이 나간 아이는 곧바로 고개를 끄덕인다.

"음… 그럼 아들! 우리 오늘 더 신기한 경험해볼까?"

아저씨는 아이를 목마 태우며 말했다. 그러자 제정신으로 돌아온 아이는 재차 고개를 끄덕인다. 그리고 그와 동시에 어느 동물원 입구가 순식간에 다가와서 공간을 메운다.

'어쩐지 둘이 닮은 구석이 있더라니…'

"아빠? 아빠 어디 있어? 나 무서워."

하지만 금방 다시 혼자가 되어버린 그 외로운 아이는 결국 동물원에 들어가지 못하고 많은 인파 속을 걷게 된다.

'애야, 어디로 가는 거야! 그러면 위험해!! 그 자리에 가만히 있어!'

나는 군중에게 이리저리 치이는 아이가 걱정되어 목청껏 외쳤다. 그러나 동물원의 허공에만 울려 퍼졌을 뿐, 그 작은 보폭을 멈추게 할 수는 없었다. 왠지 파국을 맞을 거 같은 불길한 예감이 나를 엄습한다.

'얌마, 제발 멈춰! 그러면 금방 위험해진단 말이야!'

그 순간이었다. 어디선가 자동차 타이어가 미끄러지는 굉음이 들리더니 교통사고가 발생했다.

.

싫어.

.

'이 어린노무 자식아. 가면 절대 안 된단 말이야! 제발, 멈춰. 멈추라고!'

.

싫다고!

.

아이가 허공을 올려보면서 분명한 의사를 전달한다. 그러고는 기어코, 파손된 차량을 둘러싼 인파에 다가가는 건방진 아이. 그리고 녀석은 인파의 좁은 틈을 손쉽게 지나가더니, 끝끝내 바라보게 된다.

교통사고의 현장이 아니라… 작은 신발 앞을 막아선 어느 아름다운 수녀복을….

그 수녀님은 아이가 아까운 다이아 조각을 더 이상 흘리지 않도록, 녀석의 크고 맑은 눈망울까지 품어준다. 그러나 사실, 녀석의 내면까지 품어주진 못했다.

'너, 설마… 저 현장을 봤니? 지금 상상하고 있는 거야?'

음주운전 사고였다. 앞으로 저 아이에게 불길한 느낌이 엄습할 때면, 역설적이게도 언제나 어른과 그 세상 탓이 함께 따라올 것이다.

- 3 -

한 아리따운 수녀님이 어린이 특유의 천진난만함을 잃은 아이와 함께, 밀이 가득한 들판에 자리 잡은 어여쁜 오두막집을 방문한다. 온통 꽃에 둘러싸여 있는 사랑스러운 집, 감성과 상상력을 마구 자극하는, 마치 동화 속에 존재하는 요정의 집 같았다.

곧이어 그 아늑한 집에서 눈이 커다란 강아지와 인상이 푸근한 아저씨가 활기를 잃어버린 아이를, 지나친 경계심을 보이는 아이를, 고독한 기운을 발산하는 아이를 반겨준다. 그러자 별안간 나의 가슴이 찢어지듯 아려오는 동시에 그들의 배경은 아쉽게도 바로 찢겨진다. 그리고 금세 나타난 '비를 맞는 들판'이 흘러가고 이어서 금세 나타난 '무지개 핀 들판'이 흘러가는 그런 빠른 시간의 흐름 가운데, 아이는 도담도담 성장하여 항상 일정한 시간에 밀이 풍성한 들판을 오고 간다.

이보다 시간이 더 지나서는 녀석 혼자서 즐겁게 한겨울, 푹한 날씨의 들판을 힘차게 뛰어간다. 현재 녀석은 행여나 자신이 넘어질까 봐 노심초사하는 수녀님의 걱정 어린 마음을 뒤로하고, 아저씨와 야구를 한다는 생각에, 강아지하고 술래잡기를 한다는 생각에 깊이 빠져 있다.

그리고 마침내 어느 날, 그 순수한 영혼과 강아지는 거실 창가로 들어오는 노을을 맞으며 서로의 몸을 포갠 채 새근새근, 마치 아기가 나비잠을 자듯 잠이 들어 있다. 둘은 들판의 진흙 덩이를 몸과 나무에 잘싸닥, 붙이는 놀이를 했던 터라 몸이 고단하여 잔뜩 들러붙은 진흙도 떼지 않고 값비싸 보이는 두툼한 카펫에서 미래를 탐험한다. 그러나 그런 장면이 사랑스러운 아저씨는 조용히 그들에게 다가가 미소를 머금는다. 어느덧 실내에 훈훈한 온기가 돌아서 그들을 감쌌고 그것은 스르르, 따스한 손길이 되어 살그머니 녀석의 얼굴에 가닿는다. 보드라웠다. 아늑하였다. 그러자 녀석의 만면에 은은한 미소가 흐른다.

'아저씨는 모르셨을 거야. 저 녀석이 지금 실눈을 뜨고 있는 사실을…'

한동안 그들은 은은한 미소와 함께, 행복한 시간을 달린다.

아저씨는 온화하게 말한다.

"얘야… 너에겐 세상을 바꿀 수 있는 순수함이 존재한단다. 그것은, 욕심과 허영심으로 인해 순수성을 보전하지 못한 어른을 교화시킬 수도 있는 큰 힘이지. 사실 이 아저씨는 순수함과 멀어진 어른이었어. 세상의 흐름에서 옳고 그름을 분별하지 않았고… 시간을 헛되이 보냈고… 결국 가치 있는 삶을 추구하지 못하면서, 진정한 어른으로 거듭날 기회도 멀어졌지…. 그러니 얘야, 너는 양심을 온전케 하는 순수함을 잃지 말고 무럭무럭 장성하거라. 그래서 그릇된 것을 옳다고 외치는 그들보다 꼭, 더 나은 분별력을 지니고 진정 아름다운, 그 귀중한 시간을 허투루 보내지 않았으면 좋겠구나. 그러면 언젠가 내 곁에서, 방금 말들을 이해한 네가 밤새도록 맑은 꿈을 얘기하며 밝은 희망으로 있겠지?"

그 말을 들은 아이의 표정은….

'너, 설마… 이해를 하고 있는 거야?'

– 4 –

시간은 빠르게 흘러서, 어언간 한참을 즐거웠던 그들에게 찾아온 이별의 순간. 이미 아이의 표정에는 서운함이 가득해 보이고 그런 아이의 상태를 눈치 챈 아저씨는 자신의 눈높이를 낮추며 어떤 이야기를 한다.

그리고 얼마 뒤에 고개를 숙인 아이는 '지언아, 이 아저씨의 가족이 되어주지 않을래?'라는 정중한 부탁을 듣고는 또다시 다이아를 아깝게 낭비한다.

그리고 나는 어른이 된 이제야, 아저씨에게 속내를 밝혀본다.

'아저씨! 저 이제 서서히 아저씨와의 기억이 떠올라요. 녀석은 다시 만날 것을 약속하는 저 순간에도 불안해하고 있어요. 어른을 못 믿었으니까…. 그런데 저 자식, 실은 좋아하고 있어요.'

역시 생각은 제대로 적중했다.

단 하루라도 이전의 상태로 되돌아가는 것이 싫었던 녀석은 오두막집을 떠나온 지 얼마 지나지 않아, 결국 수녀님의 손을 뿌리치고 다시 밀이 가득한 들판으로 뛰어 간다. 그렇게 '밝은 희망이라는 목표를 향해 열심히 뛰는 아이 아니, 내 얼굴은 이 세상 누구보다 행복해 보인다.

세상을…

"아저씨! 다롱아!! 나 왔어…!!!"
하지만 어린 나의 그 해맑간 함박웃음을 반겨준 건…

먼지가 되어가는 그들… 연민에 찬 눈빛까지 소멸 직전인 아저씨와 먼지가 되면서도 꼬리를 흔드는 강아지의 모습이었다.

그렇게 그들의 모습은 공포에 질린 아저씨의 눈을 끝으로, 내 앞에서 영영 자취를 감추었다.
나는 이때 눈물 따위는 전혀 흘리지 않았다. 그저 상상으로 치부해 버리며, 기억을 잠식하는 어둠으로 멍하니 들어갔다. 그리고 단지 그것뿐이었다.
'그래. 그날 이후 나는 줄곧 상상만 해댔어. 정말 마녀를 만나기 전까진, 대화 따위는 전혀 하지 않고 상상에 빠져 지냈지. 그리고 이제야 확실히 알겠어. 왜 내가 길가에 버려진 강아지를 그냥 지나쳤는지, 왜 내가 가끔씩 이상한 악몽에 시달렸는지. 그때 난 해리성 기억상실증 같은 게 아니었어. 단지 내 혼란의 세계를 순연한 이성으로 고되게 강제하면서 삭제, 봉인, 혼돈을 거쳐 이른 거지…'
나는 헐레벌떡 뛰어오는 수녀님의 앞에서 정신을 잃은 아이와 완전히 하나가 되었다. 그러자 아득한 기억의 저편에서 조용히 잠자고 있던 것이 물밀듯이 돌아온다. 그러면서 웃음을 머금은 아저씨가 다시금 떠오른다. 그는 그날 저녁, 나에게 이렇게 말했다.

"큰 부담을 안긴 어른의 세상을 원망하니? 만약 그렇다면 이 아저씨가 도와줄게. 아직은 다를 바 없다고 느낄 수도 있지만, 너 하나만은 진심으로 잘 자라도록 도울게."

별안간 그들에 대한 사무치는 그리움이 느껴진다. 이와 동시에 끝 모르고 치미는 분노와 모호한 대상에 대한 증오도 느껴진다.

'아저씨, 실은 그때 나… 아저씨가 해주신 이야기 잘 이해했다고 자랑하고 싶었어요. 그게 수녀님의 손을 뿌리친 이유 중 하나예요. 그런데 아저씨… 앞으로 평생 저의 밝은 꿈, 못 보여드릴 거 같아요. 왜냐하면 저는 이미… 죄행을 거듭한 인간으로 전락했거든요.'

이대로 나는 자신에게 스스로 몇 개의 질문을 던져본다.

'혹시 나… 세상을 증오해? 어, 증오해. 게다가 이 썩은 세상뿐만이 아니라 나까지…'

'왜, 나까지일까? 내가 위험한 존재라서?? 어, 내가 위험한 존재라서… 실은 나 마침내 생각해냈거든. 꿈속에서 내 이마에 총구를 겨눈 후드코트 속 얼굴을 말이야. 그 얼굴은 바로 친구 현근이가 아닌… 세상 어디에도 없을 것 같은 선한 표정을 짓고 있

는 나였어. 하지만 아직까지, 나를 겨누며 했던 말은 정확히 기억이 나지 않아.'

'그럼 '적안'의 그도 너야? 뭐… 걔도 나일 수도 있고 아닐 수도 있고 아직은 확실하지 않아. 다만 현재 확실한 건, 그 실체가 무엇이든 간에 그건 나를 다시 찾아온다는 것과 내 주변이 나로 인해 끔직한 피해를 입었다는 거야. 실은 운무회명의 현실이었던, 진실 속에서…'

그 순간, 어린 나를 안고 있는 수녀님의 뒤로 빛이 새어나오는 문이 보인다.

'난 나가야 돼. 나가서 계획대로 멀어져야 해. 그래서 기필코 내 주변을 위험에서 보호하고, 한 과장의 행방을 쫓는 한편 그 운명의 소용돌이에서, 그 어둠의 통제 하에서 벗어날 거야. 그런데 이 내면의 분노와 증오는 어떡하지? 이걸 확, 분출해볼까? 아니면 이번에도 그냥 무시하고 넘어갈까. 에이, 아직 모르겠다. 우선 나가나 보자.'

나는 드디어 새로운 시작에 다가간다. 끝맺음이 아닌… 퍼즐의 일부, 그 새 발단을 향하여….

증오하다

 이승길일까, 저승길일까. 어쨌든 현실로 되돌아가는 길. 차례차례 과거순으로 여러 추억과 배경들이 스쳐지나간다. 마지막으로 깡깡 얼어붙은 들판길이 지나가고, 희맑은 눈이 소복이 쌓인 적송 순림 지역을 지나면서 나는 하늘로 높이 솟아오른다. 그러자 과거의 익숙한 범백사물들도 뭉게구름을 뚫고, 이 흐름의 경계를 범경(犯耕)해서 더욱 빠르게 스쳐지나간다. 마치 감각소용돌이큐브 안에 있는 것처럼 각종 게임기, 상장들, 서적들, 장난감들 등이 나를 먼지처럼 에워싸고, 나만의 국가나 다름없는 내 세계를 일정 부분 형성한 그 낯익은 오만가지 사물들은, 어느새 소용돌이를 만들면서 흡사 감싸서 인도하듯 수많은 추억의 것들을 상기시키며 나를 현실로 이끈다. 그리고 마침내 나는 사뿐히 땅에 착지하여, 요 근래 머물렀던 익숙한 장소에 도착했다. '나뭇등걸'이 있는 대전 추동의 어느 숲이었고, 전방 24미터 앞에는 현실로 통하는 '선악과 진리의 문'이 떡하니 버티고 있었다.

 그 언젠가 나는 이 나뭇등걸에 앉아서 사색에 잠긴 적이 있었다. 쉴 새 없이 울려오는 빗소리에 귀가 먹먹하고 전신이 들들 떨리는 가운데, 이곳에 앉아서 잿빛 하늘을 올려다보았다. 이번에도 역시, 똑같은 자세로 하늘을 올려다본다.

 '운명의 장난… 운명의 흐름… 그리고 죽음의 게임….'

왠지 누군가 내 턱살을 바득바득 치받치는 것처럼, 내 시선을 자연히 위로 향하도록 만든다.

그렇다면 나는 바락바락, 나의 처연한 신세를 들이대리라.

'정녕 나를 시험하신다고요? 이런 가엾은 나를? 당신은 애처롭지도 않나요? 오, 누군가여. 당신이 못살게 구는 까닭일랑 알 수 없지만, 내 언젠가 멱살을 잡아드리리. 따져 물을게 있거든…. 언젠가 꼭 잡는다…. 기다려… 기다려… 기다리라고!!!'

가까운 미래. 균열기 1년. 다시 흐르는 시간.

나는
 물속에서 건져졌다.
이제야 천체가
 뚜렷하게 보인다.
밤하늘을 마주한 얼굴에서
 물방울이 흐르고,
전신은 버들거리며
 설핏 느껴지는 온기의
보드라운 감촉을 느낀다.
 왠지… 닦아내는 것 같다…
왠지… 감싸주는 것 같다….
 슬쩍, 곁눈으로 할겨 본다.
어떤 미물의 콧구멍이
 벌름거리는가 싶더니,
이내
 어두운 그림자가
내 시야를 가린다.
 하지만
그 어둠은…….

다시 찾아온, 홀로 외로이 시작

균열기(AC) 1년.
깨어났다. 머리가 아프다. 지금 내가 있는 곳은 텅 빈 곳이다. 어둡다. 춥다. 세상이 보이지 않는다. 한편으로는 편안하다. 하지만 행복하진 않다.

균열기 1년. 자시(子時)의 어디쯤.
그 어두웠던 곳을 나왔다. 눈앞에 펼쳐진 모래언덕들. 광기와 그 흔한 죽음조차 보이지 않는다. 오직 서늘한 바람뿐. 이곳은 나만 존재한다. 이곳은 어딜까….

아직도 뉴스 속보의 여음이 귓가에 쟁쟁하다…. 그대로 나는 모기작모기작, 어둠 곁으로 걸어간다….

가까운 미래. 균열기 1년. 묘시(卯時)의 어디쯤.

빛이었다.
 어느 백발의 신부와
낯익은 성견이
 내뿜는 빛….
성견은 콧구멍을
 벌름거리더니
내 뺨에 얼굴을 비비적거린다.
 근데
쟤는
 왜,
배낭을 물고 있을까…
 저건 내 것인데….
그리고 이 호수와
 고딕건축물은…
'!!?'
 대전의 도안?!

씻을 수 없고
돌이킬 수 없는
그는….

가까운 미래. 균열기 1년. 묘시의 오전 여섯시.

마녀는
어찌 되었을까….
 갑자기
슬픔과 분노가
 몰려온다.
그래도 한편으로는
 다행이다.
이 모든 것이
 상상이 아닌,
현실이어서….

그 빛살 같은

어둠을

선택했도다

Epilogue

미약한 어둠과 대면한 34년 전,
아득한 운무회명
실은 괴이한 운명에 번롱되다

1985년 4월 4일 새벽 4시 모 지역 성모 병원에서 한 아기의 탄생과 함께 '서광이 비치는 하루조차 종결시킬 기운'이 태동한다. 비록 그 기운은 생명이 꺼져가는 산모만 느낄 정도로 미미하지만, 무한한 에너지를 감춘, 암흑 속 무대의 시작을 알리는 강렬한 신호탄이다.

그리고 수술실 밖에선 산모의 남편으로 보이는 남자가 초조한 표정으로 희소식을 기다린다. 그는 곁에 서있는 거방진 '백발의 신부'와 함께 희망의 탄생만을 기다린다. 그로부터 34년 후….

현실을 움켜진 남자,
우그러진 현실

    2019년 9월 중순, 모 아파트 단지. 지언이의 가택 근방. 나는 지언이를 먼저 독대해볼 예정이다.
    "도 검사님?!"
    "일단 대기하세요. 제가 먼저 올라가겠습니다."
    "승강기에, 승강기에 사람이 갇혔어요!"
    갑작스러운 정전이었다. 주변 건물에 있던 사람들이 황급히 밖으로 빠져나오면서 소란이 발생하였다. 심지어 그 일대에 교차로의 신호등이 꺼지면서 광역교통 흐름까지 큰 지장을 받았다. 동네 전역이 정전된 것이다.
    나는 극심한 혼란에 놓인 인파 속에서 다급하게 외쳤다.
    "잠시 비켜주세요! 들어가겠습니다!!"
    "검사님, 어쩌시게요?"
    "수사관님! 우선 저희 인력을 동원해야겠습니다. 전문 인력 요청도 좀 부탁합니다."
    "예, 알겠습니다. 근데 이거… 이거 뭔가 찝찝합니다."
    "……."
    "공교롭게도 같은 구역입니다."
    조 수사관이 황당하다는 투로 말했다.

"무슨 말이죠?"

"예전에도 여기에서 문제가 있었습니다. 물론 노후 단지라는 것이 주원인이었지만…"

그는 상세히 설명하기 시작했다. 현 사고와 저간 사건의 정황으로 미루어 볼 때, 그의 의견에는 정당성이 있었다.

아파트 관리사무소장의 말로는 2018년 5월 하순, 때 이른 폭염에 연이어 두 번의 정전이 발생했다고 한다. 첫 번째는 전력 수요가 폭증하면서 변압기에 과부화가 발생한 대규모 정전이었고, 두 번째는 전력 사용량이 위험수치에 근접했다는 사유로 전력 감축 고지 후에 전력 공급을 끊은, 한 마디로 단전이었다. 그런데 과부하 변압기에서 '화재'가 발생한 첫 번째 정전 이후에는 전력 소비량을 실시간 체크하며 자발적 절전으로 예방 조치를 시행했기에, 큰 혼란을 빚지 않고 비교적 차분한 상황에서 대략 30분 만에 신속히 해결되었다는데, 이번에는 아파트 변압기에 이상신호가 감지돼서 전기 공급을 중단하려는 찰나, 정전과 복전을 반복하면서 파손되었다고 한다.

그저 폭염에 의한, 정전 폭증 현상일 뿐일까?

무언가 어수선하고 부자연스럽다. 심지어 이번에는 인근 동네까지 정전이지 않는가.

'정말로… 수도권의 정전 폭증의 시각으로 바라봐야만 하나?'

모두가 당황해하고 있고 무질서하다. 상대적으로 차분했던 두 번째 단전과는 사뭇 다르다. 왠지 모르게 이 떠들썩한 흐름이 부자연스럽게 느껴진다. 과연 2018년 5월에 이은, 이번 3차 정전이… 그저 소비 전력 사용 초과로 인한 전력 수급 문제였을까?

나는 가만히 생각을 되작거리고는 입을 열었다.

"수사관님, 한전에 전화 넣어주세요."

말하면서 나는 의심의 눈초리로 주변을 훑어보고는 지언이의 집을 올려보았다. 더구나 2018년 5월 하순은 쓰러진 지언이를 발견한 그날이 포함되는 시기이다.

'2018년 5월에만 두 차례 정전… 단순 사고라고? 우연히 겹쳤다고??'

적어도 나에게는 사실상 원인불명의 사고이다. 이제부턴 우연성을 배제한, 우연한 계기의 정황을 토대로 사건의 원인 및 계기를 추론해보자.

잠시 후, 수사관이 다가오며 말했다.

"검사님, 이미 긴급 복구반 투입해서 신속히 대응 중이랍니다."

"어디랍니까? 정전 요인은요?"

"…… 변전소의 변압기에서 화재가 발생했습니다."

"…… 불은 잡혔답니까?"

"다행히 초기에 진압해서 이제 감식 진행을 한답니다."

"…… 어찌 보십니까."

"음… 아직 정확한 원인을 밝히진 않았지만…"

한동안 우리 사이에 무거운 침묵이 계속되었다. 그래도 나는 의심의 끈을 놓지 않았다.

"다시 넣어보세요, 한전에… 아니, 아니… 됐습니다…. 일단 저 먼저 올라가겠습니다. 보나마나 원인을 알 수 없는 화재…겠죠…."

그리고 잠시 뒤… 나는 원치 않게 바라보았다.

"당, 당신 누구야! 어디 소속이야!?"

흐릿한 답안지

도현근의 시선

- A가문이 나에게 돈을 쥐어 주었다. 거절하기 힘든 금액이다. 그들이 나에게 원하는 건, 지언이가 자신이 얽혀 있는 비리를 누군가에게 발설하지 못하도록 지켜보라는 것. 즉, 감시. 물론 나는 제안을 거절했다.

- 나는 절대 섣불리 행동하지 말라는 충고를 하려고 지언이의 집으로 향했다. 하지만 이런 내 마음과는 다르게 상황은 묘하게 흘러갔고 나는 지언이가 잠들어 있는 응급실에서 '어떤 메모지'를 발견하였다. 아마도 바닥에 떨어져 있는 그의 상의에서 나온 메모지 같다.

- 후일에야 밝혀진 사실이지만, 한전 측에서 함구하다가 제보하길, 수차례 동시다발적인 전봇대 변압기 파손 시도가 있었다고 한다.

'민이린'의 시선

- 벌써 그날이 오고 있네… 서서히 지언 씨와의 추억이 멀어진다. 언제부턴가 부쩍 멀어진 그와의 추억처럼…. 이대로 모든

추억은 흐릿해지겠지. 언젠가는 그와의 추억들도….

주인공의 시선

- 언제부터인가, 흡사 두 인격을 가진 측근자와 함께 하는 듯한 감각….

어둠에서의 시선

- 처음 보는 공간, 처음 들어가는 아빠의 서적 창고. 책상 위에는 두 책들이 가지런히 놓여 있다. '항해'라는 간단히 서술된 '백색 일기'와 '공백'이라는 상세히 기술된 '흑색 일지'. 어쩌면 몇몇 문맥을 중심으로 아빠의 행적과 내 공백기 동안의 일들을 유추할 수 있지 않을까?

- 그것은 붉은 절망의 나락이었다.

- "속였어… 지금까지 속였어… 나를… 잘도 나를… 잘도 나를 속였다고!"

그는 그 빗살 같은 어둠에 다가간다. 그리고 삽시간에 선택한다.

- 호접지몽….

■작가의 말

이따금씩 흔적을 남겨보지 않는 것은 어떠한가

어제의 꿈속에서,
자칫 다시는 볼 수 없는
아름다운 석양을 목격했다.
다시없는 축복이 허락된 것이라
생각했다.
담고 싶다… 흔적을 남기고 싶다….
주섬주섬, 필기구와 사진기를 꺼냈다.
다행히 두 눈에는 담겼다,
다행히 사라지진 않았다.

그러나

내 심안에 담길 섬광은

온전히 담기지 않았다….

그 환각적 경험… 그 일순의 불청객은…

한줄기의 별똥별처럼

진한 여운만을 남긴 채

미처 작별이란 재료로 표정을 짓기도 전에,

뇌리를 가르며 떠나갔다.

Sin, 신
2022년 7월 10일 초판 1쇄 발행

지은이_김서진
펴낸이_정환정
펴낸곳_도서출판 시시울
등 록_제364-1998-000008호
주 소_대전시 동구 대전로 867번길 52
       한밭오피스텔 407호
평생전화_0505-333-7845
전   송_0505-815-7845
전자우편_sisiwool@daum.net

값 18,000원
ISBN 979-11-89732-41-7 03810

ⓒ김서진, 2022

*이 책 내용의 전부 또는 일부를 재사용하려면 반드시
 지은이와 시시울 양측의 동의를 받아야 합니다.